*Für Manda und Christina
mit den besten Wünschen.
Möget ihr immer
Überlebenskünstlerinnen sein.*

HEYNE

Christine Feehan

MOND
SPIEL

WILHELM HEYNE VERLAG
MÜNCHEN

Titel der amerikanischen Originalausgabe
AFTER THE MUSIC
Deutsche Übersetzung von Ursula Gnade

Verlagsgruppe Random House FSC-DEU-0100
Das für dieses Buch verwendete FSC®-zertifizierte Papier
Holmen Book Cream liefert Holmen Paper, Hallstavik, Schweden.

Deutsche Erstausgabe 02/2011
Redaktion: Stefanie Brösigke
Copyright © 2001 by Christine Feehan
Copyright © 2011 der deutschsprachigen Ausgabe by
Wilhelm Heyne Verlag, München,
in der Verlagsgruppe Random House GmbH
Printed in Germany 2011
Umschlaggestaltung: Nele Schütz Design, München
Satz: EDV-Fotosatz Huber/Verlagsservice G. Pfeifer, Germering
Druck und Bindung: GGP Media GmbH, Pößneck

ISBN 978-3-453-52790-4

www.heyne-magische-bestseller.de

I

Jessica Fitzpatrick erwachte schreiend, und ihr Herz stampfte im Rhythmus des Entsetzens. In der Dunkelheit ihres Zimmers war die Furcht ein atmendes Lebewesen, dessen Gewicht sie unter sich begrub. Sie lag hilflos da und konnte sich nicht von der Stelle rühren. Sie schmeckte die Angst in ihrem Mund und fühlte, wie sie durch ihre Adern strömte. Um sie herum schien die Luft so dick zu sein, dass ihre Lunge brannte und sich nach Sauerstoff verzehrte. Sie wusste, dass sich tief in den Eingeweiden der Erde etwas Ungeheuerliches regte. Im ersten Moment lag sie erstarrt da und lauschte angestrengt dem Murmeln von Stimmen, die sich hoben und senkten und Worte in einer uralten Sprache summten, die niemals gesprochen werden sollte. Glühende rote Augen sahen sich suchend im Dunkeln um und forderten sie auf, näher zu treten. Jessica fühlte die Macht dieser Blicke, als sie sich auf sie richteten und noch dichter an sie herankamen. Sie riss ihre eigenen Augen auf, denn der Drang zu fliehen war stärker als alles andere.

Der Raum um sie herum schwankte, und sie wurde aus der schmalen Koje auf den Boden geschleudert. Die kalte Luft riss sie augenblicklich aus ihrem Alptraum heraus, und sie erkannte, dass sie nicht alle geborgen zu Hause in ihren Betten lagen, sondern sich inmitten eines heftigen Unwetters in der Kajüte eines wüst schaukelnden Bootes befanden. Das Boot wurde von einer gewaltigen Welle zur nächsten geschleudert und bekam einiges ab.

Jessica kam unbeholfen auf die Füße und klammerte sich an den Rand der Koje, als sie sich mühsam zu Tara und Trevor Wentworth schleppte, den beiden Kindern, die einander mit blassen, verängstigten Gesichtern eng umschlungen hielten. Tara schrie, und ihr entsetzter Blick hatte sich auf Jessica geheftet. Auf halbem Weg zu den Zwillingen wurde Jessica vom nächsten wütenden Aufbäumen des Bootes wieder zu Boden geworfen.

»Trevor, zieh deine Schwimmweste sofort wieder an!« Auf allen vieren kriechend erreichte sie die beiden Kinder und nahm sie in die Arme. »Fürchtet euch nicht, es wird schon alles gutgehen.«

Das Boot wurde von einer Welle hochgehoben, schwankte auf dem Wellenkamm und glitt auf der anderen Seite schnell hinab, wobei die drei in alle Richtungen geschleudert wurden. Salzwasser strömte auf das Deck, raste die Stufen hinunter in die Kajüte und überzog den Boden mit einer Schicht eiskalter Nässe. Tara schrie laut auf, klammerte sich an den Arm ihres Bruders und versuchte verzweifelt, ihm beim Schließen seiner Schwimmweste zu helfen. »Das ist er. Er ist schuld. Er will uns umbringen.«

Jessica schnappte entsetzt nach Luft. »Tara! Niemand kann das Wetter kontrollieren. Es ist ein Sturm. Nichts weiter als ein ganz gewöhnliches Unwetter. Captain Long wird uns unbeschadet zur Insel bringen.«

»Er ist böse. Ein Ungeheuer. Ich will nicht hingehen.« Tara schlug sich die Hände vor das Gesicht und schluchzte.

»Ich will nach Hause. Bitte, Jessie, bring mich nach Hause.«

Jessica überprüfte Trevors Schwimmweste, um sich zu vergewissern, dass ihm nichts passieren konnte. »Sag so etwas nicht, Tara. Trev, bleib hier bei Tara. Ich sehe nach, was ich tun kann, um zu helfen.« Damit die Kinder ihre Worte hörten, musste sie die Stimme erheben, um sich gegen das Heulen des Windes und das Tosen des Meeres durchzusetzen.

Tara warf sich in Jessicas Arme. »Geh nicht weg – wir werden sterben. Ich weiß es genau – wir werden alle sterben. Es wird uns so ergehen wie Mama Rita.«

Trevor schlang die Arme um seine Zwillingsschwester. »Nein, wir werden nicht sterben, Schwesterchen, weine nicht. Captain Long hat schon viele schlimme Stürme überstanden«, beteuerte er ihr. Er blickte mit seinen stechenden blauen Augen zu Jessica auf. »Stimmt's, Jessie?«

»Stimmt genau, Trevor«, bestätigte sie. Jessica hielt sich am Treppengeländer fest und machte sich an den Aufstieg zum Deck.

Der Regen fiel in Strömen und schwarze Wolken brodelten am Himmel. Der Wind erhob sich zu einem gespenstischen Pfeifen. Jessica hielt den Atem an und beobachtete, wie Long sich damit abmühte, das Boot durch die Wogen zu steuern und sie näher an die Insel heranzubringen. Es schien der uralte Kampf zwischen Mensch und Natur zu sein. Langsam zeichneten sich die kompakten Umrisse der Insel durch den strömenden Regen ab. Salzwasser sprühte auf, und die Gischt wurde von den Felsen zurückgeworfen, doch als sie sich dem Ufer näherten, wurde das Meer ruhiger. Sie wusste, dass es dem Kapitän nur aufgrund seiner großen Erfahrung und seiner Ortskenntnis überhaupt möglich war, das Boot in diesem schrecklichen Unwetter zum Anlegesteg zu steuern.

Es schüttete wie aus Eimern. Die Wolken über ihren Köpfen waren so schwarz und schwer, dass die Dunkelheit der Nacht erbarmungslos wirkte. Dennoch erhaschte Jessica ab und zu einen Blick auf den Mond, der einen gespenstischen Anblick bot, wenn das vorbeiziehende Schwarz der Wolken sein Licht verschleierte.

»Los jetzt, Jessie«, rief Captain Long. »Bring die Kinder und euer Gepäck hinauf. Ich will euch keine Minute länger auf diesem Boot haben.« Die Worte gingen in der Heftigkeit des Sturms fast unter, aber es war deutlich zu erkennen, wie eilig er es mit seiner Aufforderung hatte.

Sie eilte nach unten und warf Trevor mehrere Bündel und Rucksäcke zu, während sie Tara auf den Stufen und dem glitschigen Deck stützte. Captain Long hob Tara auf den Anlegesteg, bevor er Trevor ans Ufer half. Er packte Jessicas Arm mit festem Griff und zog sie eng an sich, damit sie ihn hören konnte. »Das gefällt mir nicht ... Jess, ich hoffe, er erwartet euch. Wenn ich weg bin, sitzt ihr hier fest. Du weißt, dass er nicht gerade der umgänglichste Mensch ist.«

»Mach dir keine Sorgen.« Sie tätschelte seinen Arm, obwohl ihr Magen rumorte. »Ich rufe dich an, falls wir dich brauchen. Willst du wirklich nicht über Nacht bleiben?«

»Ich fühle mich dort draußen sicherer.« Er wies auf das Wasser.

Jessica winkte ihm zum Abschied, wandte sich dann der Insel zu, und wartete, bis sich ihre Beine wieder an den festen Boden gewöhnt hatten. Vor sieben Jahren war sie das letzte Mal hier gewesen. Ihre Erinnerungen daran waren der Stoff für Alpträume. Als sie jetzt zu dem Bergrücken aufblickte, rechnete sie fast damit, ein flammendes Inferno zu sehen, aus dem rote und orange Flammen turmhoch in den Himmel aufragten, doch sie sah nur die schwarze Nacht und den Regen. Das Haus, das früher einmal hoch oben auf der Klippe mit Blick auf das Meer gestanden hatte, gab es schon lange nicht mehr. Nur ein Haufen Asche war geblieben.

Im Dunkeln war die Vegetation erschreckend, ein unheilverkündender Anblick. Der wolkenverhangene Mond sandte sein schwaches Licht auf den Boden, wo es ein eigenartiges, unnatürliches Muster erschuf. Die Insel war dicht bewaldet und mit undurchdringlichem Gestrüpp bewachsen; der Wind ließ Bäume und Sträucher einen makaberen Tanz vollführen. Kahle Äste bogen sich und schabten geräuschvoll aneinander. Kräftige Tannen schwankten wie verrückt und ließen einen Schauer spitzer Nadeln durch die Luft regnen.

Jessica holte tief Atem, hob resolut ihren Rucksack hoch und reichte Trevor eine Taschenlampe, damit er vorangehen und ihnen den Weg weisen konnte. »Kommt schon, Kinder, lasst uns zu eurem Vater gehen.«

Der Regen prasselte auf sie herunter und durchnässte sie; die Tropfen bohrten sich wie spitze Eiszapfen direkt durch die Kleidung in ihre Haut. Mit gesenkten Köpfen schleppten sie sich die steilen Steinstufen hinauf, die vom Ufer zum Inneren der Insel führten, wo sich Dillon Wentworth vor der Welt verbarg.

Die Rückkehr auf die Insel ließ eine Flut von Erinnerungen an die guten Zeiten über Jessica hereinbrechen – als Rita Fitzpatrick, ihre Mutter, den Job als Haushälterin und Kindermädchen bei dem berühmten Dillon Wentworth an Land gezogen hatte. Jessica war hellauf begeistert gewesen. Sie war damals knapp dreizehn Jahre gewesen, alt genug, um den künftigen Star zu würdigen, einen Musiker, der seinen Platz unter den größten Musiklegenden einnehmen würde. Dillon hatte viel Zeit außer Haus verbracht, auf Tour oder im Aufnahmestudio, aber wenn er zu Hause gewesen war, war er meistens mit seinen Kindern zusammen gewesen oder er hatte es sich in der Küche mit Rita und Jessica gemütlich gemacht. Sie hatte Dillon in den guten Zeiten gekannt, während dieser fünf Jahre, die von unglaublicher Magie erfüllt gewesen waren.

»Jessie?« Trevors junge Stimme riss sie aus ihren Gedanken. »Weiß er, dass wir kommen?«

Der Junge sah ihr fest in die Augen. Mit seinen dreizehn Jahren musste Trevor durchaus klar sein, dass sie nicht ganz allein mitten in der Nacht durch ein Unwetter laufen würden, wenn sie erwartet worden wären. Sie wären mit einem Wagen auf der Straße am Bootshaus abgeholt worden.

»Er ist euer Vater, Trevor, und Weihnachten steht vor der Tür. Er verbringt zu viel Zeit allein.« Jessica strich sich das regennasse Haar aus dem Gesicht und straffte ihre Schultern. »Das tut ihm nicht gut.« Und Dillon Wentworth war verantwortlich für seine Kinder. Er musste sich um sie kümmern und sie beschützen.

Die Zwillinge hatten ihren Vater nicht so in Erinnerung wie sie. Er war so lebendig gewesen. So attraktiv. Und vieles mehr. Sein Leben war märchenhaft gewesen. Dillon mit seinem guten Aussehen, seinem Talent, seinem ansteckenden Lachen und seinen berühmten blauen Augen – alle hatten sich um ihn gerissen. Dillon hatte sein Leben im Scheinwerferlicht verbracht, im grellen Licht der Regenbogenpresse und des Fernsehens, der Clubs und der gefüllten Stadien. Es war erstaunlich, geradezu unbeschreiblich, wie viel Energie und Kraft Dillon Wentworth bei seinen Auftritten ausstrahlte. Auf der Bühne glühte er hell und heiß, ein Mann mit dem Herzen eines Poeten und dem Talent eines Teufels, wenn er Gitarre spielte und mit seiner rauen, rauchigen Stimme sang.

Aber zu Hause ... Jessica erinnerte sich auch an Vivian Wentworth mit ihrem spröden Lachen und den Fingern mit den roten Krallen an den Spitzen. An ihre glasigen Augen, wenn sie von Drogen benebelt war, unter dem Einfluss von Alkohol taumelte oder bei einem ihrer Wutausbrüche Gläser zerschmetterte und Fotos aus Bilderrahmen riss. Der langsame, grauenhafte Abstieg in den Wahnsinn des Rauschgifts und des Okkulten. Niemals würde Jessica Vivians Freunde vergessen, die zu Besuch kamen, wenn Dillon nicht da war. Die Kerzen, die Orgien, der Singsang, immer dieser Singsang. Und Männer. Unmengen von Männern im Wentworth'schen Bett.

Plötzlich schrie Tara laut auf, drehte sich zu Jessica um und warf sich ihr so stürmisch in die Arme, dass sie beinahe von den Stufen gestoßen worden wäre. Jessica packte sie mit festem Griff und drückte sie eng an sich. Beide froren so sehr, dass sie unkontrolliert zitterten. »Was ist los, Schätzchen?«, flüsterte Jessica dem Kind ins Ohr. Dort auf der steilen Treppe beschwichtigte sie das Mädchen und wiegte es in ihren Armen, während der Wind sie beide fortzublasen drohte.

»Ich habe etwas gesehen, glühende Augen, die uns angestarrt haben. Es waren rote Augen, Jess. Rot, wie die

Augen eines Ungeheuers ... oder eines Teufels.« Das Mädchen erschauerte und klammerte sich fester an Jessica.

»Wo, Tara?« Jessicas Stimme klang ruhig, obwohl sich ihr Magen vor Anspannung verknotet hatte. Rote Augen. Sie selbst hatte diese Augen gesehen.

»Da.« Tara deutete in die Richtung, ohne hinzusehen. An Jessica geschmiegt, verbarg sie ihr Gesicht. »Etwas hat uns durch die Bäume angestarrt.«

»Es gibt Tiere auf der Insel, Schätzchen«, sagte Jessica beschwichtigend, doch sie strengte sich an, im Dunkeln zu sehen. Trevor unternahm den löblichen Versuch, den kleinen Lichtkreis der Taschenlampe auf die Stelle zu richten, auf die seine Zwillingsschwester gedeutet hatte, doch der Lichtstrahl konnte den strömenden Regen nicht durchdringen.

»Das war kein Hund, ganz bestimmt nicht, Jessie, das war eine Art Dämon. Bitte, bring mich nach Hause, ich will nicht hier sein. Ich habe solche Angst vor ihm. Er sieht so schrecklich aus.«

Jessica holte tief Luft und atmete langsam aus. Sie hoffte, dadurch ruhig zu bleiben, denn plötzlich wollte sie selbst kehrtmachen und weglaufen. Hier gab es zu viele Erinnerungen, die sie bedrängten und mit gierigen Klauen nach ihr griffen. »Er hat sich bei einem Brand fürchterliche Narben zugezogen, Tara, das weißt du doch.« Es kostete sie Mühe, mit fester Stimme zu sprechen.

»Ich weiß, dass er uns hasst. Er hasst uns so sehr, dass er uns nie wieder sehen will. Und ich will ihn auch nicht sehen. Er hat Leute *ermordet*.« Tara schleuderte Jessica diese bittere Anklage ins Gesicht. Der heulende Wind griff die Worte auf und trug sie über die Insel.

Jessica hielt Tara noch fester und schüttelte sie ungehalten. »Ich will *nie* wieder hören, dass du so etwas Furchtbares sagst. *Niemals*, hast du mich verstanden? Weißt du, warum dein Vater in jener Nacht in das Haus gelaufen ist? Tara, du bist zu intelligent, um auf dummes Geschwätz und anonyme Anrufer zu hören.«

»Ich habe die Zeitungen gelesen. Es stand alles in den Zeitungen!«, jammerte Tara.

Jessie war wütend. Fuchsteufelswild. Weshalb sollte jemand nach sieben Jahren plötzlich alte Zeitungen und Klatschblätter an die Zwillinge schicken? Tara hatte das Päckchen, das in schlichtes braunes Papier eingeschlagen war, in aller Unschuld geöffnet. Die Boulevardpresse war brutal gewesen, voller Anschuldigungen, die sich um Drogen, Eifersucht und Okkultismus drehten. Die Spekulationen, Dillon hätte seine Frau mit einem anderen Mann im Bett erwischt und es sei zu einer Orgie von Sex, Drogen, Teufelsanbetung und Mord gekommen, waren viel zu prickelnd gewesen, um nicht ausführlich von den Skandalblättern ausgeschlachtet zu werden – lange, bevor die tatsächlichen Ereignisse ans Licht kommen konnten. Jessica hatte Tara jämmerlich schluchzend in ihrem Zimmer vorgefunden. Wer auch immer es für angebracht gehalten hatte, die Zwillinge über die Vergangenheit ihres Vaters in Kenntnis zu setzen, hatte mehrfach angerufen, Trevor und Tara abscheuliche Dinge ins Ohr geflüstert und darauf beharrt, ihr Vater hätte mehrere Menschen ermordet, darunter auch ihre Mutter.

»Euer Vater ist in das brennende Haus gelaufen, um euch Kinder zu retten. Er dachte, ihr wärt beide drinnen. Jeder, der heil herausgekommen war, hat versucht ihn aufzuhalten, aber er hat sich gewehrt, ist ihnen entwischt und hat sich euretwegen in ein flammendes Inferno gestürzt. Das ist kein Hass, Tara. Das ist Liebe. Ich erinnere mich noch an jenen Tag, bis in alle Einzelheiten.« Sie presste die Finger auf ihre pochenden Schläfen. »Ich kann es niemals vergessen, ganz gleich, wie sehr ich mich anstrenge.«

Und angestrengt hatte sie sich wirklich. Verzweifelt hatte sie versucht, die Klänge des Singsangs zu übertönen, den Anblick der schwarzen Kerzen auszublenden und den Geruch der Räucherstäbchen zu verdrängen. Sie erinnerte sich an das Geschrei, die erhobenen Stimmen, das Geräusch der Schüsse. Und an die Flammen, die schrecklichen, gierigen Flammen. An die Rauchschwaden, die so dicht gewesen waren, dass man nichts hatte sehen können. Auch die Gerüche vergingen nicht. Selbst jetzt hatte sie beim Aufwachen manchmal noch den Gestank von brennendem Fleisch in der Nase.

Trevor legte einen Arm um sie. »Weine nicht, Jessica. Nun sind wir schon mal hier und frieren alle, also lasst uns einfach weiterlaufen. Lasst uns Weihnachten mit Dad feiern, einen Neubeginn machen und versuchen, diesmal mit ihm klarzukommen.«

Jessica lächelte ihn durch den Regen und die Tränen an. Trevor. Er war seinem Vater so ähnlich und wusste es nicht einmal. »Wir werden ein wunderbares Weihnachtsfest verbringen, Tara. Warte ab, du wirst es sehen.«

Sie stiegen die restlichen Stufen hinauf, bis der Boden sich ebnete und Jessica den vertrauten Pfad fand, der sich durch die dichten Wälder zum Anwesen wand. Die kleine Insel im Meer zwischen Washington und Kanada war relativ abgelegen. Hier verkehrte nicht einmal eine Fähre vom Festland. So hatte Dillon es sich gewünscht, denn er wollte, dass seine Familie auf seiner eigenen Insel ungestört war. Früher hatte es Wachpersonal und Hunde gegeben. Jetzt gab es hier nur noch Schatten und quälende Erinnerungen, die ihr in der Seele wehtaten.

In den alten Zeiten hatte es auf der Insel vor Menschen gewimmelt, und es hatte reges Treiben geherrscht; jetzt war es still und nur ein Hausmeister lebte in einem der kleineren Häuser irgendwo auf der Insel. Jessicas Mutter hatte ihr erzählt, Dillon dulde auf Dauer nur einen einzigen älteren Mann hier. Selbst bei Regen und Wind war nicht zu übersehen, dass das Bootshaus schlecht instand gehalten wurde und die Straße, die in einem Bogen zum Haus hinaufführte, überwuchert war und kaum benutzt wurde. Am Landungssteg, wo immer etliche Boote gelegen hatten, war zwar jetzt keines in Sicht, doch im Bootshaus musste Dillon immer noch ein Boot liegen haben.

Der Pfad führte durch den dichten Wald. Der Wind peitschte die Äste so kräftig, dass der Baldachin, den die Bäume über ihren Köpfen bildeten, bedrohlich schwankte. Der Regen konnte die Wipfel nur mit Mühe durchdringen, doch einzelne Tropfen trafen laut platschend auf den Weg. Kleingetier verschwand raschelnd im Gebüsch, wenn sie vorüberkamen.

»Ich glaube nicht, dass wir noch in Kansas sind«, scherzte Trevor mit einem unsicheren Lächeln.

Jessica drückte ihn an sich. »Löwen und Tiger und Bären, meine Güte«, zitierte sie aus *Der Zauberer von Oz* und freute sich über das breite Grinsen auf seinem Gesicht.

»Ich kann einfach nicht glauben, dass er hier lebt«, schniefte Tara.

»Tagsüber ist es wunderschön«, beharrte Jessica. »Warte ab, es ist ein herrlicher Ort. Die Insel ist klein, aber hier gibt es alles.«

Sie folgten einer Wegbiegung und gerieten auf dem unebenen Untergrund ins Stolpern. Der kärgliche Lichtschein, den Trevors Taschenlampe auf den Boden vor ihnen warf, diente nur dazu, den Wald noch dunkler und erschreckender wirken zu lassen. »Bist du sicher, dass du den Weg weißt, Jess? Du bist seit Jahren nicht mehr hier gewesen«, sagte er.

»Diesen Weg finde ich mit geschlossenen Augen«, beteuerte ihm Jessica. Das entsprach jedoch nicht ganz der Wahrheit. Früher war der Weg sehr gepflegt gewesen und hatte in einem Bogen zur Klippe geführt. Dieser Weg hier war überwuchert und führte durch den dichtesten Teil des Waldes stetig bergauf zum Inneren der Insel. »Wenn du bewusst darauf achtest, kannst du das Rauschen links von uns hören. Im Moment führt der Bach viel Wasser, aber im Sommer ist die Strömung nicht so stark und er ist auch nicht so tief. Am Ufer wachsen überall Farnsträucher.« Sie wollte weiterreden, weil sie hoffte, ihre eigene Furcht dadurch in Schach zu halten.

Alle drei atmeten schwer von den Anstrengungen des Aufstiegs. Unter einem Baum mit einer besonders ausladenden Krone, die ihnen einen gewissen Schutz vor dem strömenden Regen bot, blieben sie stehen, um Luft zu holen. Trevor ließ den Lichtschein an dem massiven Stamm zu dem Baldachin hinaufgleiten und beschrieb dort Muster aus Licht, um Tara aufzumuntern. Als er den Strahl wieder an dem Stamm hinabsausen ließ, fiel der kleine Lichtkreis nicht weit von ihnen auf den Boden.

Jessica zuckte zusammen und presste sich eine Faust auf den Mund, um nicht aufzuschreien. Im nächsten Moment riss sie Trevor die Taschenlampe aus der Hand und richtete sie wieder auf die Stelle, die er versehentlich angestrahlt hatte. Einen entsetzlichen Moment lang bekam sie kaum Luft. Sie war sicher, dass sie jemanden gesehen hatte, der sie anstarrte. Jemanden in einem langen schwarzen Umhang mit schwerer Kapuze. Der Umhang wirbelte um die schemenhafte Gestalt herum, als handelte es sich um einen Vampir aus einem der Filme, die sich die Zwillinge dauernd ansahen. Wer auch immer es war – er hatte sie böse angestarrt und etwas in den Händen gehalten, das im Lichtschein gefunkelt hatte.

Ihre Hand zitterte heftig, doch es gelang ihr, die Stelle, an der er gestanden hatte, mit dem kleinen Lichtkegel zu finden. Sie war leer. Dort war nichts, keine Menschen und auch keine Vampire in wallenden Kapuzenumhängen. Sie setzte ihre Suche zwischen den Bäumen fort, aber vergeblich.

Trevor umfasste ihr Handgelenk, zog ihre Hand behutsam näher und nahm die Taschenlampe wieder an sich. »Was hast du gesehen, Jess?« Seine Stimme klang ruhig.

Sie sah die beiden an und schämte sich für die nackte Panik, die sie ihr angemerkt hatten, und auch dafür, dass die Insel sie wieder zu dem zu Tode verängstigten Teenager machte, der sie einst gewesen war. Sie hatte sich so viel erhofft: alle zusammenzuführen und eine Möglichkeit zu finden, Dillon wieder in die Welt zurückzuholen. Stattdessen halluzinierte sie. Diese schemenhafte Gestalt gehörte in ihre Alpträume und nicht in ein fürchterliches Unwetter.

Die Zwillinge blickten erwartungsvoll zu ihr auf. Jessica schüttelte den Kopf. »Ich weiß es nicht, vielleicht einen Schatten. Lasst uns sehen, dass wir schleunigst das Haus erreichen.« Sie schob sie vor sich her und versuchte ihnen Rückendeckung zu geben und zu sehen, was sich vor und neben ihnen befand.

Mit jedem Schritt, den sie machte, wuchs ihre Überzeugung, dass sie keinen Schatten gesehen hatte. Sie hatte keine Halluzinationen gehabt. Sie war ganz sicher, dass *irgendetwas*, sie beobachtet hatte. »Beeil dich, Trevor, ich friere«, drängte sie ihn.

Als sie die Anhöhe erreichten, verschlug ihr der Anblick des Hauses den Atem. Es war riesig, verschachtelt, mehrere Stockwerke hoch und mit runden Türmchen und grandiosen Schornsteinen versehen. Das ursprüngliche Haus war bei dem Brand vollständig zerstört worden und hier, auf der Anhöhe und umgeben von dichtem Wald, hatte Dillon das Haus seiner Jugendträume gebaut. Er war in den gotischen Baustil vernarrt gewesen, die Linienführung und die Steinmetzarbeiten, die Gewölbedecken und die verschnörkelten Durchgänge. Sie erinnerte sich noch daran, mit welcher Begeisterung er darüber gesprochen und auf der Anrichte in der Küche Bilder ausgebreitet hatte, damit sie und ihre Mutter sie bewundern konnten. Jessica hatte ihn gnadenlos damit aufgezogen, dass er ein verhinderter Architekt sei, und er hatte immer gelacht und erwidert, er sei ein Renaissance-Mensch und gehöre in ein Schloss oder einen Palast. Er hatte sie mit einem imaginären Schwert verfolgt und ihr von furchtbaren Fallen in Geheimgängen erzählt.

Rita Fitzpatrick hatte geweint, als sie dieses Haus gesehen hatte, und sie hatte Jessica erzählt, wie sehr sich Dillon an seine musikalischen Träume geklammert und behauptet hatte, der Bau des Hauses symbolisiere seine Auferstehung aus der Asche. Aber während der Monate im Krankenhaus, nachdem Dillon die Schmerzen und die Qualen seiner furchtbaren Verbrennungen ertragen hatte und sich darüber klargeworden war, dass sein Leben nie mehr zur Normalität zurückkehren würde, war der Punkt gekommen, an dem das Haus für ihn und für alle, die ihn kannten, zum Symbol der Dunkelheit geworden war, die sich in seine Seele geschlichen hatte. Jetzt ließ der Anblick des Hauses die beängstigende Vorahnung in Jessica aufkeimen, dass Dillon ein vollkommen veränderter Mann war.

Sie starrten das riesige Ungetüm an und rechneten fast damit, einen Geist zu sehen, der einen der Fensterläden aufstieß und sie vertrieb. Mit Ausnahme von zwei ihnen zugewandten Fenstern im zweiten Stock lag das Haus im Dunkeln und erweckte so den Eindruck, als würde es aus zwei Augen zurückstarren. Geflügelte Kreaturen schienen an den seitlichen Hauswänden hinaufzuklettern. Das gesprenkelte Mondlicht verlieh den in Stein gemeißelten Wesen eine gewisse Lebhaftigkeit.

»Ich will da nicht reingehen«, sagte Tara und wich zurück. »Wie das aussieht ...« Sie ließ ihren Satz unvollendet und hielt sich an der Hand ihres Bruders fest.

»Richtig böse«, half Trevor ihr auf die Sprünge. »Wirklich wahr, Jess, wie eines dieser Spukhäuser in den alten Filmen. Es sieht aus, als würde es uns anstarren.«

Jessica biss sich auf die Unterlippe und warf einen wachsamen Blick über ihre Schulter. »Ihr beide habt zu viele Gruselfilme geguckt. Damit ist jetzt Schluss.« Das Haus sah viel schlimmer aus als alles, was sie jemals in einem Film gesehen hatte. Es wirkte wie ein finster grübelndes Ungetüm, das stumm auf arglose Beute wartete. Wasserspeier kauerten in den Dachtraufen und starrten sie mit ausdruckslosen Augen an. Sie schüttelte den Kopf, um das Bild zu vertreiben. »Keine solchen Filme mehr. Ihr bringt mich dazu, dass ich es auch schon so sehe.« Sie rang sich ein unbehagliches, kleines Lachen ab: »Massenhalluzination.«

»Wir sind zwar nur eine kleine Masse, aber bei mir klappt es.« Eine Spur von Humor schwang in Trevors Stimme mit. »Mir ist eiskalt. Wir sollten besser reingehen.«

Keiner rührte sich von der Stelle. Sie starrten weiterhin stumm das Gebäude an und beobachteten, wie der Wind und der Mond den Steinmetzarbeiten scheinbar Leben einhauchten. Nur das Geräusch des erbarmungslosen Regens erfüllte die Nacht. Jessicas Herz schlug heftig in ihrer Brust. Sie konnten nicht umkehren. In den Wäldern trieb sich etwas herum. Es gab kein Boot, zu dem sie zurückkehren konnten, nur den Wind und den stechenden Regen. Aber das Haus schien sie mit derselben Bösartigkeit anzustarren wie die vermummte Gestalt in den Wäldern.

Dillon hatte keine Ahnung, dass sie in der Nähe waren. Sie hatte geglaubt, sie würde Erleichterung verspüren und sich sicher fühlen, sobald sie ihn erreicht hatten, stattdessen fürchtete sie sich vor seinem Zorn. Und sie fürchtete auch, was er in Gegenwart der Zwillinge sagen würde. Es würde ihm nicht gefallen, dass sie ihm ihr Eintreffen in keiner Weise angekündigt hatte, aber hätte sie ihn angerufen, hätte er ja doch nur gesagt, sie solle nicht herkommen. Er sagte ihr immer, sie solle nicht kommen. Sie hatte zwar versucht, sich damit zu trösten, dass er in seinen letzten Briefen etwas fröhlicher geklungen und mehr Interesse an den Zwillingen gezeigt hatte, doch sie konnte sich nicht vormachen, sie würden ihm willkommen sein.

Trevor setzte sich als Erster in Bewegung und klopfte Jessica aufmunternd auf den Rücken, als er sich an ihr vorbeidrängte und einen Schritt auf das Haus zuging.

Tara folgte ihm, und Jessica bildete das Schlusslicht. Irgendwann war die nähere Umgebung des Hauses landschaftlich gestaltet worden, die Sträucher waren gestutzt und Blumenbeete angelegt worden, doch es entstand der Eindruck, als hätte sich schon seit einiger Zeit niemand mehr darum gekümmert. Eine große Skulptur springender Delfine erhob sich aus einem Teich am hinteren Ende des Vorgartens. An den verwilderten Rändern des Gartens waren Statuen grimmiger Raubkatzen verstreut, die aus dem dichten Gestrüpp herauslugten.

Tara rückte näher an Jessica und ein kleiner besorgter Laut entschlüpfte ihr, als sie die Schieferplatten des Gehwegs erreichten. Sie alle zitterten gewaltig, und ihre Zähne klapperten; Jessica redete sich ein, es läge am Regen und an der Kälte. Sie waren bis auf wenige Meter an die Veranda mit ihren hohen, dicken Säulen herangekommen, als sie es hörten. Ein tiefes, grimmiges Knurren. Es kam aus dem Wind und dem Regen und sein Ursprungsort ließ sich unmöglich bestimmen, doch die Lautstärke schwoll an.

Tara bohrte ihre Finger in Jessicas Arm. »Was tun wir jetzt?«, wimmerte sie.

Jessica spürte, dass das Kind unkontrolliert zitterte. »Wir gehen weiter. Trevor, halt deine Taschenlampe bereit – du könntest sie brauchen, um sie dem Ding über den Schädel zu ziehen, falls es uns angreift.« Sie ging weiter auf das Haus zu und nahm die Zwillinge mit. Ihre Bewegungen waren langsam, aber stetig, denn sie wollte das aggressive Verhalten eines Wachhundes nicht dadurch auslösen, dass sie rannte.

Das Knurren schwoll zu einem warnenden Bellen an. Unerwartet wurden der Rasen und die Veranda von Licht überflutet, und der große Schäferhund, der sie mit gesenktem Kopf und entblößten Lefzen erwartete, kam zum Vorschein. Er stand direkt neben der Veranda im dichten Gestrüpp und hielt den Blick fest auf sie gerichtet, als sie die Stufen erreichten. In dem Moment, in dem der Hund sich in Bewegung setzte, wurde die Haustür aufgerissen.

Tara brach in Tränen aus. Jessica hätte nicht sagen können, ob es Tränen der Erleichterung oder der Furcht waren. Schützend schlang sie ihre Arme um das Mädchen.

»Was zum Teufel soll das?«, begrüßte sie ein schlanker Mann mit zotteligem blonden Haar, der in der Tür stand. »Ruhe, Toby«, befahl er dem Hund.

»Vertreib sie schleunigst von meinem Anwesen«, brüllte eine andere Stimme aus dem Inneren des Hauses.

Jessica starrte den Mann in der Tür an. »Paul?« In ihrer Stimme schwang immense Erleichterung mit. Sie ließ die Schultern hängen und plötzlich brannten auch in ihren Augen Tränen. »Dem Himmel sei Dank, dass du hier bist! Die Kinder brauchen dringend eine heiße Dusche, um sich aufzuwärmen. Wir sind halb erfroren.«

Paul Ritter, ein früheres Bandmitglied und ein langjähriger Freund von Dillon Wentworth, gaffte sie und die Zwillinge fassungslos an. »Meine Güte, Jess, du bist es. Und du bist ganz erwachsen. Das sind wohl Dillons Kinder?« Er trat hastig zurück, um sie einzulassen. »Dillon, wir haben noch mehr durchgefrorene Besucher, die dringend eine heiße Dusche und heiße Schokolade brauchen!« Paul zog Jessica, nass, wie sie war, in seine Arme. »Ich kann nicht glauben, dass ihr drei hier seid. Es ist so schön, euch zu sehen. Dillon hat mir kein Wort davon gesagt, dass ihr kommt. Sonst hätte ich euch am

Bootssteg abgeholt.« Er schloss die Tür gegen den Wind und den Regen. Die plötzliche Stille brachte ihn zum Schweigen.

Jessica blickte zu der schemenhaften Gestalt auf der Treppe. Im ersten Moment verschlug es ihr den Atem. Diese Wirkung hatte Dillon immer auf sie. Er lehnte an der Wand und wirkte elegant und lässig, die klassische Dillon-Pose. Das Licht ergoss sich auf sein Gesicht, das Gesicht eines Engels. Dichtes blau-schwarzes Haar fiel gewellt auf seine Schultern, so schillernd wie die Flügel eines Raben. Auf seinen markanten Gesichtszügen war die Andeutung von Bartstoppeln zu sehen. Sein Mund war ungeheuer sinnlich, und seine Zähne waren verblüffend weiß, doch das, was auf alle, einschließlich Jessica, immer wieder eine hypnotische Wirkung ausübte, waren seine Augen, umwerfende, leuchtend blaue Augen, die vor Intensität glühten.

Jessica spürte, wie sich Tara neben ihr rührte und ehrfürchtig zu ihrem Vater aufblickte. Trevor gab ein leises Geräusch von sich, das fast gequält klang. Die blauen Augen starrten auf die drei herunter. Sie sah, wie sich Freude und ein Ausdruck wohlwollenden Erstaunens auf Dillons Gesicht breitmachten. Als er vortrat und mit beiden Händen das Geländer packte, lag ein bezauberndes Strahlen auf seinem Gesicht. Er trug ein kurzärmeliges Hemd und seine nackten Hände und Arme waren so deutlich zu erkennen, als sei ein Scheinwerfer, der jedes Detail hervorhob, darauf gerichtet worden. Seine Arme, seine Handgelenke und seine Hände waren von einem Geflecht aus vernarbter Haut überzogen. Auch seine Finger waren vernarbt und gekrümmt. Der Gegensatz zwischen seinem Gesicht und seinem Körper war schockierend.

Das Engelsgesicht und die entstellten, wulstigen Arme und Hände.

Tara erschauerte und warf sich in Jessicas Arme. Augenblicklich zog sich Dillon in den Schatten zurück, und das herzliche Lächeln, mit dem er sie willkommen geheißen hatte, erlosch. Die glühenden blauen Augen hatten von freudig auf eiskalt umgeschaltet. Sein Blick musterte Jessicas Gesicht eingehend, glitt über die Zwillinge und kehrte zu ihr zurück. Seinen sinnlichen Mund kniff er unheilverkündend zusammen. »Sie sind durchgefroren, Paul. Für Erklärungen ist später noch Zeit genug. Bitte zeig ihnen die Bäder, damit sie diese nassen Sachen ausziehen können. Du wirst zwei weitere Schlafzimmer herrichten müssen.« Er stieg im Halbdunkel die Treppe hinauf und achtete sorgsam darauf, dass kein Licht auf ihn fiel. »Und schick Jess zu mir hinauf, sobald sie sich einigermaßen aufgewärmt hat.« Seine Stimme war immer noch diese perfekte Mischung aus rauchig und rau, eine gefährliche Kombination, die wie die Berührung von Fingern über ihre Haut strich.

Als Jessica ihm hinterhersah, schlug ihr das Herz bis zum Hals. Sie drehte sich zu Paul um. »Warum hast du mir nichts davon gesagt? Er kann nicht spielen, stimmt's? Mein Gott, er kann seine Musik nicht mehr spielen.« Sie wusste, wie viel die Musik Dillon bedeutete. Sie war sein Leben. Sein Ein und Alles. »Ich wusste es nicht. Meine Mutter hat mich nie mehr hierher mitgenommen. Als sie dieses eine Mal mit den Zwillingen hier war, bin ich krank gewesen. Als ich ihn allein besuchen wollte, hat er abgelehnt.«

»Es tut mir leid.« Tara weinte jetzt wieder. »Es war keine Absicht. Ich konnte nicht aufhören, seine Hände anzusehen. Sie sahen nicht menschlich aus. Es war *abstoßend*. Ich wollte es nicht tun, wirklich nicht. Es tut mir leid, Jessie.«

Jessica wusste, dass das Kind dringend Trost brauchte. Tara fühlte sich schuldig. Und sie war müde, verängstigt und fror. Jessica musste selbst gegen die Tränen ankämpfen, so sehr hatte ihre Entdeckung sie erschüttert. »Schon gut, Schätzchen, wir werden eine Möglichkeit finden, es wieder geradezubiegen. Du brauchst eine heiße Dusche und ein Bett. Morgen früh wird alles besser sein.« Sie sah Trevor an. Er starrte wie hypnotisiert seinem Vater hinterher. »Trev? Ist alles in Ordnung mit dir?«

Er nickte und räusperte sich. »Ja, mit mir schon, aber mit ihm nicht, wenn du mich fragst.«

»Deshalb sind wir ja hier«, sagte Jessica und sah Paul über Taras gesenkten Kopf hinweg an. Sie glaubte nicht einen Moment lang, dass sich der Schaden, den Tara angerichtet hatte, beheben lassen würde, und ein Blick in Pauls Gesicht ließ sie vermuten, dass sie Recht hatte. Mühsam rang sie sich ein Lächeln ab. »Tara, vielleicht erinnerst du dich nicht mehr an ihn, du warst noch ein kleines Mädchen, aber das ist Paul Ritter. Er war eines der Gründungsmitglieder von HereAfter, und er ist ein sehr guter Freund deiner Familie.«

Paul strahlte das Mädchen an. »Als ich dich das letzte Mal gesehen habe, warst du fünf Jahre alt und hattest einen wüsten schwarzen Lockenkopf.« Er hielt Trevor die Hand hin. »Du hattest auch so einen wüsten Lockenkopf.«

»Den habe ich immer noch«, antwortete Trevor und grinste Paul an.

2

Dampfwolken wanden sich durch das gekachelte Badezimmer und füllten wie unnatürlicher Nebel jeden Winkel aus. Der Raum war groß und schön mit seiner tiefen Wanne und den Hängepflanzen. Nachdem sie lange und heiß geduscht hatte, fühlte Jessica sich wieder menschlicher, doch der Dampf war so dicht, dass sie kaum etwas sehen konnte. Sie rieb den Spiegel mit einem Handtuch trocken und starrte in ihr blasses Gesicht. Sie war erschöpft und wollte nur noch schlafen.

Nichts wünschte sie sich weniger, als Dillon Wentworth wie ein verängstigtes Kind gegenüberzutreten. Ihre grünen Augen waren zu groß für ihr Gesicht, ihr Mund zu üppig, ihr Haar zu rot. Sie hatte sich immer ein raffiniertes, elegantes Aussehen gewünscht, doch stattdessen hatte sie das Äußere des Mädchens von nebenan abgekriegt. Sie betrachtete ihr Spiegelbild genauer und hoffte, reifer zu wirken. Ohne Make-up sah sie jünger aus als fünfundzwanzig. Jessica seufzte und schüttelte aufgebracht den Kopf. Sie war kein Kind von achtzehn Jahren mehr, sondern eine erwachsene Frau, die geholfen hatte, Tara und Trevor großzuziehen. Sie wollte, dass Dillon sie ernst nahm und sich anhörte, was sie zu sagen hatte, statt sie wie einen Teenager zu behandeln.

»Sei nicht theatralisch, Jess«, sagte sie zur Warnung laut zu sich selbst. »Benutze keine Worte wie ›Leben und Tod‹. Sei einfach nur sachlich.« Sie schlotterte, als sie eine trockene Jeans anzog, und trotz der heißen Dusche zitterten ihre Hände. »Gib ihm keine Chance, dir Hysterie oder zu ausgeprägte Fantasie zu unterstellen.« Sie hasste diese Begriffe. Die Polizei hatte sie großzügig verwendet, als Jessica sich dort Rat holen wollte, nachdem den Zwillingen die alten Schundblätter zugeschickt worden waren und die Anrufe begonnen hatten. Sie war ganz sicher, dass die Polizei gedacht hatte, sie sei scharf auf Publicity.

Bevor sie zu Dillon ging, musste sie nachsehen, ob für die Zwillinge gesorgt wurde. Paul hatte sie in ein Zimmer im ersten Stock geführt, eine geräumige Suite mit Wohnzimmer und Bad, wie in einem Hotel. Jessica konnte sich vorstellen, warum Dillon sein privates Wohnhaus so gebaut hatte. Bestimmt hatte er sich anfangs an den Gedanken geklammert, er würde wieder spielen, komponieren und Aufnahmen machen, und sein Haus würde mit Gästen gefüllt sein. Sie litt mit ihm, und es tat ihr in der Seele weh um sein Talent, das musikalische Genie in ihm, das ihn Tag und Nacht quälen musste. Sie konnte sich Dillon nicht ohne seine Musik vorstellen.

Sie schlenderte durch den breiten Flur zu der geschwungenen Treppe. Diese führte ins obere Stockwerk und nach unten ins Erdgeschoss. Jessica war sicher, dass sie die Zwillinge in der Küche und Dillon im zweiten Stock vorfinden würde. Daher begab sie sich nach unten, um das Unvermeidliche hinauszuzögern. Das Haus war wunderschön, alles aus Holz mit hohen Decken und Buntglas. Es gab zahllose Räume, die zu einer Erkundungstour lockten, doch der Klang von Taras Lachen ließ sie in die Küche eilen.

Paul strahlte sie an. »Bist du dem Schokoladengeruch gefolgt?« Er war immer noch so, wie sie ihn in Erinnerung hatte, zu dünn, zu bleich und mit diesem bereitwilligen, einnehmenden Lächeln, das in ihr stets den Wunsch weckte, ebenfalls zu lächeln.

»Nein, dem Klang von Gelächter.« Jessica gab Tara einen Kuss und zerzauste ihr Haar. »Ich höre dich gern lachen. Fühlst du dich besser, Schätzchen?« Das Mädchen sah besser aus, nicht mehr so blass und verfroren.

Tara nickte. »Viel besser. Heiße Schokolade hilft immer, stimmt's?«

»Sie fahren beide total auf Schokolade ab«, teilte Trevor Paul mit. »Du machst dir keine Vorstellung davon, wie schrecklich es zugeht, wenn keine Schokolade im Haus ist.«

»Hören Sie nicht auf ihn, Mr. Ritter«, spottete Tara. »Er liebt Schokolade auch.«

Paul lachte. »Mich hat seit Jahren niemand mehr Mr. Ritter genannt, Tara. Nenn mich Paul.« Er lehnte sich entspannt neben Jessica an die Anrichte. »Ich hatte das Gefühl, Dillon wusste nicht, dass ihr kommt. Was hat euch hierhergeführt?«

»Weihnachten natürlich«, sagte Jessica munter. »Wir wollten Weihnachten im Kreise der Familie feiern.«

Paul lächelte, doch selbst das konnte die Schatten aus seinen dunklen Augen nicht vertreiben. Er warf den Zwillingen einen Blick zu und verkniff sich die Bemerkung, die er sonst gemacht hätte. »Wir haben im Moment so viel Gesellschaft wie seit Jahren nicht mehr. Das Haus ist voll, alles alte Bekannte, die offensichtlich dieselbe Idee hatten. Weihnachten, so, so.« Er rieb sich das Kinn und zwinkerte Tara zu. »Ihr wollt einen geschmückten Baum und alles, was dazugehört?«

Tara nickte feierlich. »Ich will einen großen Baum, den wir alle zusammen schmücken, wie wir es immer getan haben, als Mama Rita noch am Leben war.«

Jessica sah sich in der großen Küche um und war den Tränen näher, als ihr lieb war. »Hier sieht es genauso aus, Paul. Es ist dieselbe Küche wie im alten Haus.« Sie lächelte die Zwillinge an. »Erinnert ihr euch noch?« Bei der Vorstellung, dass Dillon das Reich ihrer Mutter detailgetreu wiederaufgebaut hatte, wurde ihr warm ums Herz. Sie hatten fünf glückliche Jahre in der Küche verbracht. Vivian hatte sie nicht ein einziges Mal betreten. Oft hatten sie Witze darüber gemacht, dass sie wahrscheinlich nicht einmal den Weg zur Küche kannte. Aber Tara, Trevor und Jessica hatten den größten Teil ihrer Zeit an diesem Zufluchtsort oder in seiner Nähe verbracht. Es war ein Ort der Geborgenheit und des Friedens gewesen, ein Rückzugsort, wenn Dillon auf Tour war und man sich in den anderen Räumen nicht mehr zu Hause fühlte.

Trevor nickte. »Tara und ich haben gerade mit Paul darüber gesprochen. Hier fühlt man sich wie zu Hause. Ich habe fast damit gerechnet, den Schrank zu finden, in den ich meinen Namen geritzt hatte.«

Paul nahm Jessica am Ellbogen und bedeutete ihr mit dem Kopf, ihm aus der Küche zu folgen. »Du solltest ihn nicht zu lange warten lassen, Jessie.«

Mit aufgesetzter Fröhlichkeit winkte sie den Zwillingen zu, als sie Paul widerstrebend folgte und ihr flau in der Magengrube wurde. Dillon. Nach all der Zeit würde sie ihm gegenübertreten. »Wie meintest du das, alles alte Bekannte? Wer ist hier, Paul?«

»Die Band. Dillon kann zwar nicht mehr so spielen wie früher, aber er komponiert noch. Du weißt ja, wie sehr ihm die Musik am Herzen liegt. Jemand hatte die Idee, ein paar Songs in seinem Studio aufzunehmen. Er hat sich natürlich ein supertolles Studio eingerichtet. Die Akustik ist perfekt, er hat die neuesten Geräte angeschafft, und wer könnte einem Song von Dillon Wentworth widerstehen?«

»Er komponiert wieder?« Freude wogte in ihr auf. »Das ist ja wunderbar, genau das, was er braucht. Er ist viel zu lange allein gewesen.«

Auf der Treppe passte Paul seinen Schritt dem ihren an. »Es fällt ihm schwer, Menschen um sich zu haben. Er will nicht gesehen werden. Und seine aufbrausende Art ... Er ist es gewohnt, seinen Willen zu bekommen, Jessica. Er ist nicht mehr der Dillon, den du kennst.«

Etwas in seiner Stimme, ließ in ihrem Kopf die Alarmglocken schrillen. Sie warf ihm einen Seitenblick zu. »Das erwarte ich auch nicht. Ich weiß, dass du mich vertreiben willst und versuchst, ihn zu beschützen, aber Trevor und Tara brauchen einen Vater. Es mag ja sein, dass er viel durchgemacht hat, aber das gilt auch für die beiden. Sie haben ihr Zuhause und ihre Eltern verloren. Vivian war kein großer Verlust, sie kannten sie kaum und das, woran sie sich erinnern, ist nicht erfreulich, aber Dillon hat sie im Stich gelassen. Egal, wie du es drehst und wendest – er hat sich zurückgezogen, und sie waren auf sich allein gestellt.«

Paul blieb im ersten Stock stehen und blickte die Treppe hinauf. »Er ist durch die Hölle gegangen. Über ein

Jahr im Krankenhaus, damit sie alles Erdenkliche für seine Verbrennungen tun konnten, all diese Operationen, die Hauttransplantationen und die Reporter, die ihm ständig im Nacken saßen. Und natürlich die Gerichtsverhandlung. Er ist so bandagiert wie eine verfluchte Mumie vor Gericht erschienen. Es war der reinste Medienrummel. Fernsehkameras wurden ihm ins Gesicht gehalten, und die Leute haben ihn angestarrt wie ein Monster. Sie wollten glauben, er hätte Vivian und ihren Geliebten ermordet. Sie wollten, dass er schuldig ist. Vivian war nicht die Einzige, die in jener Nacht gestorben ist. Sieben Menschen sind bei diesem Brand ums Leben gekommen. Sie haben ihn als Ungeheuer hingestellt.«

»Ich war hier«, rief ihm Jessica leise ins Gedächtnis zurück, während ihr Magen gegen die Erinnerungen aufbegehrte. »Ich bin gemeinsam mit zwei Fünfjährigen auf Händen und Knien durch das Haus gekrochen, Paul. Ich habe sie aus einem Fenster gestoßen und bin ihnen gefolgt. Tara ist seitlich an der Klippe hinuntergerollt und wäre beinah im Meer ertrunken. Ich konnte sie nicht aus dem Wasser ziehen und es rechtzeitig auf die andere Seite des Hauses schaffen, um Dillon Bescheid zu geben, dass sie in Sicherheit sind.« Sie war so erschöpft gewesen, nachdem sie darum gekämpft hatte, Tara zu retten, die sich kaum noch an der Wasseroberfläche hatte halten können. Sie hatte kostbare Zeit damit vergeudet, mit den Kindern am Strand zu liegen, mit rasendem Herzen und brennender Lunge. Währenddessen hatte sich Dillon von den anderen losgerissen und sich seinen Weg in das brennende Haus freigekämpft, um die Kinder zu retten. Sie presste eine Hand an den Kopf. »Glaubst du etwa, ich denke nicht jeden einzelnen Tag meines Lebens daran?

Was hätte ich tun sollen? Ich kann es nicht ändern, ich kann die Zeit nicht zurückdrehen.« Eine Woge von Schuld ergriff sie, bis sie sich ganz elend fühlte.

»Jessica.« Dillons Stimme wehte die Treppe herunter. Niemand hatte eine solche Stimme wie Dillon Wentworth. Wie er ihren Namen sagte, beschwor nächtliche Fantasien herauf, lebhafte Eindrücke von schwarzem Samt, der über entblößte Haut streift. Mit dieser Stimme konnte er bezaubern, hypnotisieren und Tausende von Menschen in seinen Bann ziehen. Seine Stimme war eine mächtige Waffe, und Jessica war schon immer anfällig dafür gewesen.

Sie umklammerte das Geländer und stieg zu ihm hinauf. Er erwartete sie am oberen Ende der Treppe. Es betrübte sie zu sehen, dass er sich umgezogen hatte und jetzt ein langärmeliges weißes Hemd trug, das seine vernarbten Arme verbarg. Ein Paar dünne schwarze Lederhandschuhe bedeckte seine Hände. Er war schlanker als früher, vermittelte aber immer noch den Eindruck von immenser Kraft, die sie so lebhaft in Erinnerung hatte. Seine Bewegungen waren anmutig und zeigten sein rhythmisches Gespür. Er schritt nicht über eine Bühne, er schwebte. Er war nur neun Jahre älter als sie, aber in sein Gesicht waren Falten des Leidens gemeißelt und seine Augen spiegelten tiefen inneren Schmerz wider.

»Dillon.« Sie sagte seinen Namen. So viel mehr stieg aus der Asche ihrer gemeinsamen Vergangenheit auf, so viele Worte, so viele Gefühle. Sie wollte ihn in ihren Armen halten, ihn eng an sich ziehen. Sie wollte die Hände nach ihm ausstrecken, doch sie wusste, dass er sie nicht anrühren würde. Stattdessen lächelte sie und hoffte, er würde sehen, was sie empfand. »Ich bin so froh, dich wiederzusehen.«

Ihr Lächeln wurde nicht erwidert. »Was hast du hier zu suchen, Jessica? Was hast du dir dabei gedacht, die Kinder herzubringen?«

Sein Gesicht war eine undurchdringliche Maske. Paul hatte Recht. Dillon war nicht mehr so wie früher. Dieser Mann war ihr fremd. Er sah aus wie Dillon, er bewegte sich wie Dillon, aber dort, wo früher ein bereitwilliges Lächeln und eine gewisse Sinnlichkeit gelauert hatten, trug er nun einen grausamen Zug um den Mund. Seine blauen Augen hatten immer vor Intensität geglüht, vor innerem Aufruhr, vor unbändiger Leidenschaft und purer Lebensfreude. Jetzt leuchteten sie in einem stechenden Eisblau.

»Siehst du ganz genau hin?« Er konnte seinen Worten gegen Ende eine Wendung geben, sie durch eine andere Betonung verdrehen, die nur ihm zu eigen war. Seine Worte waren bitter, doch seine Stimme war ruhig und distanziert. »Sieh dich ruhig satt, Jess, bring es hinter dich.«

»Ich betrachte dich, Dillon. Warum auch nicht? Ich habe dich seit sieben Jahren nicht mehr gesehen. Nicht seit dem Unfall.« Sie achtete bewusst darauf, dass ihre Stimme neutral klang, obwohl ein Teil von ihr um ihn weinen wollte. Nicht wegen der Narben auf seinem Körper, sondern wegen der weitaus schlimmeren Narben auf seiner Seele. Und er sah sie an, seine Blicke glitten wie Dolche über sie und nahmen jede Einzelheit zur Kenntnis. Jessica würde nicht zulassen, dass er sie aus der Fassung brachte. Es war zu wichtig für sie alle. Tara und Trevor hatten niemand anderen, der für sie kämpfte und sich für ihre Rechte einsetzte. Für ihren Schutz. Und es schien so, als hätte auch Dillon niemanden.

»Das glaubst du also, Jessica? Dass es ein Unfall war?« Ein humorloses kleines Lächeln ließ seine Lippen weicher werden, doch seine Augen glitzerten wie Eiskristalle. Dillon wandte sich von ihr ab und ging zu seinem Arbeitszimmer. Er trat zurück und bedeutete ihr, vor ihm einzutreten. »Du bist noch viel naiver, als ich dachte.«

Jessicas Körper streifte seinen, als sie an ihm vorbeiging, um sein privates Reich zu betreten. Sie nahm ihn so deutlich als Mann wahr, dass sämtliche Nervenenden schlagartig zum Leben erwachten. Elektrische Funken schienen zwischen ihnen überzuspringen. Er holte scharf Luft, und seine Augen wurden rauchgrau, bevor er sich von ihr abwandte.

Sie nahm sein Arbeitszimmer in Augenschein, um sich von ihm und seiner Männlichkeit abzulenken, und empfand es als angenehm. Es hatte mehr von dem Dillon, den sie in Erinnerung hatte. Viel weiches Leder, Gold- und Brauntöne, warme Farben. Kostbare Bücher standen, durch Glastüren geschützt, in deckenhohen Regalen. »Das Feuer war ein Unfall«, wagte sie erneut zu sagen, um sich behutsam vorzutasten.

Es schien, als würde ihr der Boden unter den Füßen weggezogen. Dieses Haus war anders und dennoch dasselbe, das sie in Erinnerung hatte. Dort gab es behagliche Orte, die von einem Moment auf den anderen verschwinden konnten. Dillon war ein Fremder, und in seinem funkelnden Blick lag etwas Bedrohliches, als er sie mit der Unerschrockenheit eines Raubtieres musterte. Voll Unbehagen nahm Jessica auf der anderen Seite des riesigen Mahagonischreibtisches Platz. Sie hatte das Gefühl, sie hätte es mit einem Feind und nicht mit einem Freund zu tun.

»So lautet der offizielle Urteilsspruch, nicht wahr? Ein komisches Wort – offiziell. Man kann fast alles offiziell machen, indem man es auf Papier schreibt und oft genug wiederholt.«

Jessica wusste nicht, was sie darauf sagen sollte. Sie hatte keine Ahnung, was er damit andeuten wollte. Sie verflocht ihre Finger miteinander und sah ihn mit ihren grünen Augen eindringlich an. »Was willst du damit sagen, Dillon? Glaubst du, Vivian hat das Haus vorsätzlich in Brand gesteckt?«

»Die arme vernachlässigte Vivian.« Er seufzte. »Du rufst zu viele Erinnerungen wach, Jess. Erinnerungen, die ich nicht gebrauchen kann.«

Auf ihrem Schoß verschlangen sich ihre Finger enger miteinander. »Das tut mir leid, Dillon. Die meisten meiner Erinnerungen an dich sind wunderbar und liegen mir sehr am Herzen.«

Er lehnte sich in seinem Ledersessel zurück, der sorgsam so aufgestellt war, dass sein Körper im Schatten blieb. »Erzähl mir von dir. Was hast du in letzter Zeit gemacht?«

Sie sah ihm fest in die Augen. »Ich habe Musik studiert und arbeite bei den Eternity Studios als Toningenieurin, aber ich glaube, das weißt du.«

Er nickte. »Es heißt, du seist brillant in deinem Job, Jess.« Er beobachtete, wie sich ihre Mundwinkel hochzogen, und versteifte sich. Ihr Mund faszinierte ihn, und diese Faszination widerte ihn an. Sie ließ zu viele Sünden hochkommen, an die er nicht denken wollte. Jessica Fitzpatrick hätte nie wieder in seinem Leben auftauchen sollen.

»Du hast das Haus weit von den Klippen zurückgesetzt«, sagte sie.

»Mir hat der Standort nie gefallen. Er war zu gefährlich.« Er taxierte ihre Figur, fast schon beleidigend. »Erzähl mir von den Männern in deinem Leben. Ich nehme an, es gibt den einen oder anderen? Bist du hergekommen, um mir zu sagen, du hättest jemanden gefunden und wolltest dir die Kinder vom Hals schaffen?« Die Vorstellung erzürnte ihn. Heiße Lava ergoss sich in dickflüssigen, bedrohlichen Schwaden in seinen Blutkreislauf.

Sie nahm seine Gereiztheit wahr, ohne sie an etwas festmachen zu können. Sobald sie sich auf etwas konzentrierte, bewegte er sich mit einem Satz von der Stelle und brachte sie aus dem Gleichgewicht. Das Gespräch kam ihr vor wie eine der Schachpartien, die sie vor vielen Jahren so oft in der Küche ihrer Mutter gespielt hatten. In einem Wortgefecht konnte sie es nicht mit ihm aufnehmen, und das wusste sie. Dillon konnte jemandem mit einem Lächeln im Gesicht das Herz herausreißen. Sie hatte miterlebt, wie er – charmant und verschlagen – die eine Bemerkung machte, die seinen Gegner wie Glas zersplittern lassen würde.

»Führen wir Krieg, Dillon?«, fragte Jessica. »Wenn ja, dann solltest du mir nämlich die Spielregeln erklären. Wir sind hergekommen, um Weihnachten mit dir zu verbringen.«

»Weihnachten?« Er spuckte das Wort geradezu aus. »Weihnachten feiere ich nicht.«

»Aber wir feiern Weihnachten, deine Kinder, deine Familie, Dillon. Du erinnerst dich doch noch daran, was eine Familie ist, oder? Wir haben dich seit Jahren nicht mehr gesehen; ich dachte, du freust dich vielleicht.«

Seine Augenbrauen schossen in die Höhe. »Freuen, Jess? Du dachtest, ich würde mich freuen? Das hast du keinen Moment lang geglaubt. Lass uns ein bisschen ehrlicher miteinander sein.«

Sie begann langsam, aber sicher wütend zu werden. »Ich bezweifle, dass du weißt, was Ehrlichkeit bedeutet, Dillon. Du belügst dich selbst in so vielen Dingen, dass es dir zur Gewohnheit geworden ist.« Sie erschrak über ihre mangelnde Selbstbeherrschung. Der Vorwurf rutschte ihr heraus, bevor sie ihn zurückhalten konnte.

Er streckte die Beine aus, entspannt und belustigt und weiterhin im Schatten. »Ich habe mich schon gefragt, wann dein Temperament wohl ausbricht. Ich erinnere mich noch an die alten Zeiten, als du explodiert bist, wenn dir jemand zu sehr zugesetzt hat. Es ist immer noch da, wenn auch tief verborgen, aber du bist immer noch leicht zu entflammen, stimmt's, Jess?«

Dillon erinnerte sich allzu lebhaft daran. Er war ein erwachsener Mann gewesen, um Gottes willen, gerade siebenundzwanzig Jahre alt und mit zwei Kindern und einer rauschgiftsüchtigen Wahnsinnigen als Ehefrau. Und er war von einem achtzehnjährigen Mädchen besessen gewesen. Das war abartig und ekelhaft. Jessica war immer so lebendig gewesen, so leidenschaftlich verliebt in das Leben, dass es sein Verständnis restlos überschritt. Sie war intelligent, und ihr Verstand war wie ein gieriger Schwamm. Sie teilte seine Liebe zur Musik, zu alten Bauwerken und zur Natur. Sie liebte seine Kinder. Er hatte sie nie angerührt und sich niemals gestattet, sich sexuellen Fantasien über sie hinzugeben, aber jede Kleinigkeit an ihr war ihm aufgefallen und für diese Schwäche hatte er sich verabscheut.

»Provozierst du mich bewusst, um zu sehen, was ich tun werde?« Sie bemühte sich, ihre Stimme nicht verletzt klingen zu lassen, doch sie fürchtete, es sei ihr im Gesicht anzusehen. Ihm fiel an anderen immer jede Kleinigkeit auf.

»Genau das tue ich«, gab er plötzlich zu. Seine Augen blitzten sie an, und die entspannte, unbeteiligte Art war im Handumdrehen von ihm abgefallen. »Warum zum Teufel bist du mit meinen Kindern so weit gereist, hast sie zu Tode erschreckt und ihr Leben in Gefahr gebracht ...« Er hätte sie am liebsten erwürgt. Seine Hände um ihren schmalen Hals geschlungen und sie dafür erwürgt, dass sie sein Leben wieder einmal auf den Kopf stellte. Er konnte es sich nicht leisten, Jessica in seiner Nähe zu haben. Jetzt nicht. Und auch niemals sonst.

»Ich habe ihr Leben nicht in Gefahr gebracht.« Ihre grünen Augen funkelten erbost, als sie den Vorwurf von sich wies.

»Bei diesem Unwetter hast du sie in Gefahr gebracht. Und du hast mich nicht mal vorher angerufen.«

Jessica atmete tief ein und stieß die Luft langsam wieder aus. »Nein, ich habe nicht angerufen. Du hättest ja doch nur gesagt, wir sollten nicht kommen. Sie gehören hierher, Dillon.«

»Jessica, die Erwachsene. Es fällt mir schwer, dich nicht mehr als einen unbändigen Teenager zu sehen und zu akzeptieren, dass du jetzt eine Frau bist.« Sein Tonfall war die reinste Beleidigung.

Sie reckte das Kinn in die Luft. »Also wirklich, Dillon, ich hätte gedacht, du würdest es vorziehen, mich dir als eine wesentlich ältere Frau vorzustellen. Schließlich warst du nur allzu bereit, Trevor und Tara nach Mamas Tod bei mir zu lassen, ganz ungeachtet meines Alters.«

Er erhob sich von seinem Stuhl und bewegte sich flink durch den Raum, um Abstand zwischen sich und

Jessica zu bringen. »Darum geht es also? Willst du mehr Geld?«

Jessica blieb stumm und sah ihn an. Es kostete sie große Selbstbeherrschung, nicht aufzustehen und hinauszugehen. Sie ließ zu, dass sich das Schweigen in die Länge zog und zu einem spannungsgeladenen Moment führte. Schließlich drehte Dillon sich zu ihr um.

»Das war sogar unter deiner Würde, Dillon«, sagte sie leise. »Du hättest schon vor langer Zeit ein paar Ohrfeigen verdient gehabt. Erwartest du Mitleid von mir? Ist es das, was du willst? Mitgefühl? Bedauern? Da kannst du lange warten.«

Er lehnte am Bücherregal und hatte seinen Blick fest auf ihr Gesicht gerichtet. »Das habe ich vermutlich verdient.« Seine behandschuhten Finger glitten über einen ledernen Buchrücken. »Geld war für dich und deine Mutter nie ein großer Anreiz. Es hat mir leidgetan, als ich von ihrem Tod erfahren habe.«

»Ach ja? Wie nett von dir, Dillon, dass es dir leidgetan hat. Sie war meine Mutter und die Mutter deiner Kinder, ob du es wahrhaben willst oder nicht. Meine Mutter hat sich fast vom Tag ihrer Geburt an um Tara und Trevor gekümmert. Sie haben nie eine andere Mutter gekannt. Dieser Verlust hat sie am Boden zerstört. Ich war am Boden zerstört. Deine freundliche Geste, Blumen zu schicken und die Abwicklung der Beerdigung zu übernehmen ... ließ zu wünschen übrig.«

Er richtete sich zu seiner vollen Größe auf und seine blauen Augen wurden eisig. »Mein Gott, du machst mir Vorwürfe und stellst mein Vorgehen infrage.«

»Welches Vorgehen, Dillon? Du hast ein paar Telefonate geführt. Ich bezweifle, dass sie mehr als ein paar Minuten deiner kostbaren Zeit in Anspruch genommen haben. Noch wahrscheinlicher ist, dass du Paul gebeten hast, das für dich zu erledigen.«

Er zog seine dunklen Augenbrauen hoch. »Was hast du denn von mir erwartet, Jessica? Dass ich mich auf der Beerdigung blickenlasse? Damit der nächste Medienrummel losbricht? Glaubst du wirklich, die Presse hätte die Finger davon gelassen? Die unaufgeklärten *Morde* und der Brand waren ein aufsehenerregender Fall.«

»Es ging nicht um dich, Dillon! Es dreht sich nicht alles um dich. Für dich hat nur gezählt, dass sich dein Leben nicht verändert. Seit dem Tod meiner Mutter sind elf Monate vergangen, und es hat sich nichts geändert, oder? Nicht das Geringste. Dafür hast du gesorgt. Ich bin sofort in die Fußstapfen meiner Mutter getreten, oder etwa nicht? Du wusstest, dass ich die Zwillinge niemals aufgeben oder sie Pflegeeltern überlassen würde. Als du vorgeschlagen hast, eine Fremde einzustellen und die beiden vielleicht auseinanderzureißen, wusstest du, dass ich alles tun würde, damit sie zusammenbleiben.«

Er zuckte ohne jede Spur von Reue die Achseln. »Sie gehörten zu dir. Sie waren ihr ganzes Leben lang mit dir zusammen. Wer wäre besser geeignet gewesen als du, Jessica? Ich wusste, dass du sie liebst und dass du dein Leben für sie riskieren würdest. Sag mir, was daran auszusetzen ist, dass ich das Beste für meine Kinder wollte?«

»Sie gehören zu dir, Dillon. Hierher, wo du bist. Sie brauchen einen Vater.«

Sein Lachen klang bitter und enthielt keine Spur von Humor. »Einen Vater? Ist das die Rolle, die von mir erwartet wird, Jessica? Ich erinnere mich an meine früheren Fähigkeiten auf diesem Gebiet. Ich habe sie mit ihrer

Mutter in einem Haus auf einer Insel ohne Feuerwehr allein gelassen. Denkst du so lebhaft daran zurück wie ich? Du kannst mir nämlich glauben, dass es in mein Gehirn eingebrannt ist. Ich habe sie bei einer Mutter gelassen, von der ich wusste, dass sie nicht bei klarem Verstand ist. Ich wusste, dass sie ständig unter Drogen stand und labil und gewalttätig war. Ich wusste, dass sie ihre Freunde hierhergeholt hat. Und, was noch schlimmer ist, ich wusste, dass sie sich mit Leuten abgegeben hat, die Okkultisten waren. Ich habe sie in meinem Haus geduldet, obwohl meine Kinder da waren. Und du.« Er fuhr sich mit den Fingern durch sein schwarzes Haar und zerzauste die unbändigen Locken, so dass ihm das Haar in sein vollkommenes Gesicht fiel.

Er stieß sich vom Bücherregal ab, eine blitzschnelle Bewegung, fließend wie Quecksilber, und lief dann mit der Anmut eines Balletttänzers und der Verstohlenheit eines Leoparden durch das Zimmer. Wann hatte seine Obsession begonnen? Er erinnerte sich nur noch daran, dass er sich danach gesehnt hatte, nach Hause zu kommen und in der Küche zu sitzen, um das Mienenspiel auf Jessicas Gesicht zu betrachten. Er hatte seine Songs über sie geschrieben. In ihrer Gegenwart hatte er Frieden gefunden. Jessica besaß die Gabe zu schweigen. Und zu lachen. Er hatte sie unablässig beobachtet, und doch hatte er am Ende auch sie im Stich gelassen.

»Dillon, du urteilst zu streng über dich«, sagte Jessica leise. »Du warst damals noch so jung, und alles kam gleichzeitig – Ruhm und Reichtum. Deine Welt hat auf dem Kopf gestanden. Du hast oft gesagt, du wüsstest nicht, wie die Realität aussieht, wo oben und wo unten ist. Und du hast hart daran gearbeitet, dass für alle das

Beste dabei herausspringt. Die anderen brauchten das Geld, das du verdient hast. Alle waren von dir abhängig. Wie konntest du von dir erwarten, dass du alles andere auch noch perfekt hinkriegst? Du warst nicht für Vivians Entscheidung, Drogen zu nehmen, verantwortlich, und du warst auch nicht für die anderen Dinge verantwortlich, die sie getan hat.«

»Wirklich nicht? Sie war krank, Jess. Unter wessen Verantwortung fiel sie, wenn nicht unter meine?«

»Du hast sie zahllose Male auf Reha geschickt. Wir alle haben ihre Drohung, sich umzubringen, wenn du sie verlässt, gehört. Sie hat damit gedroht, dir die Kinder wegzunehmen.« Sie hatte viel mehr angedroht als nur das. Mehr als einmal war Vivian ins Kinderzimmer gestürzt und hatte geschrien, sie würde die Zwillinge in das schäumende Meer werfen. Jessica presste sich eine Hand auf den Mund, als diese quälende Erinnerung sie bestürmte. Dillon hatte versucht, Vivian in eine psychiatrische Klinik einweisen zu lassen, aber sie war sehr geschickt darin, die Ärzte zum Narren zu halten, und diese glaubten ihr die Geschichten über einen untreuen Mann, der sie aus dem Weg räumen wollte, während er Rauschgift nahm und mit Groupies schlief. Die Regenbogenpresse bekräftigte ihre Anschuldigungen ohnehin.

»Ich habe es mir zu leichtgemacht. Ich bin abgehauen. Ich bin auf Tour gegangen und habe meine Kinder, dich und Rita ihrem Wahnsinn ausgeliefert.«

»Die Tour war schon seit langer Zeit gebucht«, wandte Jessica ein. »Dillon, das ist alles Schnee von gestern. Wir können nichts an den Dingen ändern, die passiert sind, wir können nur sehen, wie es weitergeht. Tara und Trevor brauchen dich jetzt. Ich will damit nicht sagen, dass sie bei dir leben sollen, aber sie sollten eine Beziehung zu dir haben. Dir entgeht so vieles dadurch, dass du sie nicht kennst, und ihnen entgeht so vieles dadurch, dass sie dich nicht kennen.«

»Du weißt nicht einmal mehr, wer ich bin, Jess«, sagte Dillon mit ruhiger Stimme.

»Genau darum geht es mir ja. Wir bleiben über Weihnachten. Das sind knapp drei Wochen, und somit sollten wir reichlich Zeit haben, einander wieder kennenzulernen.«

»Tara findet meinen Anblick widerwärtig. Glaubst du etwa, ich würde meinem eigenen Kind den Alptraum zumuten, den ich selbst durchmache?« Er lief rasch und unruhig im Zimmer auf und ab, und seine anmutigen, fließenden Bewegungen erinnerten sie so sehr an den Dillon von früher. Er hatte so viel Leidenschaft in sich, so viele Gefühle, die er nicht im Zaum halten konnte. Sie flossen aus ihm heraus und wärmten alle in seiner Nähe, so dass sie sich in seiner Gegenwart sonnen wollten.

Jessica hatte schon immer ein gutes Gespür für jede seiner Gefühlsregungen gehabt. Sie konnte regelrecht sehen, dass seine Seele blutete. Der Schnitt war so tief, dass es nahezu unmöglich war, die klaffende Wunde heilen zu wollen. Aber ihm war nicht damit geholfen, dass sie seiner verdrehten Logik zustimmte. Dillon hatte das Leben aufgegeben. Er hatte sein Herz vor der Welt verschlossen und wollte unter allen Umständen, dass es so blieb. »Tara ist erst dreizehn Jahre alt, Dillon. Du tust ihr Unrecht. Es war ein Schock für sie, aber es ist unfair, sie aus deinem Leben auszusperren, weil ihre Reaktion auf deine Narben die eines Kindes war.«

»Es wird besser für sie sein, wenn du sie von hier fortbringst.«

Jessica schüttelte den Kopf. »Es wird besser für dich sein, meinst du. An sie denkst du nämlich überhaupt nicht. Du bist selbstsüchtig geworden, Dillon. Dadurch, dass du hier lebst und dich selbst bemitleidest.«

Er wirbelte mit einer Geschwindigkeit herum, die ihr den Atem verschlug. Er hatte sich auf sie gestürzt, bevor sie Gelegenheit hatte fortzulaufen. Er hatte sie so fest am Arm gepackt, dass sie sogar durch das Leder seines Handschuhs die dicken Wülste seiner Narben fühlen konnte. Er zog sie so eng an seine Brust, dass jede weiche Rundung ihres Körpers gnadenlos an ihn gepresst wurde. »Wie kannst du es wagen, das zu mir zu sagen.« Sein Blick war finster und eiskalt, *glühend* vor Kälte.

Jessica war nicht bereit, vor ihm zurückzuweichen. Sie sah ihm fest in die Augen. »Das hätte dir schon vor langer Zeit jemand sagen sollen, Dillon. Ich weiß nicht, was du hier ganz allein in diesem großen Haus auf deiner unwirtlichen Insel tust, aber leben ist es ganz bestimmt nicht. Du bist aus allem ausgestiegen, und dazu hast du kein Recht. Es war deine Entscheidung, Kinder zu haben. Du hast sie in diese Welt gesetzt, und du bist für sie verantwortlich.«

Er sah mit flammendem Blick in ihre Augen und kniff seinen Mund zu einem grausamen Strich zusammen. Sie nahm die Veränderung in seinem Inneren wahr. Die männliche Aggression. Die grimmige Feindseligkeit. Seine Hand grub sich in ihre dichte Mähne und zerrte ihren Kopf zurück. Hungrig presste er seinen Mund auf ihre Lippen. Zornig. Gierig. Es sollte ihr Angst einjagen und sie bestrafen. Sie vertreiben. Er setzte rohe Gewalt ein und verlangte Unterwerfung. Es war eine primitive Vergeltungsmaßnahme, die sie dazu bringen sollte, vor ihm wegzulaufen.

Jessica schmeckte den glühenden Zorn und das brennende Verlangen, sie zu besiegen und ihr seinen Willen aufzuzwingen, aber sie schmeckte auch dunkle Leidenschaft, so elementar und gewaltig wie die Zeit. Sie fühlte, wie die Leidenschaft seinen Körper durchströmte, jeden seiner Muskeln zu Eisen verhärtete und seine Lippen weich werden ließ, obwohl sie eigentlich brutal sein wollten. Jessica ließ diese Attacke passiv über sich ergehen, obwohl ihr Herz raste und ihr Körper zum Leben erwachte. Sie wehrte sich nicht gegen ihn, sie widersetzte sich ihm nicht, aber sie ging auch nicht darauf ein.

Abrupt hob Dillon den Kopf, fluchte und ließ sie los, als hätte er sich an ihr verbrannt. »Verschwinde, Jessica. Verschwinde, bevor ich mir nehme, was ich will. Ich bin selbstsüchtig genug, um es zu tun, verdammt nochmal. Verschwinde und nimm die Kinder mit, ich lasse nicht zu, dass sie hierbleiben. Schlaft heute Nacht hier und kommt mir nicht unter die Augen. Wenn das Unwetter vorübergezogen ist, geht ihr. Ich werde euch von Paul nach Hause bringen lassen.«

Sie stand da, hielt eine Hand auf ihre geschwollenen Lippen gepresst und war schockiert darüber, wie ihr Körper auf den seinen reagierte, pochte und sich zusammenzog. »Du hast in dieser Angelegenheit keine Wahl, Dillon. Du hast das Recht auf deiner Seite, wenn du mich wegschickst, aber nicht Tara und Trevor. Jemand versucht, die beiden zu töten.«

3

»Wovon zum Teufel sprichst du?« Urplötzlich sah Dillon so bedrohlich aus, dass Jessica tatsächlich vor ihm zurückwich.

Sie hob eine Hand, denn sie fürchtete sich tatsächlich mehr vor ihm, als sie es sich jemals hätte vorstellen können. In seinen Augen stand etwas Gnadenloses. Etwas Schreckliches. Und zum ersten Mal erkannte sie, dass er ein gefährlicher Mann war. Es hatte nie in Dillons Naturell gelegen, doch die Ereignisse hatten ihn ebenso verbogen und geformt wie sie selbst. Sie durfte ihn nicht weiterhin beharrlich als den Mann ansehen, den sie so sehr geliebt hatte. Er war verändert. Sie konnte die explosive Gewalttätigkeit in ihm fühlen, die dicht unter der Oberfläche wogte.

War es ein Fehler gewesen, zu Dillon zu kommen? Seine Kinder zu ihm zu bringen? Ihre oberste Pflicht bestand darin, für das Wohl von Trevor und Tara zu sorgen. Sie liebte die beiden wie eine Mutter oder zumindest wie eine ältere Schwester.

»Was zum Teufel führst du im Schilde?«, fauchte er sie an.

»Was ich …« Sie war so baff, dass sie ihren Satz abreißen ließ. Ihre Furcht räumte das Feld für eine abrupte

Woge von Wut. Sie wich nicht mehr vor ihm zurück, sondern ging sogar einen Schritt auf ihn zu, während ihre Hände sich zu Fäusten ballten. »Du glaubst, ich erzähle dir ein Lügenmärchen, Dillon? Glaubst du etwa, ich hätte die Kinder aus einer Laune heraus heimlich mitten in der Nacht aus einer Umgebung herausgerissen, die ihnen vertraut ist, sie aus dem Haus gezerrt und sie von ihren Freunden fortgeschleppt, um einen Mann zu sehen, den zu lieben sie keinerlei Grund haben und der sie ganz offensichtlich nicht hier haben will? Weil mir gerade danach zumute war? Und weshalb? Wegen deines blöden, erbärmlichen Geldes?« Sie verhöhnte ihn mit ihren Worten und schleuderte ihm seinen eigenen Zorn ins Gesicht zurück. »Darauf läuft doch immer wieder alles hinaus, oder nicht?«

»Wenn ich sie ganz offensichtlich nicht hier haben will, weshalb solltest du sie sonst hierherbringen?« Die Wut in seinen blauen Augen konnte sich mit ihrer messen, denn ihre Worte hatten ihm eindeutig einen Stich versetzt.

»Du hast Recht, wir hätten nicht herkommen sollen. Es war dumm zu glauben, du hättest dir noch genug Menschlichkeit bewahrt, um dir etwas aus deinen eigenen Kindern zu machen.«

Zwei starke, leidenschaftliche Persönlichkeiten waren aneinandergeraten, und der Ausgang war ungewiss. Es herrschte Stille, während Jessicas Herz vor Wut hämmerte und ihre Augen ihn lodernd ansahen. Dillon betrachtete sie lange. Er machte den ersten Schritt, indem er hörbar seufzte. Die Anspannung ließ nach, und er begab sich mit seiner gewohnt lässigen Anmut wieder an seinen Schreibtisch. »Wie ich sehe, hast du eine hohe Meinung von mir, Jessica.«

»Du hast mich beschuldigt, eine habgierige Hexe zu sein, die es auf dein Geld abgesehen hat und den Hals nicht voll kriegen kann«, wandte sie ein. »Ich würde sagen, du hast eine ziemlich schlechte Meinung von mir.« Sie reckte ihm ihr Kinn entgegen, und ihr Gesicht war steif vor Stolz. »Ich muss schon sagen, während du hier mit Beschuldigungen um dich wirfst, dass du nicht mal den Anstand besessen hast, meinen Brief zu beantworten, in dem ich dir vorgeschlagen habe, die Kinder sollten nach dem Tod meiner Mutter zu dir ziehen.«

»Ich habe keinen solchen Brief bekommen.«

»Oh doch, Dillon. Du hast ihn ebenso ignoriert, wie du uns ignoriert hast. Wenn ich so geldgierig bin, warum hast du dann deine Kinder in all diesen Monaten bei mir gelassen? Mom war tot, das wusstest du, und doch hast du keinen Versuch unternommen, die Kinder zu dir zurückzuholen, und du hast nicht auf meinen Brief reagiert.«

»Wenn du Dinge behauptest, von denen du keine Ahnung hast, solltest du vielleicht daran denken, dass du dich in meinem Haus aufhältst. Ich habe euch nicht abgewiesen, obwohl du nicht einmal den Anstand besessen hast, mich vorher anzurufen.«

Ihre Augenbrauen schossen in die Höhe. »Ist das eine Drohung? Was soll das heißen? Willst du mich bei diesem Unwetter vor die Tür setzen oder mich gar ins Bootshaus oder in die Hütte des Hausmeisters schicken? Jetzt mach mal halblang, Dillon. Dazu kenne ich dich zu gut!«

»Ich bin nicht mehr der Mann, den du früher kanntest, Jess, und der werde ich auch nie mehr sein.« Er verstummte einen Moment lang und beobachtete ihr ausgeprägtes Mienenspiel. Als sie den Eindruck machte, sie wollte etwas sagen, hielt er eine Hand hoch. »Wusstest du, dass deine Mutter mich zwei Tage vor ihrem Tod besucht hat?« Seine Stimme klang auffallend ruhig.

Ein Schauer lief ihr über den Rücken, als sie begriff, was er da sagte. Ihre Mutter hatte Dillon aufgesucht, und zwei Tage später war sie bei diesem Unfall, der mit Sicherheit keiner gewesen war, ums Leben gekommen. Jessica bewegte sich nicht. Sie hätte sich nicht von der Stelle rühren können, während sie diese Information verarbeitete. Sie wusste, dass die beiden Vorfälle miteinander in Verbindung stehen mussten. Sie konnte seinen Blick auf sich fühlen, aber in ihren Ohren hörte sie ein seltsames Tosen. Ihre Knie wurden plötzlich weich, und der Raum schien zu kippen. *Sie hatte Trevor und Tara zu ihm gebracht.*

»Jessica!« Er sagte mit scharfer Stimme ihren Namen. »Werd mir jetzt bloß nicht ohnmächtig. Was ist los?« Er zog einen Stuhl vor und setzte sie darauf und drückte ihren Kopf nach unten. Das Leder, das seine Handfläche bedeckte, fühlte sich auf ihrem Nacken ganz seltsam an. »Atme. Atme einfach nur durch.«

Sie holte Atem und sog die Luft in tiefen Zügen ein, um die Schwindelgefühle abzuwehren. »Ich bin einfach nur müde, Dillon, sonst fehlt mir nichts, wirklich nicht.« Selbst in ihren eigenen Ohren klangen ihre Worte nicht überzeugend.

»Dass deine Mutter hier war, hat dich irgendwie aus der Fassung gebracht, Jess. Weshalb sollte dich das stören? Sie hat mir oft geschrieben oder hier angerufen, um mich über die Fortschritte der Kinder auf dem Laufenden zu halten.«

»Weshalb hätte sie hierherkommen sollen?« Jessica zwang sich zu atmen und wartete darauf, dass sich das Schwindelgefühl vollständig legte. Dillons Griff in ihrem Nacken war fest; er würde nicht zulassen, dass sie sich aufrecht hinsetzte, ehe sie sich vollständig erholt hatte. »Mir fehlt nichts, wirklich nicht.« Sie stieß gegen seinen Arm, weil sie den Körperkontakt nicht wollte. Er war ihr zu nah. Und er war zu charismatisch. Und er hatte zu viele dunkle Geheimnisse.

Dillon ließ sie abrupt los, fast so, als könnte er ihre Gedanken lesen. Er rückte von ihr ab und zog sich wieder in die Schatten hinter dem Schreibtisch zurück, unter dem er seine Hände verbarg, obwohl sie mit Handschuhen bedeckt waren. Jessica war sicher, dass seine Hände gezittert hatten.

»Wieso sollte es dich aus der Fassung bringen, dass deine Mutter mich besucht hat? Und wie kommst du auf den Gedanken, jemand wolle den Zwillingen etwas antun?« Die Wut zwischen ihnen hatte sich aufgelöst, als sei sie nie da gewesen, und seine Stimme war wieder zart, einschmeichelnd und so sanft, dass es ihr zu Herzen ging. »Ist es schmerzhaft für dich, über sie zu reden? Ist es noch zu früh?«

Jessica biss die Zähne zusammen, um die Wirkung abzuwehren, die er auf sie ausübte. Sie hatten einander früher einmal so nahegestanden. Ihr Leben war von seiner Gegenwart erfüllt gewesen, von seinem Lachen und seiner Wärme. Wenn er zu Hause war, hatte er dem gesamten Haushalt ein Gefühl von Sicherheit gegeben. Es war schwierig, ihm gegenüberzusitzen und durch seine rauchige Stimme in diese Zeiten der Kameradschaft zurückgeworfen zu werden, wenn sie wusste, dass er jetzt ein anderer Mensch war.

»Jemand hatte sich an dem Wagen meiner Mutter zu schaffen gemacht.« Die Worte sprudelten überstürzt heraus. Jessica hob eine Hand, um seine unvermeidlichen Einwände aufzuhalten. »Lass mich erst ausreden, bevor du mir sagst, ich sei verrückt. Ich weiß, was im Polizeibericht stand. Ihre Bremsen haben versagt. Sie ist über eine Klippe gefahren.« Sie wählte ihre Worte sorgsam. »Ich habe akzeptiert, dass es ein Unfall war, doch dann folgten weitere Unfälle. Anfangs waren es nur beunruhigende Kleinigkeiten wie das Gebläse eines Motors, das sich losreißt und sich durch die Motorhaube und die Windschutzscheibe *meines* Wagens bohrt.«

»Was?« Er setzte sich aufrecht hin. »Ist jemand verletzt worden?«

Sie schüttelte den Kopf. »Tara war gerade auf den Rücksitz geklettert. Trevor war nicht im Wagen. Ich habe ein paar Kratzer abbekommen, nichts Ernstes. Der Mechaniker hatte eine simple Erklärung für den Vorfall, aber mir hat er Sorgen bereitet. Und dann kam die Geschichte mit dem Pferd. Trevor und Tara reiten jeden Donnerstag auf einem nahen Gestüt. Jede Woche um dieselbe Uhrzeit. Trevs Pferd hat verrückt gespielt, es hat sich aufgebäumt und sich im Kreis gedreht und gekreischt, es war einfach furchtbar. Das Pferd wäre fast auf seinen eigenen Rücken gefallen. Sie haben im Blut des Tieres ein Rauschmittel entdeckt.« Sie sah ihm fest ins Gesicht. »Das hier habe ich im Stroh in der Box des Pferdes gefunden.« Sie ließ ihn nicht aus den Augen, als sie ihm das Plektron mit dem unverwechselbaren Design reichte, das vor so vielen Jahren als Geschenk für Dillon Wentworth angefertigt worden war. »Trevor hat zugegeben, es könnte in seiner Tasche gesteckt haben und herausgefallen sein. Das und andere Dinge waren den Kindern anonym zugeschickt worden.«

»Ich verstehe.« Dillons Stimme klang grimmig.

»Die Besitzer des Reitstalls glauben, dem Pferd sei ein Streich gespielt worden, sie sagen, das käme manchmal vor. Die Polizei war der Meinung, Trevor sei der Täter gewesen, und sie haben ihn in die Mangel genommen, bis ich einen Anwalt hinzugezogen habe. Trevor würde so etwas niemals tun. Aber ich hatte den Eindruck, dass da etwas nicht stimmte, zwei Unfälle so kurz hintereinander, und das nur wenige Monate, nachdem der Wagen meiner Mutter außer Kontrolle geraten war.« Jessica trommelte mit dem Fingernagel auf die Kante des Schreibtischs, ein nervöser Tick, wenn sie besorgt war. »Ich hätte die Unfälle als solche akzeptieren können, wenn es damit zu Ende gewesen wäre, aber das war es nicht.« Sie beobachtete ihn ganz genau und versuchte hinter seinen unbeteiligten Gesichtsausdruck zu schauen. »Natürlich sind die Unfälle nicht direkt nacheinander passiert, zwischendurch sind jeweils etwa zwei Wochen vergangen.« Sie wollte unbedingt in seinen blauen Augen lesen, doch sie sah nur Eis.

Jessica zitterte wieder. Die Vorstellung, in einem abgedunkelten Raum mit einem Mann allein zu sein, der eine Maske trug und die Dunkelheit in seiner Seele hütete wie einen Schatz, sandte ihr einen Schauer der Furcht über den Rücken.

»Was ist, Jess?«, fragte Dillon mit ruhiger Stimme.

Was sollte sie darauf antworten? Er war ein Fremder, dem sie nicht mehr blind vertraute. »Warum ist meine Mutter hergekommen? Und wann?«

»Zwei Tage vor ihrem Tod. Ich hatte sie gebeten herzukommen.«

Jessicas Kehle schnürte sich zu. »In sieben Jahren hast du uns nie hierher eingeladen. Weshalb solltest du plötzlich meine Mutter auffordern, die weite Reise zu unternehmen, um dich zu sehen?«

Er zog eine seiner dunklen Augenbrauen hoch. »Weil ich sie nicht besuchen konnte, das liegt doch auf der Hand.«

Wieder schrillten die Alarmglocken in Jessicas Kopf. Er wich der Frage aus und wollte ihr nicht antworten. Es war ein zu großer Zufall, dass ihre Mutter Dillon auf seiner Insel besucht hatte und zwei Tage später mysteriöserweise ihre Bremsen versagt hatten. Die beiden Ereignisse mussten miteinander in Verbindung stehen. Sie blieb stumm, und der Argwohn fand seinen Weg in ihr Herz.

»Was ist sonst noch passiert? Es muss noch mehr vorgefallen sein.«

»Vor drei Tagen haben auch bei meinem Wagen die Bremsen versagt. Es war ein Wunder, dass wir es alle überlebt haben. Der Wagen hatte einen Totalschaden. Außerdem hat jemand im Haus angerufen und den Kindern alte Zeitungsberichte über den Brand zugeschickt. Das Plektron war auch dabei. Die Telefonanrufe waren beängstigend. Deshalb und aufgrund der anderen Zwischenfälle in den letzten Monaten habe ich beschlossen, die Kinder zu dir zu bringen. Ich wusste, dass sie hier in Sicherheit sein würden.« Sie ließ eine Zuversicht in ihren Tonfall einfließen, die sie nicht mehr verspürte. Ihre Instinkte waren in Alarmbereitschaft. »Weihnachten steht vor der Tür – ein perfekter Vorwand, falls jemand unseren Entschluss, dich zu besuchen, hinterfragen sollte.« Sie war so sicher gewesen, dass er in der Vorweihnachtszeit sanfter gestimmt sein würde, empfindsamer und eher bereit, sie alle wieder in seinem Leben aufzunehmen. Sie war zu ihm gelaufen, weil sie Schutz und Trost suchte, und jetzt hatte sie große Angst, einen gewaltigen Fehler gemacht zu haben.

Dillon beugte sich zu ihr vor. Seine Augen waren lebhaft, sein Blick scharf. »Erzähl mir mehr über diese Anrufe.«

»Es waren Tonbandaufnahmen mit verzerrter Stimme. Der Anrufer hat sie abgespielt, wenn eines der Kinder ans Telefon gegangen ist. Sie haben fürchterliche Dinge über dich gesagt und dich beschuldigt, Vivian und ihren Liebhaber ermordet zu haben. Alle im Zimmer eingesperrt und das Haus angezündet zu haben. Einmal hat er behauptet, es könnte sein, dass du sie auch tötest.« Sie konnte ihren eigenen Herzschlag hören, als sie es ihm erzählte. »Ich habe den Zwillingen nicht mehr erlaubt, ans Telefon zu gehen, und ich habe Pläne geschmiedet, sie hierherzubringen.«

»Hast du jemandem davon erzählt?«

»Nur der Polizei«, gestand sie. Sie wandte den Blick von ihm ab, denn sie fürchtete, etwas zu sehen, dem sie nicht gewachsen war. »Als die Polizei erfahren hat, dass Trevor und Tara deine Kinder sind, schien man dort zu glauben, ich hätte es auf Schlagzeilen abgesehen. Sie haben mich gefragt, ob ich vorhätte, meine Geschichte an die Regenbogenpresse zu verkaufen. Die Vorfälle waren mit Ausnahme des Autounfalls Kleinigkeiten, für die sich leicht eine Erklärung finden ließ. Am Ende haben sie gesagt, sie würden dem nachgehen, und sie haben einen Bericht aufgenommen, aber ich glaube, sie dachten, ich sei entweder scharf auf Publicity oder hysterisch.«

»Es tut mir leid, Jess, das muss dir sehr unangenehm gewesen sein.« In der reinen Sinnlichkeit seiner Stimme schwang stille Aufrichtigkeit mit. »Ich habe dich dein Leben lang gekannt. Du warst nie jemand, der leicht in Panik gerät.«

Als er die Worte aussprach, wollte ihr Herz ihren Brustkorb sprengen. Beide erstarrten restlos, während sich die verstörenden Erinnerungen aufdrängten und den Raum ausfüllten wie heimtückische Dämonen, die über den Fußboden und die Wände krochen. Ein Überraschungsangriff, unerwünscht und unerwartet, und nichts blieb verschont. Die schwere Last der Vergangenheit schien die Luft dicker werden zu lassen. Durch die bloße Erwähnung eines einzigen Wortes hatte sich das Böse zu ihnen gesellt, und beide nahmen seine Gegenwart wahr.

Jessica hatte tatsächlich enge Bekanntschaft mit heller Panik gemacht. Sie kannte vollständige Hysterie. Sie wusste, was es hieß, sich so hilflos, so angreifbar und machtlos zu fühlen, dass sie nur noch hatte schreien wollen, bis ihre Kehle wund war. Die Demütigung ließ eine heftige Röte in ihr Gesicht aufsteigen, und sie wandte den Blick hastig von Dillons Augen ab. Niemand sonst wusste etwas davon. Kein Mensch. Noch nicht einmal ihre Mutter. Sie hatte ihrer Mutter nie die ganze Wahrheit gesagt. Sie konnte ihr nicht ins Gesicht sehen – zu real und grausig war der Alptraum.

»Es tut mir leid, Jess, ich wollte es nicht zur Sprache bringen.« Seine Stimme war sanft und beschwichtigend.

Es gelang ihr, sich auf ihre wackligen Beine zu stellen und zu verhindern, dass sie zitterte, als sie sich von seinem Schreibtisch abstieß. »Ich denke nicht daran.« Aber sie träumte davon, Nacht für Nacht. Ihr Magen schlingerte wie verrückt. Sie brauchte Luft, und sie musste sich dringend der Intensität seines glühenden Blicks entziehen, dem nichts entging. Einen Moment lang verabscheute sie ihn dafür, dass er sie so nackt und hilflos sah.

»Jessica.« Er sagte ihren Namen nicht, er hauchte ihn.

Sie wich vor ihm zurück, verletzt und bloßgestellt. »Ich denke *nie* daran.« Jessica schlug den Weg des Feiglings ein und floh aus dem Zimmer. Tränen verschleierten ihr Sichtfeld, doch irgendwie schaffte sie es die Treppe hinunter.

Sie konnte Dillons Blicke auf sich fühlen, doch sie drehte sich nicht um. Mit hoch erhobenem Kopf blieb sie in Bewegung und zählte in Gedanken, um das Echo der Stimmen aus alter Zeit nicht zu sich vordringen zu lassen, den grässlichen Singsang, der sich in ihre Erinnerung schleichen wollte.

Als sie ihr Zimmer erreicht hatte, schloss Jessica energisch die Tür und warf sich bäuchlings auf das Bett. Sie atmete tief durch und rang um Selbstbeherrschung. Sie war kein Kind mehr, sondern eine erwachsene Frau. Sie trug Verantwortung. Sie hatte Selbstvertrauen. Sie würde sich von nichts und niemandem erschüttern lassen – das konnte sie sich gar nicht leisten. Sie wusste, dass sie aufstehen und nach Tara und Trevor sehen sollte, um sich zu vergewissern, dass sie es in den Zimmern, die Paul zu beiden Seiten ihres eigenen Zimmers für die beiden hergerichtet hatte, behaglich hatten, aber sie war zu müde und zu ausgelaugt, um sich zu bewegen. Sie lag da und trieb irgendwo zwischen Schlafen und Wachen.

Die Erinnerungen setzten ein und warfen sie in eine andere Zeit zurück.

Immer wenn Vivian und ihre Freunde zusammenkamen, wurde dieser Singsang angestimmt. Jessica zwang sich, durch den Flur zu laufen, obwohl ihr davor graute, in ihre Nähe zu kommen, aber sie musste unbedingt Taras Lieblingsdecke finden. Andernfalls würde Tara niemals einschlafen. Ihr Herz klopfte, und ihr Mund war trocken. Vivians Freunde jagten ihr Angst ein, mit ihrem verschlagenen, anzüglichen Grinsen, ihren schwarzen Kerzen und ihren wüsten Orgien. Jessica wusste, dass sie vorgaben, Satan anzubeten. Sie redeten unaufhörlich über Gelüste und religiöse Bräuche, doch keiner von ihnen wusste wirklich, wovon sie sprachen. Sie dachten sich das alles aus, wie es ihnen gerade in den Sinn kam, und sie taten genau das, was ihnen Spaß machte, wobei jeder versuchte, die anderen zu überbieten und sich noch empörendere und abartigere sexuelle Rituale einfallen zu lassen.

Als Jessica am Wohnzimmer vorbeikam, warf sie einen Blick hinein. Vor den Fenstern waren die schweren, schwarzen Vorhänge zugezogen und überall brannten Kerzen. Vivian, die auf einem Sofa saß, blickte auf. Sie war von der Taille aufwärts entblößt und trank Wein, während ein Mann hungrig an ihren Brüsten saugte. Eine andere Frau war vollständig nackt und von etlichen Männern umgeben, die sie berührten und dabei gierig grunzten. Der Anblick war Jessica peinlich und machte sie krank, und sie wandte schnell den Blick ab.

»Jessica!« Vivians Stimme war gebieterisch, die einer Königin, die sich an ein Bauernmädchen wendet. »Komm rein.«

Jessica konnte den Wahnsinn in Vivians gerötetem Gesicht und in ihren harten Augen sehen, die übermäßig glänzten, und sie hörte ihn in ihrem lauten, spröden Lachen. Sie rang sich ein mattes Lächeln ab. »Tut mir leid, Mrs. Wentworth, aber ich muss gleich wieder zu Tara zurückgehen.« Sie blieb nicht stehen.

Eine Hand packte hart ihre Schulter und eine andere wurde so fest auf ihren Mund gepresst, dass es brannte. Jessica wurde ins Wohnzimmer gezerrt. Sie konnte denjenigen, der sie festhielt, nicht sehen, aber er war groß und sehr kräftig. Sie schlug wüst um sich, doch er ließ sie nicht los, sondern lachte und rief Vivian zu, sie solle die Tür abschließen.

Sie spürte seinen heißen Atem an ihrem Ohr. »Bist du die goldige kleine Jungfrau, mit der Vivian uns ständig lockt? Ist das deine süße kleine Belohnung, Viv?«

Vivians Kichern war schrill und klang irrsinnig. »Dillons kleine Prinzessin.« Ihre Worte waren nur undeutlich zu verstehen, als sie Jessica und den Mann, der sie ins Zimmer gezogen hatte, mehrfach umkreiste. »Meint ihr, er hat sie schon gehabt?« Ein langer, spitzer Fingernagel fuhr über Jessicas Wange. »Du wirst solchen Spaß mit uns haben, kleine Jessica.« Sie veranstaltete einen großen Wirbel darum, noch mehr Kerzen und Räucherstäbchen anzuzünden, ließ sich Zeit dabei und summte leise vor sich hin. »Kleb ihr den Mund gut zu, sonst schreit sie.« Kaum hatte sie den Befehl erteilt, nahm sie ihr Summen wieder auf. Zwischendurch küsste sie einen der Männer, die Jessica mit gierigen, glühenden Augen anstarrten. Jessica wehrte sich und biss in die Hand, die auf ihren Mund gepresst war. Ein Schrei des Entsetzens stieg in ihr auf. Sie konnte sich selbst in ihrem Kopf schreien hören, immer wieder, doch kein Laut kam hervor.

Sie wehrte sich und wälzte sich herum und die Geräusche abscheulichen Gelächters verklangen zu einem verängstigten Weinen. Als sie vollständig wach wurde, schluchzte sie unbeherrscht. Sie presste das Kissen fester auf ihr Gesicht, um die Laute zu ersticken, und stellte erleichtert fest, dass sie nur einen Alptraum gehabt hatte und dass es ihr gelungen war, daraus zu erwachen.

Ganz langsam setzte sie sich auf und sah sich in dem großen, freundlichen Zimmer um. Es war kalt, erstaunlich kalt sogar, wenn man bedachte, dass Paul die Heizung angeschaltet hatte, um die Kälte zu vertreiben. Sie strich sich ihr langes Haar aus dem Gesicht, während sie auf der Bettkante saß, ihr die Tränen über das Gesicht strömten und sie das Entsetzen in ihrem Mund schmeckte. Sie war nicht nur auf die Insel zurückgekehrt, um die Kinder in Sicherheit zu bringen. Sie hatte die Hoffnung gehegt, sie alle würden ihren inneren Frieden finden – sie selbst, Dillon und die Kinder. Jessica rieb sich die Wangen und wischte resolut die Tränen aus ihrem Gesicht. Stattdessen wurden die Alpträume noch schlimmer. Dillon war nicht mehr der Mann, den sie vor sieben Jahren gekannt hatte. Und sie war nicht mehr dasselbe Mädchen, das seinen Helden anbetete.

Sie musste alles gründlich durchdenken. Ihre größte Sorge galt Tara und Trevor. Jessica knipste die Lampe neben dem Bett an. Es war ihr unerträglich, im Dunkeln zu sitzen, wenn ihre Erinnerungen so frisch waren. Die Vorhänge flatterten und tanzten anmutig in der Brise. Sie starrte das Fenster an. Es stand weit offen und ließ den Nebel, den Regen und den Wind in ihr Zimmer. Das Fenster war geschlossen gewesen, als sie das Zimmer verlassen hatte. Das wusste sie mit absoluter Sicherheit. Ein Schauer lief ihr über den Rücken und ihre Haut prickelte vor Unbehagen.

Jessica sah sich eilig im Zimmer um und suchte mit ihren Blicken jeden Winkel ab. Sie schaute sogar unter das Bett und konnte es nicht lassen, im Schrank, im Badezimmer und in der Dusche nachzusehen. Es wäre jedem schwergefallen, durch das offene Fenster in ihr Zimmer zu gelangen, vor allem während eines Sturms, da es nicht ebenerdig lag. Sie versuchte sich einzureden, einer der Zwillinge müsse in ihr Zimmer gekommen sein, um ihr eine gute Nacht zu wünschen, und das Fenster geöffnet haben, damit frische Luft hereinkam. Sie konnte sich nicht vorstellen, warum, es war nicht einleuchtend, doch diese Erklärung war ihr lieber als die Alternative.

Sie lief ans Fenster, starrte in den Wald hinaus und sah zu, wie der Wind wild mit den Bäumen spielte. Stürme hatten etwas Elementares und Kraftvolles an sich, das sie faszinierte. Eine Zeit lang beobachtete sie den Regen, bis sich ein gewisser Frieden auf sie herabgesenkt hatte. Dann schloss sie abrupt das Fenster und ging hinaus, um nach Tara zu sehen.

In Taras Zimmer brannte die Nachttischlampe und erzeugte einen weichen Lichtschein. Zu Jessicas Erstaunen lag Trevor in einen Haufen Decken gewickelt auf dem Boden, und Tara lag unter einer dicken Steppdecke auf dem Bett. Sie redeten leise miteinander und wirkten keineswegs erstaunt, sie zu sehen.

»Wir dachten schon, du würdest nicht mehr kommen«, sagte Tara zur Begrüßung und rutschte ein Stück, da sie offenbar erwartete, dass sich Jessica zu ihr ins Bett legte.

»Ich dachte schon, ich würde zu deiner Rettung eilen müssen«, fügte Trevor hinzu. »Wir haben gerade darüber diskutiert, wie wir das am besten anstellen, da wir nicht genau wussten, in welchem Zimmer du bist.«

Wärme vertrieb die Kälte aus ihrer Seele und verdrängte ihre namenlosen Ängste und die beunruhigenden Überreste vergangener Gräuel. Sie lächelte die beiden an, schlüpfte zu Tara unter die Decke und schmiegte ihren Kopf ans Kissen. »Habt ihr euch tatsächlich Sorgen gemacht?«

»Natürlich«, bestätigte Tara. Sie griff nach Jessicas Hand. »Hat er dich angeschrien?«

Trevor schnaubte. »Wir haben keine Funken fliegen sehen, oder? Wenn er sie angeschrien hätte, wären Feuerwerkskörper in die Luft gegangen.« »Na, hört mal«, wandte Jessica ein. »So schlimm bin ich nun auch wieder nicht.«

Trevor gab ein unflätiges Geräusch von sich. »Du würdest doch kein Blatt vor den Mund nehmen, wenn unser eigener Vater uns über Weihnachten nicht bei sich haben wollte. Du würdest ihm eine Standpauke halten, ihm ordentlich eins auf den Deckel geben und mit uns abziehen. Du brächtest uns dazu, zur nächsten Stadt zurückzuschwimmen.«

Tara kicherte und nickte. »Hinter deinem Rücken nennen wir dich Tigermama.«

»Was?« Jessica lachte. »Was für eine Übertreibung!«

»Du bist sogar noch schlimmer. Wenn jemand gemein zu uns ist, wachsen dir Reißzähne und Krallen«, fügte Trevor selbstgefällig hinzu. »Gerechtigkeit für die Kinder.« Er grinste sie an. »Es sei denn, du bist diejenige, die auf uns rumhackt.«

Jessica warf ihr Kissen nach ihm. »Ich hacke nie auf euch rum. Wieso seid ihr überhaupt um halb fünf Uhr morgens noch wach?«

Die Zwillinge brachen in Gelächter aus, deuteten auf sie und und ahmten ihre Frage nach. »Siehst du, genau das meinten wir, Jess«, sagte Tara. »Du bist noch schlimmer als Mama Rita.«

»Sie hat euch hoffnungslos verzogen«, sagte Jessica hochmütig, doch ihre grünen Augen lachten. »Also gut, von mir aus, aber niemand, der bei klarem Verstand ist, ist um halb fünf Uhr morgens wach. Das ist lächerlich. Daher ist das eine absolut angemessene Frage.«

»Ja, klar, weil wir nämlich nicht in einem alten Haus sind, in dem es spukt, und noch dazu unter wildfremden

Menschen und bei einem Mann, der uns gern vor die Tür setzen würde«, sagte Trevor.

»Und der dich unter das Dach verschleppt hat, um eine grausige Tat zu begehen, die wir uns nicht mal ausmalen können«, versuchte ihn Tara zu übertrumpfen.

»Wann seid ihr beide eigentlich solche Klugscheißer geworden?«, wollte Jessica wissen.

»Wir haben uns unten eine Weile mit Paul unterhalten«, sagte Trevor, als das Gelächter sich gelegt hatte. »Er ist wirklich nett. Er hat gesagt, er kannte uns schon, als wir noch klein waren.«

Jessica spürte, dass sich zwei Augenpaare auf sie geheftet hatten. Sie fing das Kissen auf, das Trevor ihr zuwarf, und stopfte es hinter ihren Rücken, als sie sich aufsetzte und die Knie anzog. »Er und euer Vater waren schon lange, bevor die Band gegründet wurde, eng miteinander befreundet. Ursprünglich war Paul der Sänger. Dillon hat die meisten Songs geschrieben und war der Leadgitarrist. Er konnte so gut wie jedes Instrument spielen. Paul hat Bass gespielt, aber anfangs hat er auch gesungen. Brian Phillips war der Schlagzeuger, und ich glaube, es war seine Idee, die Band zu gründen. Sie haben in einer Garage angefangen, sind in sämtlichen Clubs aufgetreten und auf Tour gegangen. Schließlich sind sie dann sehr berühmt geworden.«

»Es gab noch ein paar andere Bandmitglieder, einen Robert Soundso«, warf Trevor ein. »Er war am Keyboard, und ich dachte, Don Ford sei der Bassist gewesen. Er ist auf allen CDs dabei und wird in den alten Artikeln genannt, die über HereAfter geschrieben wurden.« Stolz schwang in seiner Stimme mit, als er den Namen der Band aussprach.

Jessica nickte. »Robert Berg. Robert ist fantastisch am Keyboard. Und du hast Recht, Don haben sie als Bassisten aufgenommen, als Paul nicht mehr vom Rauschgift losgekommen ist.«

Tara rümpfte die Nase. »Er wirkte so nett.«

Jessica strich ihr das Haar aus dem Gesicht. »Er ist nett, Tara. Menschen machen Fehler, sie lassen sich gedankenlos auf Dinge ein, und dann ist es zu spät, um wieder rauszukommen. Paul hat mir erzählt, dass er das Zeug irgendwann ständig genommen hat und sich während ihrer Live-Auftritte nicht mehr an die Songtexte erinnern konnte. Dann ist euer Vater für ihn eingesprungen und hat gesungen. Paul hat gesagt, das Publikum hätte getobt. Paul war auf dem absteigenden Ast, und irgendwann wollten ihn die Bandmitglieder rauswerfen. Er hat verrückte Sachen gemacht und randaliert. Er hat alles kurz und klein geschlagen, ist zu Auftritten nicht erschienen und so weiter. Da hat es ihnen gereicht.«

»Genau das, was man in den Schundblättern liest«, sagte Trevor.

Einen Moment lang herrschte Schweigen, während beide Kinder sie ansahen. »Ja, das stimmt. Aber deshalb sind die Dinge, die sie über euren Vater geschrieben haben, noch lange nicht wahr. Denkt daran, dass all das lange her ist. Wenn Leute zu schnell berühmt werden und zu viel Geld haben, dann fällt es ihnen manchmal schwer, damit umzugehen. Ich glaube, Paul war einer dieser Menschen. Es ist ihm über den Kopf gewachsen. Ständig haben sich ihm Mädchen an den Hals geworfen, es gab einfach zu viel von allem. Aber wie dem auch sei, Dillon wollte ihn nicht aufgeben. Er hat ihn auf Entziehungskur geschickt und ihm geholfen, wieder auf die Füße zu kommen.«

»Deshalb haben sie sich einen anderen Bassisten zugelegt«, vermutete Trevor.

Jessica nickte. »Während Paul auf Entzug war, kam die Band ganz groß raus, und sie brauchten einen anderen Bassisten. Deshalb haben sie Don in die Band aufgenommen. Dillons Stimme hat sie schlagartig zu Stars gemacht. Aber er wollte Paul nicht links liegenlassen. Euer Vater hat Paul Arbeit im Studio gegeben und später wieder einen Platz in der Band für ihn geschaffen. Und als Dillon ihn mehr denn je brauchte, war Paul für ihn da.«

»Hat Paul Vivian gekannt?«, fragte Tara zögernd.

Jessica wurde klar, dass Vivian selbst Jahre nach ihrem Tod immer noch Spannung aufkommen lassen konnte. »Ja, er kannte sie, Schätzchen«, bestätigte sie sanft. »Sämtliche Bandmitglieder kannten Vivian. Paul ist nicht auf alle Tourneen mitgekommen. Er ist oft hiergeblieben und hat dafür gesorgt, dass zu Hause alles reibungslos ablief. Er kannte sie besser als die meisten anderen.« Und er hatte sie verabscheut. Jessica erinnerte sich an die furchtbaren Auseinandersetzungen und an Vivians endlose Tiraden. Paul hatte versucht, ihr Einhalt zu gebieten. Er hatte Rita und Jessica dabei helfen wollen, für die Sicherheit der Zwillinge zu sorgen, wenn Vivian ihre Freunde ins Haus geholt hatte.

»Glaubt er, dass mein Vater Vivian und diesen Mann, der bei ihr war, ermordet hat, wie es in der Zeitung stand?«

Jessica riss ihren Kopf herum und wollte aufbrausen, bis sie Taras gesenkten Kopf sah. Langsam stieß sie ihren Atem aus. Wie sollte Tara denn die Wahrheit über ihren Vater erfahren, wenn sie keine Fragen stellen durfte? »Schätzchen, du weißt doch, dass die meisten dieser Schundblätter nicht die Wahrheit schreiben, oder? Sie sind sensationslüstern, sie bauschen Dinge auf, und sie drucken irreführende Schlagzeilen und Artikel, um die Aufmerksamkeit der Leute zu wecken. Als euer Vater auf dem Höhepunkt seiner Karriere war, war das nicht anders als heute. Die Klatschpresse hat sämtliche Tatsachen verdreht, damit es so aussah, als hätte Dillon eure Mutter mit einem anderen Mann im Bett ertappt. Sie haben es so hingestellt, als hätte er beide erschossen und dann sein eigenes Haus angezündet, um die Morde zu vertuschen. So war es aber nicht.« Jessica legte ihren Arm um Taras Schultern und drückte sie eng an sich. »Euer Vater wurde bei der Gerichtsverhandlung freigesprochen. Er hatte nichts mit den Schüssen oder dem Brand zu tun. Er war nicht mal im Haus, als all das passiert ist.«

»Was ist denn passiert, Jess?«, fragte Trevor und sah sie mit seinen stechenden blauen Augen fest an. »Warum wolltest du es uns nie erzählen?«

»Wir sind doch keine kleinen Kinder mehr«, sagte Tara, doch sie kuschelte sich noch enger an Jessica und suchte eindeutig Trost.

Jessica schüttelte den Kopf. »Es wäre mir lieber, wenn euer Vater euch von dieser Nacht erzählt, nicht ich.«

»Wir werden dir glauben, Jess«, sagte Trevor. »Du wirst nämlich knallrot, wenn du versuchst zu lügen. Unseren Vater kennen wir nicht. Paul kennen wir nicht. Mama Rita wollte kein Wort darüber sagen. Du weißt selbst, dass es an der Zeit ist, uns die Wahrheit zu sagen, wenn uns jemand Zeitungsartikel voller Lügen schickt und anruft, um uns am Telefon noch mehr Lügen zu erzählen.«

»Wir drei gehören zusammen, Jessie«, fügte Tara hinzu. »Wir drei waren schon immer zusammen. Wir sind eine Familie. Wir wollen, dass du es uns sagst.«

Jessica war stolz auf die Kinder, stolz darauf, wie sie versuchten, mit einer brenzligen Situation umzugehen. Und sie hörte die Liebe in ihren Stimmen, die sie von ganzem Herzen erwiderte. Sie waren keine kleinen Kinder mehr, und sie hatten Recht, sie hatten es verdient, die Wahrheit zu erfahren. Sie wusste nicht, ob Dillon sie ihnen jemals erzählen würde.

Jessica holte tief Atem, ehe sie begann. »In jener Nacht wurde im Haus eine Party gefeiert. Euer Vater war schon seit Monaten auf Welttournee, und Vivian hat oft ihre Freunde hierher eingeladen. Ich kannte sie nicht allzu gut.« Tatsächlich hatte Jessica Dillons Beziehung zu seiner Ehefrau nie verstanden. Vivian hatte die Zwillinge fast vom Moment ihrer Geburt an Rita überlassen, damit sie mit der Band auf Tour gehen konnte. In den ersten drei Lebensjahren der Kinder war sie so gut wie nie nach Hause gekommen. Und doch hatte sie das letzte Jahr ihres Lebens zu Hause verbracht, weil der Manager der Band aufgrund ihrer heftigen Stimmungsschwankungen und ihres psychotischen Verhaltens nicht bereit war, sie mitreisen zu lassen.

»Du sagst gar nichts mehr, Jessica«, spornte Trevor sie an.

»Vivian hat zu viel getrunken und rauschende Partys gefeiert. Euer Vater wusste, dass sie trank, aber sie hat ihm gedroht. Sie sagte, sie würde ihn verlassen, euch mitnehmen und eine einstweilige Verfügung erwirken, damit er euch nicht sehen kann. Sie kannte Leute, die für Geld gegen Dillon ausgesagt hätten. Er war oft auf Tour, und Bands haben immer einen gewissen Ruf, vor allem die erfolgreichen.«

»Du willst damit sagen, er hatte Angst, es auf ein Gerichtsverfahren ankommen zu lassen«, fasste Trevor zusammen.

Jessica lächelte ihn an. »Genau. Er befürchtete, das Gericht würde euch in Vivians Obhut geben, und hätte er das Sorgerecht nicht zugesprochen bekommen, hätte er keinen Einfluss mehr darauf gehabt, was aus euch wird. Er hoffte, sie ihn die Schranken weisen zu können, wenn er bei ihr bleibt. Eine Zeit lang hat das auch geklappt.« Vivian wollte nicht zu Hause sein, sie zog das Nachtleben und die Clubs in den Städten vor. Erst während des letzten Jahres, als die Zwillinge fünf waren, war Vivian nach Hause zurückgekehrt, weil sie den Schein nicht länger wahren konnte.

»Was war in dieser Nacht, Jess?«, drängte Trevor.

Jessica seufzte. Es ließ sich nicht vermeiden, ihnen das zu sagen, was sie wissen wollten. Die Zwillinge waren sehr beharrlich. »Eine Party war im Gange.« Sie wählte ihre Worte sorgsam. »Euer Vater kam früher als erwartet nach Hause. Es kam zu einem furchtbaren Streit zwischen ihm und eurer Mutter, und er hat das Haus verlassen, um sich zu beruhigen. Er hatte sich entschlossen, Vivian zu verlassen, und sie wusste es. Überall brannten Kerzen. Der Sachverständige der Brandschutzbehörde hat gesagt, die Vorhänge hätten Feuer gefangen und es hätte sich schnell ausgebreitet, weil auf den Möbeln und an den Wänden Alkohol war. Es war eine wilde Party. Niemand weiß genau, woher die Waffe kam oder wer zuerst auf wen geschossen hat. Aber Zeugen, darunter auch ich, haben ausgesagt, dass Dillon das Haus verlassen hatte. Er kam zurückgerannt, als er die Flammen gesehen hat, und er ist ins Haus gestürzt, weil er euch nicht finden konnte.«

Jessica blickte auf ihre Hände hinunter. »Ich war mit euch auf der Klippenseite des Hauses aus einem Fenster gestiegen, aber das wusste er nicht. Er dachte, ihr wärt noch drinnen, und deshalb ist er in das brennende Haus gelaufen.«

Tara keuchte und schlug sich eine Hand auf den Mund, damit kein Laut hervorkam, doch in ihren Augen schimmerten Tränen.

»Wie ist er rausgekommen?«, fragte Trevor mit zugeschnürter Kehle. Er konnte den Anblick der schrecklichen Narben seines Vaters nicht aus seinen Gedanken verdrängen. »Und wie konnte er sich dazu durchringen, ein brennendes Haus zu betreten?«

Jessica beugte sich zu den beiden vor. »So mutig ist euer Vater nun mal. So absolut zuverlässig ist er. Und so sehr liebt er euch beide.«

»Ist das Haus über ihm eingestürzt?«, fragte Tara.

»Es heißt, als er hinauskam, habe er in Flammen gestanden, und Paul und Brian hätten ihn gepackt und die Flammen mit ihren eigenen Händen erstickt. Damals waren Menschen auf der Insel, Wachpersonal, Gärtner und Hausmeister, die alle gekommen waren, um zu helfen. Ich glaube, die Hubschrauber waren schon eingetroffen. Ich kann mich nur noch daran erinnern, wie laut und wie zornig es zuging ...« Ihre Stimme verklang.

Trevor hob einen Arm und nahm ihre Hand. »Ich hasse diesen traurigen Gesichtsausdruck, den du manchmal hast, Jess. Du bist immer für uns da. Und du warst schon immer für uns da.«

Tara drückte ihr einen Kuss auf die Wange. »Mir geht es auch so.«

»Dann weiß also niemand wirklich, wer unsere Mutter und ihren Freund erschossen hat«, schlussfolgerte Trevor. »Es ist immer noch ein großes Rätsel. Aber du hast uns das Leben gerettet, Jess. Und unser Vater war bereit, seines zu riskieren, um uns zu retten. Hast du ihn gesehen, nachdem er aus dem Haus kam?«

Jessica schloss die Augen und wandte ihren Kopf von den beiden ab. »Ja, ich habe ihn gesehen.« Ihre Stimme war kaum hörbar.

Die Zwillinge tauschten einen langen Blick miteinander aus. Tara ergriff die Initiative, weil sie den Kummer fortwischen wollte, den Jessica so offensichtlich empfand. »Und jetzt erzähl uns die Geschichte vom Weihnachtswunder. Die, die Mama Rita uns immer erzählt hat. Ich liebe diese Geschichte.«

»Ich auch. Du hast gesagt, wir kämen hierher, um unser Weihnachtswunder zu erleben, Jess«, sagte Trevor. »Erzähl uns die Geschichte, damit wir daran glauben können.«

»Morgen werden wir alle zu müde sein, um aufzustehen«, wandte Jessica ein. Sie kuschelte sich in die Decke und knipste das Licht aus. »Ihr glaubt doch schon an Wunder. Ich habe mitgeholfen, euch richtig großzuziehen. Euer Vater ist derjenige, der nicht weiß, was an Weihnachten passieren kann, aber wir werden ihm eine Lektion erteilen. Die Geschichte erzähle ich euch ein anderes Mal, wenn ich nicht so verflixt müde bin. Gute Nacht, ihr beiden.«

Trevor lachte leise. »So, so. Jessica kann es nicht ausstehen, wenn wir sentimental werden.«

Das Kissen traf ihn sogar im Dunkeln.

4

Brian Phillips warf einen Pfannkuchen in die Luft, um ihn zu wenden, als Jessica früh am nächsten Abend mit Tara und Trevor in die Küche kam. Sie strahlte ihn zur Begrüßung an. »Brian! Wie wunderbar, dich wiederzusehen!«

Brian wirbelte herum und verpasste den Pfannkuchen, der platschend auf der Arbeitsfläche landete. »Jessica!« Er packte sie und drückte sie fest an sich. Er war ein kräftiger Mann, der Schlagzeuger von HereAfter. Sie hatte vergessen, wie stark er war, bis er ihr mit seiner gutmütigen Umarmung fast die Rippen brach. Mit seinem rötlichen Haar und seinem stämmigen Körper hatte er Jessica immer an einen Boxer erinnert, der frisch aus Irland gekommen war. Zeitweilig hörte sie sogar den typisch irischen Singsang in seiner Stimme. »Mein Gott, Mädchen, wie schön du geworden bist! Wie lange ist es her?« Einen Moment lang herrschte Stille, während sich beide daran erinnerten, wann sie sich das letzte Mal gesehen hatten.

Jessica rang sich zu einem Lächeln durch. »Brian, du erinnerst dich doch bestimmt noch an Tara und Trevor, Dillons Kinder. Wir waren so erschöpft, dass wir den ganzen Tag verschlafen haben. Wie ich sehe, servierst du Frühstück zum Abendessen.« Brian hielt sie immer noch in seinen Armen, als sie sich umdrehte, um die Zwillinge in die Begrüßung einzubeziehen. Ihr Lächeln verschwand, als sie in eiskalte blaue Augen über den Köpfen der Kinder blickte.

Dillon lehnte im Türrahmen, und seine Körperhaltung war trügerisch entspannt und lässig. Seine Augen waren wachsam auf sie gerichtet und um seine Mundwinkel herum war ein Anflug von etwas Gefährlichem zu erkennen. Sofort stockte Jessicas Atem. Diese Wirkung hatte er auf sie. Dillon trug eine ausgebleichte Jeans, einen langärmeligen Rollkragenpullover und dünne Lederhandschuhe. Er sah gnadenlos gut aus. Sein Haar war feucht vom Duschen, und er war barfuß. Sie hatte vergessen, wie gern er im Haus ohne Schuhe herumlief. Schmetterlingsflügel flatterten in ihrer Magengrube. »Dillon.«

Jessica riss ihm allein schon durch ihre bloße Gegenwart in seinem Haus das Herz aus dem Leib. Oder das, was noch von seinem Herzen übrig war. Ihr Anblick war Dillon nahezu unerträglich, ihre Schönheit, die Frau, die sie geworden war. Ihr Haar war eine Mischung aus roter und goldener Seide, die um ihr Gesicht fiel. In ihren Augen konnte sich ein Mann verlieren. Und ihr Mund ... Dillon befürchtete, wenn Brian nicht schon sehr, sehr bald, die Finger von ihr nahm, könnte er der fürchterlichen Brutalität, die immer so dicht unter der Oberfläche zu brodeln schien, freien Lauf lassen. Sie sah ihn mit ihren grünen Augen an und murmelte noch einmal seinen Namen. Leise, kaum hörbar, und doch straffte sich jeder einzelne Muskel in seinem Körper, als er hörte, wie sie seinen Namen flüsterte.

Die Zwillinge drehten sich schleunigst um, und Tara griff Halt suchend nach Trevors Arm, als sie ihrem Vater ins Gesicht sah.

Dillons Blick löste sich widerstrebend von Jessicas Gesicht, um grüblerisch über die Zwillinge zu gleiten. Er lächelte nicht, und sein Gesichtsausdruck blieb unverändert. »Trevor und Tara, ihr seid enorm gewachsen.« Ein Muskel in seiner Kinnpartie zuckte, doch ansonsten ließ er kein Anzeichen einer Gefühlsregung zu erkennen. Er war nicht sicher, ob er dem gewachsen war – sie anzuschauen, den Ausdruck in ihren Augen zu sehen, sich seinen früheren Versäumnissen zu stellen und den absoluten, uneingeschränkten Ekel zu ertragen, den er letzte Nacht in Taras Augen gesehen hatte.

Trevor warf einen unsicheren Blick in Jessicas Richtung, ehe er vortrat und seinem Vater die Hand hinhielt. »Schön, dich zu sehen.«

Jessica ließ Dillon nicht aus den Augen und versuchte ihn mit reiner Willenskraft dazu zu drängen, seinen Sohn in die Arme zu ziehen. Oder den Jungen wenigstens anzulächeln. Stattdessen drückte er ihm kurz die Hand. »Mich freut es auch, euch zu sehen. Ich habe gehört, ihr seid hier, um Weihnachten mit mir zu feiern.« Dillon warf Tara einen Blick zu. »Vermutlich heißt das, dass ihr einen Baum wollt.«

Tara lächelte schüchtern. »Das ist gewissermaßen ein anerkannter Brauch.«

Er nickte. »Ich kann mich nicht erinnern, wann ich das letzte Mal Weihnachten gefeiert habe. Wenn es um Festtagsstimmung geht, bin ich ein wenig eingerostet.« Sein Blick war wieder zu Jessica gewandert, und er verfluchte sich stumm für seine mangelnde Selbstbeherrschung.

»Tara wird dafür sorgen, dass du dich an jede Kleinigkeit erinnerst, die mit Weihnachten zu tun hat«, sagte Trevor lachend und versetzte seiner Schwester einen Rippenstoß. »Es ist ihr Lieblingsfest.«

»Wenn das so ist, werde ich mich ganz auf dich verlassen, Tara«, sagte Dillon mit seinem gewohnten Charme, ohne Jessica aus den Augen zu lassen. Ein Lächeln rutschte ihm heraus, gefährlich und bedrohlich. »Wenn du es schaffst, die Finger von Jess zu lassen, Brian, dann könnten wir vielleicht alle zusammen diese Pfannkuchen essen.« Seine Stimme klang gereizt. »Wir haben hier einen sehr eigenwilligen Tagesablauf, vor allem jetzt, während der Aufnahmen. Ich arbeite vorzugsweise nachts und schlafe tagsüber.«

Tara warf ihrem Bruder einen Blick zu und flüsterte: »Vampire.«

Trevor grinste sie an und überspielte schnell das Thema. »Wenn ich das richtig sehe, gibt es Pfannkuchen zum Abendessen.«

»Ihr werdet sie mit der Zeit lieben lernen«, versicherte ihm Brian. Er lachte herzhaft und drückte kurz Jessicas Schultern, bevor er seine Arme sinken ließ. »Aus ihr ist eine richtige Schönheit geworden, Dillon.« Er sah Jessica anzüglich an. »Ich weiß nicht, ob ich dir gegenüber schon erwähnt habe, dass ich kürzlich geschieden worden bin.«

»Immer« noch der alte Frauenheld.« Jessica tätschelte seine Wange, da sie entschlossen war, sich von Dillon nicht in ihrem Selbstvertrauen erschüttern zu lassen. »Die wievielte war es? Deine dritte oder schon die vierte Ehefrau?«

»Oh, der Schmerz der Pfeile, die du schleuderst, Jessica.« Brian presste sich eine Hand aufs Herz und zwinkerte Trevor zu. »Ich wette, sie lässt euch nie etwas durchgehen.«

Trevor grinste ihn an, breit und strahlend, das berühmte Wentworth-Lächeln, das Jessica so gut kannte. »Nicht das Geringste, sieh dich also vor«, warnte er ihn. »Ich bin ein ziemlich guter Koch. Ich kann dir bei den Pfannkuchen helfen. Lass dir bloß nie von Jessie helfen, nicht mal dann, wenn sie es anbietet. Allein schon der Gedanke, sie könnte etwas kochen, ist gruselig.« Er erschauerte dramatisch.

Jessica verdrehte die Augen. »Er sollte Schauspieler werden.« Ihr war bewusst, dass Tara unauffällig näher zu ihr rückte, weil sie die Spannung wahrnahm, die trotz des Geplänkels in der Luft hing. Sie versuchte Dillon zu ignorieren, zog das Kind an sich und drückte es so ermutigend, wie sein Vater es hätte tun sollen. »Ist dir schon aufgefallen, dass Trevor in Gesellschaft anderer Männer zum Verräter wird?«

»Ich habe lediglich eine Tatsache festgestellt«, verteidigte sich Trevor. »Sogar das Popcorn geht in Flammen auf, wenn sie es in die Mikrowelle stellt.«

»Es ist doch nicht meine Schuld, wenn sich das Popcorn unberechenbar verhält, sobald ich an der Reihe bin, es in die Mikrowelle zu schieben«, antwortete Jessica.

Sie warf Dillon einen verstohlenen Blick zu. Er beobachtete sie so gespannt, wie sie vermutet hatte. Als sie einatmete, sog sie seinen frischen, maskulinen Geruch in ihre Lunge. Er brauchte nur dazustehen, in sein Schweigen gehüllt, und schon machte sich eine gänzlich unvertraute Glut in ihr breit und eine seltsame Unruhe befiel sie.

»Man darf sich euch doch anschließen?«

Jessica wurde blass, als sie sich langsam zu dieser schneidenden Stimme umdrehte. Vivians Stimme. Die Frau war groß und so mager wie ein Model. Ihr platinblondes Haar war hochgesteckt, und sie trug scharlachroten Lippenstift. Jessica fiel auf, dass ihre langen Nägel in exakt demselben Farbton lackiert waren. Ihre Kehle hatte sich plötzlich zugeschnürt, und sie sah Dillon hilfesuchend an.

»Brenda«, sagte Dillon laut und deutlich, denn es war ihm ein Bedürfnis, die Furcht aus Jessicas Augen zu vertreiben. »Jess, ich glaube, du hattest nie Gelegenheit, Vivians Schwester kennenzulernen. Brenda, das ist Jessica Fitzpatrick und das sind meine Kinder, Trevor und Tara.«

Die Zwillinge sahen erst einander und dann Jessica an. Trevor legte seinen Arm um Tara. »Wir haben eine Tante, Jessie?«

»Es scheint so«, sagte Jessica und sah Dillon fest an. Sie hatte Brenda noch nie gesehen. Sie konnte sich vage daran erinnern, dass jemand sie erwähnt hatte, aber Brenda war nie gekommen, um die Kinder zu besuchen.

»Natürlich bin ich eure Tante«, erklärte Brenda mit einer vagen Handbewegung. »Aber da ich viel reise, bin ich noch nicht dazu gekommen, euch zu besuchen. Für mich keine Pfannkuchen, Brian, nur Kaffee.« Sie lief durch die Küche und ließ sich auf einen Stuhl fallen, als sei sie restlos erschöpft. »Ich hatte keine Ahnung, dass die kleinen Lieblinge kommen, Dillon.« Sie warf ihm eine Kusshand zu. »Du hättest es mir sagen sollen. Sie schlagen ganz nach dir.«

»Das müssen viele Reisen gewesen sein«, murmelte Trevor. Er sah Jessica mit einer hochgezogenen Augenbraue an, und auf seinem Gesicht drückte sich eine Mischung aus Belustigung und Ärger aus, die sie sehr an seinen Vater erinnerte.

Jessica gab Tara einen Kuss aufs Haar, als sie spürte, dass das Mädchen zitterte. »Es ist noch nicht ganz dunkel, Schätzchen. Möchtest du vielleicht einen kurzen Spaziergang machen? Das Unwetter ist weitergezogen, und ich würde dir gerne zeigen, wie schön die Insel ist.«

»Geht bloß nicht meinetwegen«, sagte Brenda. »Ich kann mit Kindern nichts anfangen und dafür werde ich mich nicht entschuldigen. Ich brauche Kaffee, Himmel nochmal, bringt es denn keiner von euch fertig, mir eine Tasse hinzustellen?« Sie hob die Stimme zu einer vertrauten Tonlage, die sich für alle Zeiten in Jessicas Gedächtnis eingebrannt hatte. »Robert, dieser Faulpelz, ist noch im Bett.« Sie gähnte und richtete ihren Blick auf Dillon. »Du hast uns alle derart umgekrempelt, dass wir nicht mehr wissen, ob es Morgen oder Abend ist. Mein armer Gatte kommt nicht aus dem Bett raus.«

»Bist du wegen Weihnachten hier?«, wagte sich Trevor vor. Er war unsicher, was er sagen sollte, wollte jedoch instinktiv die Wogen glätten.

»Weihnachten?«, wiederholte Brian hämisch. »Brenda weiß nur, dass Weihnachten ein Tag ist, an dem sie damit rechnet, mit Geschenken überhäuft zu werden. Sie ist hier, um an mehr Geld zu kommen, nicht wahr, meine Liebe? Roberts Geld und das Geld von der Versicherung hat sie bereits verplempert. Deshalb steht sie jetzt mit ausgestreckter Hand hier.«

»Wie wahr.« Brenda zuckte die Achseln und störte sich nicht im Geringsten an Brians harscher Einschätzung ihrer Person. »Geld ist der Fluch jeglichen Daseins.«

»Sie hat auf jeden eine Lebensversicherung abgeschlossen, stimmt's, Brenda?«, sagte Brian anklagend. »Auf mich, auf Dillon« – er wies mit dem Kinn auf die Zwillinge und sah Brenda mit funkelnden Augen an – »auf die Kinder. Der arme Robert ist wahrscheinlich tot viel mehr wert als lebendig. Wie hoch hast du ihn versichert, auf eine glatte Million?«

Brenda zog eine Augenbraue hoch und warf auch ihm eine Kusshand zu. »Selbstverständlich, Liebling, das ist eine Frage des gesunden Menschenverstands. Ich dachte mir zwar, du mit deinem grauenhaften Fahrstil gehst als Erster drauf, aber da hatte ich bisher kein Glück.«

Brian sah sie finster an. »Du bist ein eiskaltes Luder, Brenda.«

»Der Meinung warst du früher nicht, Darling.«

Jessica starrte sie an. *Eine Lebensversicherung auf die Kinder. Auf Dillon.* Sie wagte es nicht, Dillon anzusehen, denn er wüsste genau, welcher Verdacht ihr durch den Kopf ging.

Brenda lachte perlend. »Schau nicht so schockiert, Jessica, meine Liebe. Brian und ich sind alte Freunde. Es ist böse ausgegangen, und er kann mir nicht verzeihen.« Sie inspizierte ihre langen Fingernägel. »In Wirklichkeit betet er mich an und will mich immer noch. Ich vergöttere ihn auch, aber es war eine weise Entscheidung, Robert zu wählen. Er ist der Ausgleich, den ich brauche.« Sie hob den Kopf, stöhnte erbärmlich und sah sich flehentlich um. »Für eine Tasse Kaffee könnte ich einen Mord begehen.«

Jessica versuchte, die Information zu verdauen. Versicherungssummen. Sie war nie auf den Gedanken gekommen, außer Dillon oder den Kindern könnte jemand finanziell von Vivians Tod profitiert haben. Sie erinnerte sich noch daran, dass ihre Mutter nach dem Brand mit Dillons Anwalt darüber gesprochen hatte. Der Anwalt hatte gesagt, es sei gut, dass Dillon keine Lebensversicherung auf seine Frau abgeschlossen hatte, denn eine Versicherungspolice würde oft als Motiv für einen Mord angesehen.

Ein Motiv für einen Mord. Könnte eine Versicherungspolice auf Taras und Trevors Leben der Grund für die Unfälle sein? Jessica sah Brenda an und versuchte, die Frau hinter dem perfekten Make-up zu sehen.

»Wie konntest du eine Versicherung auf Vivian abschließen, Brenda?«, erkundigte sich Jessica neugierig. »Oder auf Brian oder Dillon oder die Zwillinge? Das ist doch nicht legal.«

»Also, ich bitte dich.« Brenda winkte mit einer Hand ab. »Ich komme um ohne Kaffee, und du willst dich darüber unterhalten, was legal ist. Also schön, eine kleine Lektion, Kinder, in der Realität der Erwachsenen. Viv und ich haben uns schon vor Jahren gegenseitig versichert. Mit Zustimmung des anderen lässt sich das machen. Dillon hat seine Einwilligung gegeben« – sie warf ihm wieder eine Kusshand zu –, »weil ich zur Familie gehöre. Brian hat seine Zustimmung gegeben, als wir zusammen waren, und mit Robert bin ich verheiratet und habe daher *selbstverständlich* eine Versicherung auf ihn abgeschlossen.«

»Und du stellst es ungeheuer geschickt an, Leute zu überreden, dass sie dich diese Versicherungen abschließen lassen, nicht wahr, Brenda?«, fauchte Brian.

»Ja, natürlich.« Brenda lächelte ihn trotz seiner Anschuldigungen unbeirrt an. »Deine Eifersucht macht dich so ermüdend. Wirklich, Liebling, du brauchst Hilfe.«

»Eines Tages wirst du pleitegehen und deine Versicherungsprämien nicht mehr zahlen können«, fauchte Brian.

Brenda zuckte die Achseln und winkte ab. »Dann rufe ich eben Dillon an, und er bezahlt sie für mich. Und jetzt hör auf, so gemein zu sein, Brian, und bring mir einen Kaffee. Es kann dir nicht schaden, zur Abwechslung mal nett zu mir zu sein«, sagte Brenda einschmeichelnd und ließ ihren Kopf dramatisch auf den Tisch sinken.

»Oh doch, das würde es«, sagte er hartnäckig. »Wer auch nur das Geringste für dich tut, schadet seinem Karma.«

»Aber wie hast du es angestellt, eine Versicherung auf die Zwillinge abzuschließen?« Allein schon die Vorstellung widerte Jessica an.

Brenda hob ihren Kopf nicht von der Tischplatte. »Meine Schwester und Dillon haben mir natürlich die Genehmigung erteilt. Ohne Kaffee sage ich kein Wort mehr. Meine Kräfte verlassen mich, Leute.«

Jessica warf Dillon einen vorwurfsvollen Blick zu. Er lächelte sie mit betretener Miene herzerweichend an und zog seine breiten Schultern hoch. Brenda stöhnte laut. Jessica gab nach. Es stand fest, dass Brian Brenda keine Tasse Kaffee holen würde, und Dillon wirkte unbeteiligt. In einem der Küchenschränke fand sie die Tassen und tat Brenda den Gefallen. »Sahne oder Zucker?«

»Du brauchst das nicht zu tun, Jess«, fauchte Dillon plötzlich und kniff seinen Mund bedrohlich zusammen. »Brenda, hol dir deinen verfluchten Kaffee selbst.«

»Da ist doch nichts weiter dabei.« Jessica reichte Brenda den Becher.

»Danke, meine Liebe, du bist eine wahre Lebensretterin.« Ihr Blick wanderte abschätzend über Jessicas Figur, dann wandte sie ihre Aufmerksamkeit Tara zu. »Du siehst deiner Mutter überhaupt nicht ähnlich, aber zum Glück hast du Dillons gutes Aussehen geerbt. Damit solltest du es im Leben weit bringen.«

»Tara ist die Klassenbeste«, teilte Jessica Brenda mit. »Mit ihrem Verstand wird sie es im Leben weit bringen.«

Trevor verschlang einen Pfannkuchen ohne Sirup. »Hütet euch, Jessica hat diesen militanten Blick.« Seine Stimme veränderte sich, und er ahmte Jessica täuschend echt nach. »Die Schule ist wichtig, und wenn ihr schludert und euch einbildet, ihr kämt mit gutem Aussehen oder mit Charme durch, oder wenn ihr glaubt, ihr kämt als Künstler ganz groß raus, dann denkt lieber nochmal nach, denn ohne eine anständige Ausbildung bringt ihr es zu nichts.« Er grinste die Erwachsenen an. »Wort für Wort, ich schwöre es euch. Jetzt ist sie nicht mehr zu bremsen.«

»Mir hat mein Aussehen das gebracht, was ich im Leben will«, murmelte Brenda in ihre Kaffeetasse.

»Vielleicht hast du deine Erwartungen nicht hoch genug geschraubt«, sagte Jessica und sah Brenda in die Augen.

Brenda erschauerte und gab dann auf. »Ich habe nicht die Energie für dieses Gespräch. Ich sagte doch schon, dass ich mit Kindern und Tieren nicht umgehen kann.«

»Tara«, sagte Jessica, als sie dem Mädchen einen Teller Pfannkuchen reichte, »du bist das Kind, und dein Bruder ist das Tier.«

Trevor grinste sie an. »Das ist nur zu wahr, und alle Mädchen wissen es.«

Dillon beobachtete sie, als sie einander liebevoll neckten. *Seine* Kinder. *Seine* Jessica. Sie waren eine Familie, in der jeder die Liebe der anderen auskostete. Er war der Außenstehende. Der Kreis war eng, die Bande zwischen den dreien stark. So hätte es sein sollen. So war es gedacht gewesen.

Jessica nahm Dillons Gegenwart ständig wahr. Immer wieder fiel ihr Blick auf ihn. Ihr Puls raste, und ihre Atmung war beeinträchtigt. Das war ärgerlich, und sie kam sich vor wie ein verknallter Teenager. »Wir wollen doch noch spazieren gehen, bevor es dunkel wird, oder nicht, Tara?« Jetzt war sie es, die fliehen wollte. Die dringend fliehen musste. Sie hielt es nicht mehr aus, mit ihm im selben Raum zu sein.

»Draußen ist alles ziemlich verwahrlost, Jess«, sagte Dillon. »Vielleicht wäre es besser, wenn ihr euch im Haus beschäftigt, während wir arbeiten.«

Ihre Augenbrauen schossen in die Höhe. »Uns beschäftigen?« Sie schenkte Trevors warnendem Rippenstoß keine Beachtung. »An was dachtest du denn? Sollen wir im Flur Himmel und Hölle spielen?«

Dillon sah seinem Sohn ins Gesicht, denn der Junge konnte ein beifälliges Grinsen nicht schnell genug verbergen. Etwas Warmes, das er nicht allzu genau unter die Lupe nehmen wollte, regte sich in ihm. »Das ist eine gute Idee, Jess, vorausgesetzt, ihr malt die Felder mit etwas, das sich leicht wieder entfernen lässt.« Er sagte es mit ausdruckslosem Gesicht und wartete auf die Reaktion des Jungen.

Trevor warf seinen Kopf zurück und lachte schallend. Brian fiel in sein Gelächter ein. Sogar Brenda brachte ein mattes Lächeln zustande, obwohl Jessica den Verdacht hatte, dass es eher an Trevors ansteckendem Lachen lag, als daran, dass Brenda Dillons Antwort komisch fand.

Jessica wollte nicht aufblicken und Dillon lächeln sehen, doch sie konnte es nicht lassen. Sie wollte nicht sehen, wie blau seine Augen waren oder wie vollendet sein Mund geformt war. Lippen, die zum Küssen einluden. Fast hätte sie gestöhnt, als der Gedanke sie erröten ließ. Die Erinnerung an seinen Mund auf ihrem stand ihr noch viel zu lebhaft vor Augen.

Sie musste etwas erwidern, denn die Zwillinge würden von ihr erwarten, dass sie in Wortgefechten nicht so leicht zu schlagen war, doch ihr fiel nichts ein, wenn seine blauen Augen sie anlachten. Für einen kurzen Augenblick wirkte er so fröhlich, als sei die entsetzliche Last von seinen Schultern genommen. Jessica warf den Zwillingen einen Blick zu, die sie hoffnungsvoll ansahen. Sie holte tief Atem und beugte sich so dicht zu Dillon vor, dass sie die Funken fühlen konnte, die zwischen ihnen sprühten. Sie brachte ihren Mund so nah an sein Ohr, dass er spüren konnte, wie weich ihre Lippen waren, als sie ihm zuflüsterte: »Du mogelst, Dillon.« Sie ließ ihren warmen Atem über seinen Hals streichen und seine Haut aufheizen, damit er sie ebenso bewusst wahrnahm wie sie ihn.

Das war albern und obendrein gefährlich, und als sie es tat, wusste sie, dass sie eine Dummheit begangen hatte. Die Luft stand still, und die Welt zog sich zurück, bis nur noch sie beide da waren. Verlangen loderte in den Tiefen seiner Augen auf und entflammte ihn augenblicklich. Er verlagerte sein Gewicht, eine kaum wahrnehmbare Bewegung, doch damit stellte er den Körperkontakt zwischen ihnen her. Lust regte sich so heftig zwischen ihnen, dass sie fast greifbar war. Er beugte seinen Kopf zu ihr hinunter.

Niemand atmete. Niemand rührte sich. Jessica starrte wie hypnotisiert in das tiefe Blau seiner Augen, während sein vollendeter Mund kaum zwei Zentimeter von ihren

Lippen entfernt war. »Ich will um jeden Preis gewinnen«, murmelte er so leise, dass nur sie es hören konnte.

Ein Stuhl quietschte, als jemand unruhig herumruckelte, und das Geräusch brach den Zauber. Jessica blinzelte, erwachte aus ihrer Trance und trat hastig zurück, um sich der magnetischen Anziehungskraft zu entziehen, die Dillon auf sie ausübte. Sie wagte nicht, eines der beiden Kinder anzusehen. Ihr Herz schlug seltsame Purzelbäume, und die Schmetterlinge tobten sich in ihrer Magengrube aus.

Dillon strich mit seiner Hand in dem Lederhandschuh zärtlich über ihr Haar. »Hattet ihr es alle behaglich letzte Nacht?«

Tara und Trevor sahen erst einander und dann Jessica an. »Sehr behaglich«, sagten sie einstimmig.

Jessica war zu sehr in den Klang seiner Stimme vertieft, um ihm zu antworten. Sie hatte diesen rauchigen Tonfall, den schwarzen Samt, der so sexy war, aber da war noch viel mehr. Manchmal brachte sie die Zärtlichkeit, die aus heiterem Himmel kam, restlos aus dem Gleichgewicht. Dillon war für sie eine Mischung aus alt und neu, und sie versuchte verzweifelt, sich an ihn heranzutasten.

»Das ist schön. Habt keine Scheu, es zu sagen, wenn ihr etwas braucht.« Dillon schüttete den Rest seines Kaffees ins Spülbecken und spülte die Tasse. »Wir packen alle bei der Hausarbeit mit an, da das Personal diesen Monat Urlaub hat. Ich erwarte also dasselbe von euch Kindern. Räumt einfach nur euren eigenen Dreck weg. Ihr könnt euch im Haus frei bewegen, mit Ausnahme der Räume, die von den anderen bewohnt werden, meiner privaten Räume und des Studios. Dorthin dürft ihr nur auf ausdrückliche Einladung.« Er lehnte sich an die Spüle und sah den Zwillingen fest ins Gesicht. »Wir haben einen ungewöhnlichen Tagesablauf, und falls ihr vor dem späten Nachmittag aufsteht, verhaltet euch bitte ruhig, da die meisten von uns schlafen werden. Die Band ist hier, weil wir versuchen wollen, Musik aufzunehmen. Wir wollen einfach mal sehen, was dabei herauskommt. Wenn es klappt, entsteht hoffentlich ein Produkt, das wir einer Plattenfirma anbieten können. Das erfordert viel Zeit und Mühe unsererseits. Wir spielen nicht, wir arbeiten.«

Trevor nickte. »Das verstehen wir. Wir werden euch nicht im Weg sein.«

»Falls es euch interessiert, könnt ihr später zusehen, nachdem wir ein paar Unebenheiten geglättet haben. Ich gehe jetzt ins Studio, das heißt, falls ihr irgendetwas braucht, sagt es gleich.«

»Wir kommen bestimmt gut zurecht«, sagte Trevor. »Um vier oder fünf Uhr nachmittags aufzustehen und die ganze Nacht aufzubleiben ist schon für sich allein genommen eine neuartige Erfahrung!« Ein gewinnendes Lächeln ließ seine weißen Zähne aufblitzen und wies verheißungsvoll auf das Charisma seines Vaters hin. »Mach dir um uns keine Sorgen, Jess wird schon darauf achten, dass wir nichts anstellen.«

Dillons blaue Augen richteten sich auf Jessica und sogen ihren Anblick in sich ein. In ihrer Gegenwart fühlte er sich in seiner Küche zu Hause. Dieses Gefühl hatte er vergessen. Er hatte auch vergessen, wie es war, aufzuwachen und sich auf das Aufstehen zu freuen. Er hörte das Stimmengemurmel um sich herum, hörte Robert Berg und Don Ford auf dem Weg zur Küche im Flur lachen. Es war alles so vertraut und doch ganz anders.

»Das Haus ist ja ganz schön voll.« Robert Berg, der Keyboarder der Band, kam in die Küche und ging auf Brenda zu, um ihr einen Kuss auf den Nacken zu geben. Robert war klein und stämmig und hatte dunkles Haar, das sich bereits lichtete, und einen gepflegten kleinen Spitzbart. »Das können nicht die Zwillinge sein, die sind ja schon ganz erwachsen.«

Trevor nickte ernst. »Das kann bei Menschen vorkommen. Ein ungewöhnliches Phänomen. Die Zeit vergeht, und wir werden einfach älter. Ich bin Trevor.« Er hielt ihm die Hand hin.

»Der Klugschwätzer«, ergänzte Jessica und sah den Jungen finster an, als er Robert die Hand schüttelte. »Schön, dich nach so langer Zeit wiederzusehen.« Sie legte die Hände auf Taras Schultern. »Das ist Tara.«

Robert lächelte das Mädchen zur Begrüßung an, schnappte sich einen Teller und belud ihn mit Pfannkuchen. »Brian hat bisher das Kochen übernommen, Jessica, aber da du jetzt hier bist, kriegen wir vielleicht mal was anderes als Pfannkuchen.«

Trevor verschluckte sich und bekam einen Hustenanfall, und Tara lachte laut los. Dillons Herz schnürte sich zusammen, als er beobachtete, wie Jessica behutsam an Taras Haaren zog und dann so tat, als wollte sie Trevor erwürgen. Die drei gingen so selbstverständlich miteinander um, und eine enge Kameradschaft verband sie miteinander, die er sich immer gewünscht, aber nie gefunden hatte. Er hatte sich so sehr nach einem Zuhause und nach einer Familie gesehnt, und als er genau das jetzt vor seinen Augen hatte und wusste, was wichtig war und worum es in Wirklichkeit ging, war es zu spät für ihn.

»Männer sind weltweit die Spitzenköche«, erwiderte Jessica hochmütig. »Weshalb sollte ich ihnen ihren Herrschaftsbereich streitig machen wollen?«

»Hört, hört«, applaudierte Brenda. »Das hat sie schön gesagt.«

»Du kommst mit, Brian.« Es war keine Frage, sondern ein Befehl, den Dillon erteilte. »Den Rest von Euch erwarte ich in zehn Minuten, und jemand muss Paul aus dem Bett holen.«

Nachdem Dillon gegangen war, herrschte einen Moment lang Stille. So war es schon immer gewesen. Die Leidenschaft und die Energie, die er verströmte, schienen eine Leere zu hinterlassen.

Don Ford kam in die Küche geeilt. Sein kurzes, braunes Haar mit den blonden Spitzen war gestylt, und er war nach der neuesten Mode gekleidet. »Ich musste erst mal eine rauchen. Im Haus duldet Dillon das Rauchen nicht. Mann, ist das heute Abend kalt draußen.« Er rieb sich die Hände, während er sich umsah und sein Blick auf die Zwillinge und auf Jessica fiel. Er setzte sich eine Brille mit kleinen Gläsern und einem schmalen Stahlgestell auf die Nase, um sie genauer anzusehen. »Ich fasse es nicht! Ihr wart nicht da, als ich ins Bett gegangen bin, oder ich trinke nie wieder einen Tropfen.«

»Wir haben uns hinter deinem Rücken ins Haus geschlichen«, gestand Jessica lächelnd. Sie ließ sich von ihm auf die Wange küssen und stellte ihm die Kinder vor.

»Bin ich als Letzter aufgestanden?«

»Das wird dann wohl Paul sein«, sagte Robert und schob Don die Sahne und den Zucker rüber.

Paul kam in die Küche geschlendert und beugte sich herunter, um Jessica einen Kuss auf die Wange zu drücken.

»Du bist die reinste Augenweide«, begrüßte er sie. »Ich bin da, ich bin wach, ihr könnt das Erschießungskommando zurückbeordern.« Er zwinkerte Tara zu. »Hast du schon Pläne geschmiedet, wie du an den perfekten Weihnachtsbaum kommst? Wir werden keine Zeit haben, uns auf dem Festland auf die Suche zu machen, und daher werden wir es auf die altmodische Art angehen und einen Baum fällen müssen.«

Brenda gähnte. »Das klingt ja grässlich. Eine solche Schmutzarbeit. Ihr könntet Insekten ins Haus einschleppen, Paul. Du willst doch nicht wirklich einen Baum aus der Wildnis holen, oder?«

Tara wirkte alarmiert. »Wir werden doch einen Weihnachtsbaum haben, oder nicht, Jessica?«

»*Jessica* hat in dieser Angelegenheit kein Mitspracherecht«, fuhr Robert fort. »Die Entscheidung trifft Dillon. Es ist sein Haus, und wir sind zum Arbeiten hier, nicht zum Vergnügen. Brenda hat Recht, ein Baum von dort draußen«, sagte er und wies auf das Fenster, »wäre voller Insekten und äußerst unhygienisch. Ganz zu schweigen von der Feuergefahr.«

Tara zuckte sichtlich zusammen. Trevor stand auf, zog die Schultern zurück und ging auf Robert zu. »Ich glaube nicht, dass es nötig war, so mit meiner Schwester zu reden. Und mir gefällt nicht, wie du Jessicas Namen gesagt hast.«

Jessica legte ihre Hand sanft auf Trevors Schulter. »Robert, das war unangebracht. Keiner von uns muss an den Brand erinnert werden. Wir waren alle hier, als es passiert ist.« Sie zog an Trevor, der hartnäckig vor Robert stehen blieb. »Tara, natürlich bekommst du einen Baum. Dein Vater hat bereits seine Zustimmung gegeben. Wir können doch nicht ohne einen Baum Weihnachten feiern.«

Brenda seufzte, als sie aufstand. »So lange ich nichts mit all diesen Nadeln zu tun habe, die der Baum abwerfen wird. Man braucht ja so viel Energie, um mit kleinen Kindern fertigzuwerden. Ich bin froh, dass du das machst und nicht ich, meine Liebe. Ich gehe jetzt ins Studio. Robert, kommst du mit?«

Robert folgte ihr gehorsam, ohne einen von ihnen anzusehen. Don trank seinen Kaffee aus, spülte die Tasse sorgfältig und winkte ihnen zu. »Die Pflicht ruft.«

»Es tut mir leid, dass es dazu kommen musste, Jessie«, sagte Paul. »Robert lebt in seiner eigenen kleinen Welt. Brenda wirft das Geld mit beiden Händen zum Fenster hinaus. Alles, was sie hatten, ist weg. Dillon war der Einzige von uns, der klug war. Er hat seinen Anteil investiert und sein Geld verdreifacht. Und die Tantiemen für seine Songs fließen weiterhin. Und da er die Kinder hatte, hat er Krankenversicherungen und Brandschutzversicherungen abgeschlossen und all diese erwachsenen Dinge getan, an die wir überhaupt nicht gedacht haben. Das Schlimmste daran ist, dass er versucht hat, uns dazu zu bringen, das ebenfalls zu tun, aber wir wollten nicht auf ihn hören. Robert ist darauf angewiesen, dass diese Aufnahmen veröffentlicht werden. Wenn Dillon die Songs komponiert und den Gesang und die Produktion übernimmt, wird das Album ein voller Erfolg, aber das weißt du ja selbst. Robert ist in der Zwickmühle. Ohne Geld kann er Brenda nicht halten, und er liebt sie.« Paul zuckte die Achseln und zerzauste Tara das Haar. »Lass dir dein Weihnachten nicht von ihnen ruinieren, Tara.«

»Wessen Einfall war es, die Band wieder zusammenzubringen?«, fragte Jessica. »Ich hatte den Eindruck, es sei Dillons Idee gewesen.«

Paul schüttelte den Kopf. »Ausgeschlossen. Er komponiert ständig, die Musik lebt in ihm, und er hört sie unablässig in seinem Kopf, aber bis letzte Woche hat er seit dem Brand nie wieder mit jemandem zusammengearbeitet. Er kann keine Instrumente mehr spielen. Ich meine, er spielt sie schon, aber es ist kein Vergleich zu früher. Ihm fehlt die Fingerfertigkeit, obwohl er es versucht, wenn er allein ist. Es ist zu qualvoll für ihn. Ich glaube, Robert hat erst mit den anderen gesprochen und dann sind sie alle zu mir gekommen, um zu sehen, was ich dazu meine. Ich glaube, sie dachten wirklich, ich könnte ihn überreden.« In seinen dunklen Augen drückte sich eine Spur von Sorge aus. »Ich hoffe, ich habe das Richtige getan. Er tut es für die anderen, verstehst du, weil er hofft, dass sie Geld damit verdienen. Damit habe ich ihn geködert, und es hat geklappt. Für sich selbst hätte er es nicht getan, aber er hat sich immer für die anderen verantwortlich gefühlt. Ich dachte, es könnte ihm guttun, aber jetzt bin ich nicht mehr sicher. Wenn es ein Misserfolg wird ...«

»Es wird kein Misserfolg werden«, sagte Jessica. »Wir machen hier sauber. Du solltest jetzt besser gehen.«

»Danke, Jess.« Er beugte sich hinunter und drückte ihr einen Kuss aufs Haar. »Ich bin froh, dass ihr alle hier seid.«

Sobald sie allein waren, grinste Trevor sie an. »Du wirst andauernd geküsst, Jess. Als du dich mit meinem Dad ... äh ... unterhalten hast, dachte ich tatsächlich ein paar Minuten lang, ich bekäme vielleicht sogar meine erste Lektion in Sexualkunde.« Er rannte schleunigst los, als

Jessica mit einem Geschirrtuch nach ihm ausholte. Sein spöttisches Lachen kam die Treppe heruntergeweht.

5

Auf halber Höhe der Treppe verlangsamte Jessica ihre Schritte, und das Lächeln auf ihrem Gesicht verschwand. Sie nahm den Geruch dieser ganz speziellen Räucherstäbchen wahr, einen Geruch, den sie niemals vergessen würde. Zedernholz und Alaun. Sie atmete tief ein und wusste, dass ein Irrtum ausgeschlossen war. Der Gestank drang aus ihrem Zimmer und kroch durch den Spalt unter der Tür in den Flur hinaus. Jessica blieb einen Moment stehen und spürte, wie sich die Gereiztheit wieder einschlich, die sich immer einzustellen schien, sobald sie allein war, ein warnendes Flimmern in ihrem Gehirn, das eine innere Unruhe in ihrer Magengrube zurückließ.

»Jess?« Trevor stand am oberen Ende der Treppe und sah sie verwirrt an. »Was ist los?«

Sie schüttelte den Kopf, als sie an ihm vorbeiging und vor ihrer Zimmertür stehen blieb. Mit größter Behutsamkeit stieß sie die Tür auf. Eiskalte Luft strömte ihr entgegen und trug den penetranten Gestank der Räucherstäbchen mit sich. Jessica stand regungslos da, und ihr Blick richtete sich sofort auf das Fenster. Die Vorhänge flatterten in der Brise wie hauchzarte weiße Geister. Einen Moment lang hing Dunst dort, ein dichter weißer Nebel, der den Raum durchdrang. Als sie blinzelte, löste er sich auf oder verband sich mit dem dichten Nebel draußen.

»Es ist eiskalt hier. Warum hast du das Fenster aufgemacht?« Trevor eilte durch das Zimmer und schlug das Fenster zu. »Was ist das für ein ekelhafter Geruch?«

Jessica stand immer noch regungslos in der Tür, doch als sie sah, dass er zusammenzuckte, wurde sie schlagartig aktiv und eilte an seine Seite. »Trev?«

»Was ist das?« Trevor deutete auf das Symbol auf dem Bettvorleger.

Jessica holte tief Luft. »Manche Menschen glauben, sie könnten durch gewisse Zeremonien Geister um Beistand anflehen, Trevor. Was du vor dir siehst, ist ein plumper magischer Kreis.« Gebannt starrte sie die beiden Kreise an, einer innerhalb des anderen. Sie bestanden aus der Asche mehrerer Räucherstäbchen.

»Was hat das zu bedeuten?«

»Im Moment noch gar nichts, weil sich nichts darin befindet.« Jessica kaute auf ihrer Unterlippe. Zwei Kreise hatten keinerlei Bedeutung. Sie waren einfach nur ein Ausgangspunkt. »Manche Menschen glauben, ohne einen geweihten magischen Kreis könnte man keinen Kontakt zu Geistern aufnehmen. Die Symbole zur Anrufung des Geistes müssten sich darin befinden.« Sie seufzte leise. »Wir sollten uns vorsichtshalber Taras Zimmer und dann deines vornehmen.«

»Du zitterst«, sagte Trevor.

»Ach ja?« Jessica rieb sich die Arme. Sie war entschlossen, nicht zu schreien. »Das muss wohl an der Kälte liegen.« Sie wollte zu Dillon laufen, damit er sie in die Arme nahm und tröstete, doch sie wusste, dass er jedes einzelne Bandmitglied aus dem Haus werfen würde, wenn er dieses Symbol sah. Und dann würde er nie mehr versuchen, Musik zu machen.

»Ich will Dad holen«, sagte Trevor, als sie Taras Zimmer betraten. »Mir gefällt das überhaupt nicht.«

Jessica schüttelte den Kopf. »Mir auch nicht, aber wir können es deinem Vater noch nicht sagen. Du kennst ihn nicht so gut wie ich. Er besitzt ein unglaubliches Verantwortungsbewusstsein. Hör auf, den Kopf zu schütteln, es ist wahr. Er hat euch nicht alleingelassen, weil er euch nicht geliebt hat, sondern weil er der Meinung war, es sei das Beste für euch.«

»Blödsinn!« Trevor überzeugte sich davon, dass das Fenster verriegelt war und niemand die Sachen seiner Schwester in Unordnung gebracht hatte. »Wie konnte er es für richtig halten, fortzugehen, Jessie?«

»Nach dem Brand hat er ein Jahr im Krankenhaus verbracht und dann ist er mehr als ein Jahr lang physiotherapeutisch behandelt worden. Du machst dir keine Vorstellung davon, wie schmerzhaft es ist, von Verbrennungen wie denen, die dein Vater erlitten hat, zu genesen. Oder davon, was er durchmachen musste. Und dann hat sich der Prozess fast zwei Jahre hingezogen. Nicht die eigentliche Verhandlung, sondern die gesamte rechtliche Abwicklung. Da der Mörder nie gefunden wurde, konnte Dillon nicht von jedem Verdacht freigesprochen werden. Er hat sich für alle verantwortlich gefühlt, und er hat die Schuld an allem, was passiert ist, auf sich genommen. Sein schlimmster Feind ist er selbst. In seiner Vorstellung hat er Vivian, die Band, euch Kinder und sogar meine Mutter und mich im Stich gelassen. Ich will nicht riskieren, dass er seine Musik wieder aufgibt. Jemand will, dass wir fortgehen, und derjenige weiß, womit er mir Angst einjagen kann. Aber dieser Streich war gegen mich gerichtet, nicht gegen euch.«

»Ich weiß, dass du dachtest, jemand wollte uns etwas antun.« Trevor schüttelte den Kopf, als sie sein Zimmer betraten. »Du hättest es mir sagen sollen. Deshalb hast du uns zu ihm gebracht.«

Sie nickte. »Er würde niemals zulassen, dass euch etwas zustößt. Nie im Leben.«

Trevors Zimmer war tadellos aufgeräumt. Er hatte gar nicht erst so getan, als hätte er es benutzt. »Was sollte dieses ganze Gerede über Versicherungssummen? Hat Brenda wirklich eine Versicherung auf uns abgeschlossen? Geht das überhaupt? Mir ist das alles nicht geheuer.«

»Leider sieht es so aus, als hätte sie es getan. Ich werde bei der erstbesten Gelegenheit mit eurem Vater darüber sprechen.« Jessica seufzte wieder. »Ich verstehe das alles nicht. Weshalb sollte uns jemand unbedingt vertreiben wollen und schreckt nicht mal davor zurück, uns mit einem magischen Kreis Angst einzujagen? Sie alle kennen Dillon. Ihnen muss doch klar sein, dass er jeden, der versucht, mir Angst einzujagen, von der Insel jagt. Wenn ihnen die Musik so wichtig ist, warum gehen sie dann ein solches Risiko ein?«

»Ich glaube, es ist Brenda«, sagte Trevor. »Robert hat kein Geld mehr, und sie macht meinem Dad schöne Augen. Du kommst, und Dad macht dir schöne Augen. Die Missgunst regt sich. Der Fall ist gelöst. Wieder ist es die kaltherzige Frau, die auf Geld aus ist.«

»Danke, Sherlock, schieb es auf die Frau, warum auch nicht. Lass uns wieder runtergehen und Tara suchen. Wahrscheinlich hat sie inzwischen schon die Küche aufgeräumt.«

»Was glaubst du wohl, warum ich mich hier oben herumdrücke?«

Jessica war froh, dass sie das Geschirrtuch noch in der Hand hielt. Sie holte damit aus, als sie ihm die Treppe hinunterfolgte.

Zu Trevors großer Freude hatte Tara schon in der Küche saubergemacht, und daher verbrachten die drei die folgenden Stunden mit der Erkundung des Hauses. Es machte Spaß, einen Raum nach dem anderen zu entdecken. Dillon besaß antike und brandneue Musikinstrumente aller Art. Es gab ein Spielzimmer, in dem die neuesten elektronischen Geräte standen. Jessica musste Trevor aus dem Billardzimmer zerren. Der Fitnessraum weckte ihr Interesse, doch die Zwillinge schleiften sie weiter. Schließlich machten sie es sich in der Bibliothek auf dem riesigen Sofa gemütlich, umgeben von Büchern und Antiquitäten. Jessica fand den Weihnachtsklassiker von Dickens und begann, ihn den Zwillingen laut vorzulesen.

»Jess! Verflucht nochmal, Jess, wo steckst du?« Die Stimme kam dröhnend aus dem Keller, schneidend, zornig und frustriert.

Jessica legte langsam das Buch zur Seite, als Dillon ein zweites Mal nach ihr rief.

Tara nahm Jessica erschrocken an der Hand. Trevor lachte schallend. »Du wirst angebrüllt, Jessie. Ich habe noch nie gehört, dass dich jemand anbrüllt.«

Jessica verdrehte die Augen zum Himmel. »Vermutlich sollte ich den königlichen Befehl befolgen.«

»Wir kommen einfach mit«, beschloss Trevor und bemühte sich, lässig zu wirken, als Dillon wieder lautstark nach ihr rief.

Jessica verbarg ihr Lächeln. Trevor war entschlossen, sie zu beschützen. Dafür liebte sie ihn umso mehr. »Dann lasst uns gehen, bevor er einen Herzinfarkt bekommt.«

»Was hast du angestellt, um ihn so wütend zu machen?«, fragte Tara.

»Ich habe überhaupt nichts angestellt«, erwiderte Jessica entrüstet. »Ich brächte es doch gar nicht fertig, ihn in Wut zu versetzen.«

Trevor zog an ihrem rotgoldenen Haar. »Du könntest sogar den Papst in Rage bringen, Jessie. Und du köderst ihn.«

»Stimmt doch gar nicht!« Jessica rief ihm durch den Flur nach, der zur Treppe führte. »Du ungezogener Bengel. Eines Nachts hat sich ein Außerirdischer deiner bemächtigt, während du geschlafen hast. Bis dahin warst du lieb und nett.«

Trevor rannte direkt außerhalb ihrer Reichweite rückwärts vor ihr her und lachte, als er sich der Treppe näherte. »Ich bin immer noch lieb und nett, Jessie. Du kannst es nur nicht vertragen, die Wahrheit zu hören.«

»Dir werde ich die Wahrheit zeigen«, warnte ihn Jessica und tat so, als wollte sie ihn packen.

Trevor trat rückwärts auf die oberste Stufe und rutschte unerwartet aus, so heftig, dass er den Halt verlor. Einen Moment lang wankte er bedrohlich und fuchtelte bei seinem Versuch, sich am Geländer festzuhalten, wüst mit den Armen. Jessica konnte die Furcht auf seinem jungen Gesicht sehen. Sie sprang mit einem Satz vor, um ihn zu packen, betäubt vor Entsetzen. Ihre Finger streiften den Stoff seines Hemdes, ohne ihn halten zu können. Tara streckte ihrem Zwillingsbruder beide Hände entgegen und schrie laut, als Trevor in die Tiefe stürzte.

Dillon nahm zwei Stufen auf einmal, als er die Treppe hinaufsprang, denn es ärgerte ihn, dass Jessica ihm nicht geantwortet hatte, obwohl er ganz genau wusste, dass sie ihn gehört hatte. Vielleicht war es gar keine so schlechte Idee, sie zu erwürgen, *nachdem* sie Don, diesem Idioten, erklärt hatte, worum es ihm ging. Was war denn so schwierig daran, den richtigen Takt zu hören? Die richtigen Pausen? Taras Schrei ließ ihn aufblicken, und er sah Trevor nach hinten fallen. Im ersten Moment stand die Zeit still, und das Herz pochte ihm bis zum Hals. Der Junge prallte so fest gegen seine Brust, dass auf einen Schlag jegliche Luft aus seiner Lunge gepresst wurde. Schützend schlang er die Arme um seinen Sohn, als beide die Treppe hinunterpurzelten und schwer auf dem Kellerboden landeten.

Jessica setzte sich in Bewegung, und Tara folgte ihr auf den Fersen. Als ihr Fuß die erste Stufe berührte, merkte sie, dass sie auszurutschen drohte. Sie klammerte sich an das Geländer und fing Tara ab. »Vorsicht, Kleines, hier kann man leicht ausrutschen.« Sie hielten sich beide am Geländer fest, als sie nach unten eilten.

»Sind die beiden tot?«, fragte Tara furchtsam.

Jessica konnte gedämpftes Fluchen und Trevors Schmerzenslaute hören, als Dillon seine Hände nicht allzu sanft über seinen Sohn gleiten ließ, um ihn nach Verletzungen abzusuchen. »Es klingt nicht so«, bemerkte sie. Sie kniete sich neben Trevor, und ihre Finger strichen dem Jungen zärtlich das Haar aus der Stirn. »Dir fehlt doch nichts, Schätzchen?«

»Ich weiß es nicht.« Trevor, der immer noch auf seinem Vater lag, brachte ein schiefes Grinsen zustande.

Dillon packte Jessicas Hand, und sein Daumen, der über die Innenseite ihres Handgelenks glitt, konnte ihren rasenden Herzschlag fühlen. »Ihm fehlt nichts, er ist auf mir gelandet. Ich bin hier derjenige mit den blauen Flecken.« Ein Gemisch aus Furcht und Wut strömte durch seinen Körper. Seit Jahren hatte er keine solche Panik mehr verspürt. Es hatte ihm blankes Entsetzen eingejagt, Trevor die Treppe hinunterfallen zu sehen. »Ich kriege keine Luft. Das Kind wiegt eine Tonne.« Dillon wusste nicht, ob er Trevor umarmen oder ihn schütteln sollte, bis seine Zähne klapperten.

Jessica strich das unbändige wellige Haar aus Dillons Stirn zurück. »Du atmest. Danke, dass du ihn aufgefangen hast.«

Ihre Berührung erschütterte ihn. Es war schmerzhaft, eifersüchtig auf seinen Sohn zu sein, auf die zärtlichen Blicke, mit denen sie ihn ansah, auf die Selbstverständlichkeit im Umgang der beiden miteinander. Dillon wollte sie vor aller Augen an sich reißen und sie küssen. Sie mit Haut und Haar verschlingen. Sie nehmen. Sie versetzte seinen Körper in Aufruhr, brach ihm das Herz und ließ jede klaffende Wunde in seiner Seele wieder aufreißen. Sie ließ ihn wieder etwas empfinden und zwang ihn zu leben, wenn es doch viel besser war, abgestumpft zu sein.

»Das hast du prima gemacht«, stimmte Trevor ihr zu.

Dillon stieß den Jungen zur Seite und sah ihn finster an. Er war wütend, weil dieser ihm einen solchen Schrecken eingejagt hatte und weil sein Leben auf den Kopf gestellt wurde. »Lass den Blödsinn sein, Junge, du hättest dich ernsthaft verletzen können. Du bist zu alt, um so unbedacht auf der Treppe herumzuspielen. Getobt wird draußen, da kannst du wenigstens nichts kaputt machen, was nicht dir gehört, oder unschuldige Dritte durch deine Dummheiten verletzen.«

Das Lächeln auf Trevors Gesicht erlosch. Röte stahl sich auf seine Wangen. Tara keuchte empört: »Trevor hat deiner blöden Treppe nichts getan.«

»Und du musst lernen, wie man mit Erwachsenen spricht, junge Dame«, gab Dillon zurück und richtete seinen finsteren Blick auf ihr wütendes kleines Gesicht.

Jessica stand auf und zog Tara mit sich hoch. Sie streckte eine Hand aus, um Trevor auf die Füße zu helfen. »Trevor ist auf etwas ausgerutscht, genau wie ich, Dillon«, teilte sie ihm eisig mit. »Vielleicht solltest du deine anderen Gäste bitten, vorsichtiger zu sein und nichts auf der Treppe zu verschütten, worauf andere Leute ausgleiten können, statt voreilige Schlussfolgerungen über Trevors Benehmen zu ziehen.«

Dillon erhob sich langsam. Sein Gesicht war eine ausdruckslose Maske. »Was ist auf der Treppe verschüttet worden?«

»Ich habe mir nicht die Zeit genommen nachzusehen«, antwortete Jessica.

»Dann sehen wir es uns jetzt an.« Er stieg die Stufen hinauf, und Jessica folgte dicht hinter ihm.

Die oberste Stufe glänzte und war mit einer öligen Schicht überzogen. Dillon kauerte sich hin, um es genauer zu inspizieren. »Das sieht aus wie normales Speiseöl aus der Küche.« Er sah auf die Zwillinge hinunter, die am unteren Ende der Treppe warteten, als verdächtigte er sie.

»Sie haben hier kein Öl verschüttet. Sie waren die ganze Zeit mit mir zusammen«, fauchte Jessica. Sie streckte eine Hand an ihm vorbei, berührte das Öl mit einer Fingerspitze und steckte den Finger in den Mund. »Pflanzenöl. Jemand muss es auf die Stufe gegossen haben.« Öl wurde bei magischen Zeremonien benutzt, um Geister anzurufen. Diese Information war ihr im Gedächtnis haftengeblieben.

»Oder jemand hat versehentlich ein paar Tropfen verschüttet und es nicht bemerkt.« Dillons Blick glitt über sie. »Außerdem habe ich den Kindern nicht die Schuld zugeschoben. Auf den Gedanken, sie könnten es gewesen sein, bin ich gar nicht gekommen. Du bist hier diejenige, die sich vor voreiligen Schlussfolgerungen hüten sollte, Jess.«

»Dann fragen wir doch die anderen«, sagte sie herausfordernd.

Er seufzte. »Du bist wütend auf mich.« Er hielt ihr seine Hand in dem dünnen Lederhandschuh hin, eine instinktive Geste. Als er erkannte, was er getan hatte, ließ er sie wieder sinken.

»Natürlich bin ich wütend auf dich, Dillon, was hast du denn erwartet?« Jessica legte den Kopf in den Nacken, um ihn anzusehen. »Behandle mich nicht wie ein Kind und spar dir bei mir auch diesen aufreizend herablassenden Tonfall. Ich sagte dir doch schon, dass sich für die Unfälle, die zu Hause passiert sind, leicht Erklärungen finden ließen. Ich garantiere dir, dass niemand in diesem Haus zugeben wird, Speiseöl auf der Treppe vergossen zu haben.«

Er zuckte die Achseln. »Und wenn schon? Das war kein Anschlag auf Trevor und Tara – wie könnte es das auch gewesen sein? Wir machen dort unten Aufnahmen. Was könnte jemanden auf den Gedanken bringen, die Kinder würden herunterkommen? Niemand hätte vorhersagen können, dass ich dich rufen würde.«

»Ich bin anderer Meinung. Ich liebe Musik, ich bin Toningenieurin, und das weiß hier jeder. Und du hast vorhin in der Küche gesagt, die Zwillinge könnten später hinunterkommen und euch zusehen.«

Er zog eine Augenbraue hoch. »Alle, einschließlich Brenda, sind im Studio. Wie erklärst du dir das?«

»Die Zwillinge waren die ganze Zeit mit mir zusammen, Dillon«, entgegnete Jessica, und ihre grünen Augen begannen zu glühen. »Wie erklärst du dir das? Und da wir gerade von Brenda sprechen – wieso um Himmels willen hast du dieser Frau deine Einwilligung gegeben, eine Versicherung auf dich und deine Kinder abzuschließen?«

»Sie gehört zur Familie, Jessie, das ist doch harmlos, wenn auch kostspielig«, sagte er mit einem gleichgültigen Achselzucken, »und ihr gibt es ein Gefühl von Zugehörigkeit.«

»Mir gibt es das Gefühl, ein Geier zieht seine Kreise über unseren Köpfen«, murmelte Jessica. Sie folgte Dillon die Stufen hinunter zu den Zwillingen, die sie gespannt erwarteten.

»He, wir verplempern unsere Zeit«, rief Brian. »Kommt ihr beide jetzt und arbeitet oder werden wir über den positiven versus den negativen Fluss des Universums um uns herum diskutieren? Was geht dort draußen vor?«

»Wir sind die Treppe runtergefallen«, sagte Dillon grimmig. »Wir sind gleich da.« Er beugte sich dicht zu Jessica vor. »Hol tief Luft, Tigermama, und reiß mir nicht den Kopf ab«, sagte er spöttisch zu ihr, um die Spannung zwischen ihnen abzuschwächen. »Zieh die Krallen ein.« Es belustigte und freute ihn, wie glühend sie seine Kinder in Schutz nahm.

Jessica sah die Zwillinge finster an. Beide wichen unschuldig zurück, schüttelten gleichzeitig die Köpfe und waren tief davon beeindruckt, dass ihr Vater den geheimen Spitznamen kannte, den sie Jessica gegeben hatten.

»Ich habe es ihm nicht gesagt. Ehrlich«, fügte Trevor hinzu, als sie ihn weiterhin finster ansah. »Und er hat die Reißzähne nicht erwähnt.«

»Sie hat Reißzähne?«, fragte Dillon seinen Sohn mit hochgezogenen Augenbrauen. Er war ja so erleichtert, weil der Junge sich bei dem Sturz nicht verletzt hatte.

»Oh, ja«, antwortete Trevor. »Allerdings. Sie wachsen ihr von einem Augenblick zum anderen. Fürchte um dein Leben, wenn du dich mit uns anlegst.«

Dillon grinste plötzlich, und in den blauen Tiefen seiner Augen blitzte für einen flüchtigen Moment der Schalk auf. »Glaub mir, mein Sohn, das täte ich.«

Trevor stand vollkommen still da, denn die Gefühle, die ihn bei den Worten seines Vaters durchströmten, erschütterten ihn. Jessicas Hand streifte seine Schulter, um ihm stumm ihr Verständnis auszudrücken.

»Komm schon, Jessica, wir könnten ein bisschen Hilfe gebrauchen.« Dillon nahm ihren Arm und führte sie wie eine Gefangene ab. Er sah sich nach den Zwillingen um. »Wenn ihr beide ruhig sein könnt, dürft ihr mitkommen und zusehen. Brenda! Ich habe Arbeit für dich.«

Jessica schnitt Trevor hinter Dillons Rücken eine Grimasse, die die Kinder zum Lachen brachte, als Dillon sie ins Tonstudio schleifte.

»Arbeit?« Brenda streckte sich träge, als sie aufstand. »Das ist doch sicher nicht dein Ernst, Dillon. Ich habe seit Jahren nicht mehr gearbeitet. Die Vorstellung hat etwas Erschreckendes an sich.«

»Das schaffst du schon. Auf der Treppe ist Öl, eine Menge Öl. Es muss aufgewischt werden, weil die Treppe sonst gefährlich ist. Da ich mein Personal fortgeschickt habe und wir alle einspringen, ist das deine Aufgabe für den heutigen Tag.«

Brenda riss schockiert die Augen auf. »Das meinst du doch nicht ernst, Dillon. Was hast du dir überhaupt dabei gedacht, deinem Personal freizugeben?«

»Dass die Leute Weihnachten bei ihren Familien verbringen wollen«, log Dillon. In Wahrheit hatte er keine Zeugen für seinen Misserfolg gewollt, denn ihm graute vor dem gewagten Unterfangen, mit der Band zu arbeiten. »Du wusstest doch, dass kein Personal da ist und dass wir arbeiten würden. Du hast dich einverstanden erklärt, bei der Hausarbeit mitzuhelfen, wenn ich dir erlaube mitzukommen.«

»Ja klar, im Bad die Handtücher aufschütteln, das schon, aber doch keine Schweinerei auf der Treppe beseitigen. Du«, sagte sie und deutete auf Tara, »könntest diese Kleinigkeit gewiss übernehmen.«

Bevor Tara etwas darauf erwidern konnte, schüttelte Dillon den Kopf. »Los, Brenda, mach schon. Tara und Trevor, setzt euch dort drüben hin. Jessica, sieh dir die Notensätze an und hör in die Aufnahmen rein. Sag mir, ob du dir einen Reim darauf machen kannst. Ich stehe kurz davor, mir die Haare auszureißen.« Er zog Jessica zu einem Stuhl und presste seine Hände auf ihre Schultern, bis sie saß. »Es ist ein Alptraum.«

Jessica blickte auf die Noten hinunter. Es war deutlich zu erkennen, dass Dillons Feinmotorik gelitten hatte, denn seine Notenschrift war ein kaum leserliches Gekrakel. Sie verbrachte eine Stunde damit, sich Dillons Notensätze anzusehen und in die Tonspuren hineinzuhören, die er bereits aufgenommen hatte. Das Problem war, dass die Bandmitglieder in ihren Köpfen nicht dasselbe hörten wie Dillon. Don war kein Leadgitarrist; seine Begabung lag im geschickten Umgang mit dem Bass. Für Jessica stand fest, dass die Band einen Leadgitarristen brauchte, aber sie war nicht sicher, wer Dillons Musik so spielen könnte, wie er sie gespielt haben wollte. Die meisten Musiker waren eitel. Keiner würde sich von Dillon sagen lassen, wie er zu spielen hatte.

Sie sah, dass alles wieder ins Stocken geraten war. Brian schnitt ihr durch die Glasscheibe eine Grimasse. Paul sah sie mit besorgtem Gesichtsausdruck kopfschüttelnd an. Dillon lief unruhig auf und ab und füllte das Studio mit der Brillanz seines Genies aus, in die zunehmende Frustration und Ungeduld einflossen.

»Warum kann es bloß keiner von euch hören?« Dillon schlug sich mit der flachen Hand auf die Stirn und stürmte zu der Gitarre, die an der Wand lehnte. »Was ist denn so schwierig daran, den Takt zu erfassen? Die Melodie muss langsamer gespielt werden, das Riff wirkt gehetzt. Es geht nicht darum zu zeigen, was für ein ungeheuer guter Musiker der Einzelne ist, es geht um die Harmonie, um eine gelungene Mischung, die qualmt.« Er hielt die Gitarre zärtlich an sich gedrückt, und das Verlangen, das zu spielen, was er in seinem Kopf hörte, war so stark, dass sein Körper bebte.

Als sie ihn durch die Glasscheibe beobachtete, fühlte Jessica, wie ihr Herz in Stücke sprang. Wenn es um seine Musik ging, war Dillon immer Perfektionist gewesen. In seinen Kompositionen, seinen Texten und seinem Spiel kam seine Leidenschaft zum Vorschein. Genau darauf war der gewaltige Erfolg der Band zurückzuführen, und das wussten sie alle. Sie wollten es wieder, und sie setzten darauf, dass er es ihnen ermöglichte.

Dillon sah Don finster an. »Versuch es nochmal und mach es diesmal richtig.«

Don schwitzte sichtlich und warf den anderen unbehagliche Blicke zu. »Ich werde es nicht anders spielen als beim letzten Mal, Dillon. Ich bin nicht du. Ich werde niemals du sein. Wenn du mir was von einer Mischung, von Qualm und von Saiten erzählst, höre ich noch lange nicht, was ich deiner Meinung nach hören soll. Ich bin nicht du.«

Dillon fluchte. Die Glut in seinen blauen Augen wurde immer intensiver. Don rückte von ihm ab und hob eine Hand. »Ich sage dir eines – wir müssen einen anderen Leadgitarristen finden, denn ich bin nicht der Richtige. Und ganz gleich, wen wir uns holen, Dillon, er wird nicht du sein. Du wirst niemals zufrieden sein.«

Dillon zuckte zusammen, als hätte Don ihn geohrfeigt. Die beiden Männer sahen einander lange an, und dann wandte sich Dillon abrupt ab. Er blieb stehen, ließ den Kopf hängen und atmete tief durch, um seine Verzweiflung zu unterdrücken. Er hätte es niemals versuchen sollen, niemals glauben dürfen, er könnte es schaffen. Lautstark verfluchte er seine Hände, seinen unbrauchbaren vernarbten Körper und seine Leidenschaft für die Musik.

Taras Augen füllten sich mit Tränen, und sie begrub ihr Gesicht an der Schulter ihres Bruders. Trevor schlang einen Arm um seine Schwester und sah Jessica an.

Dillon kehrte schlagartig in die Realität zurück. Jessica konzentrierte sich auf das Mischpult und sah ihn nicht an. »Jess!« Ihr Anblick war eine Inspiration, ein unverhofftes Geschenk! Er schlich sich an wie ein Panther, packte ihren Arm und zog sie an sich. »Du wirst es tun, Jess, ich weiß, dass du hörst, was ich höre. Du hast es erfasst, tief in deinem Innern. Diese Verbindung hat schon immer zwischen uns bestanden. Komm her und spiele diesen Song so, wie er gedacht ist.« Er wollte sie zur Tür zerren. »Du spielst schon seit deinem fünften Lebensjahr Gitarre.«

»Was denkst du dir bloß? Ich kann nicht mit deiner Band spielen!« Jessica war entsetzt. »Don wird es hinkriegen. Hör auf, ihn anzuschreien, und lass ihm Zeit.«

»Er wird es nie richtig hinkriegen, er liebt die Melodie nicht. Man muss sie lieben, Jessica. Denk an all diese Nächte, in denen wir in der Küche gesessen und gespielt haben. Die Musik ist in dir, du lebst und atmest sie. Für dich ist sie genauso lebendig wie für mich.«

»Aber das war etwas anderes, das waren nur wir beide.«

»Ich weiß, dass du brillant Gitarre spielst und das Spielen niemals aufgeben würdest. Du hörst die Musik so, wie ich sie höre.«

Jessica sah die Zwillinge an und erhoffte sich Unterstützung von ihnen, doch beide strahlten über das ganze Gesicht. »Sie spielt täglich, manchmal stundenlang«, warf Tara hilfreich ein.

»Du kleine Verräterin«, zischte Jessica. »Der enge Umgang mit deinem Bruder schadet dir. Zur Strafe spült ihr beide eine Woche lang das Geschirr.«

»Beide?«, mischte sich Trevor entrüstet ein. »Ich habe doch gar nichts getan. Komm schon, Tara, das sollen die beiden unter sich austragen. Wir können uns so lange dieses Spielzimmer genauer ansehen.«

»Deserteure«, schalt Jessica die Zwillinge. »Ratten, die das sinkende Schiff verlassen. Das werde ich mir merken.« Sie hielt die Tür zum Studio mit ihrem Fuß zu, während Dillon sie hineinstoßen wollte.

»Es macht bestimmt Spaß, Tante Brenda beim Treppeputzen zuzusehen«, sagte Tara schelmisch. Trevor grinste von einem Ohr zum anderen, als er ihr aus dem Studio folgte.

»Es ist nicht zu übersehen, dass du die beiden großgezogen hast«, sagte Dillon mit seinen Lippen an ihrem Ohr und einem Arm um ihre Taille. »Sie haben beide ein freches Mundwerk.«

»Hör auf mit diesem Affenzirkus! Die ganze Band grinst sich schon eins!« Jessica stieß ihn von sich, strich demonstrativ ihre Kleidung und ihr Haar glatt und reckte das Kinn in die Luft. »Ich werde es tun, Dillon. Ich glaube, ich habe eine Ahnung, worum es dir geht, aber es wird seine Zeit brauchen, sie umzusetzen. Schrei mich bei der Arbeit kein einziges Mal an, hast du verstanden? Du wirst deine Stimme mir gegenüber nicht erheben, oder ich verlasse das Studio, bevor du weißt, wie dir geschieht.«

»Ich wünschte, das könnte ich auch mal ungestraft sagen«, bemerkte Brian.

»Ihr könnt alle Pause machen. Jessica wird uns aus der Patsche helfen.«

»Nein, ganz bestimmt nicht.« Sie sah Dillon finster an. »Ich sehe nur mal, ob ich dahinterkomme, was du meinst, und wenn ich es hinkriege, spiele ich es euch vor. Hast du was dagegen, Don?«

»Ganz im Gegenteil. Ich bin dir dankbar, Jess.« Don lächelte zum ersten Mal, seit sie das Studio betreten hatten. »Schrei, wenn du Hilfe brauchst. Dann kommen wir alle angerannt.«

»Na prima, das Studio ist schalldicht.« Jessica nahm die Gitarre und spielte ein beliebiges Blues-Riff. Ihre Finger wanderten über die Saiten, um ein Gespür für das Instrument zu bekommen, und ihr Gehör stimmte sich auf seinen Klang ein. »Ihr lasst mich hier mit Dillon allein, vergesst das nicht.«

6

Jessica schloss beim Spielen die Augen und ließ die Musik durch ihren Körper strömen. Durch ihr Herz und ihre Seele. Es stimmte nicht, da fehlte etwas, etwas, das sie nicht richtig hinbekam. Sie war schon dicht dran, ganz dicht, aber sie bekam es noch nicht zu fassen. Sie schüttelte den Kopf und lauschte mit dem Herzen. »Es ist nicht ganz so, wie es sein sollte. Es ist schon nah dran, aber perfekt ist es nicht.«

Die Enttäuschung war ihr so deutlich anzuhören, dass Dillon sich zusammenriss, um sich nicht anmerken zu lassen, wie groß seine eigene Enttäuschung war. Sie konnte es nicht gebrauchen, dass er tobte und sie anschrie. Was sie brauchte, war vollständige Harmonie zwischen ihnen. Im Gegensatz zu Don war Jessica klar, was er wollte, denn sie hörte einen ähnlichen Klang in ihrem Kopf, der aber nicht aus ihren Fingern herauskam. »Lass uns etwas anderes versuchen, Jess. Nimm den Klang zurück. Halte die Noten länger und lass die Musik atmen.«

Sie nickte, ohne ihn anzusehen. Auf ihrem Gesicht drückte sich enorme Konzentration aus, während ihre Finger liebevoll über die Saiten glitten. Sie horchte auf die melancholische Tonlage, den introspektiven Klang, die langsame Eröffnung und das Anschwellen von Leid und Schmerz, bis es ihr das Herz brach und Tränen in ihren Augen standen. Ihre Finger stellten abrupt jede Bewegung ein. »Es ist nicht die Gitarre, Dillon. Der Klang ist da, betörend, lebendig und gefühlvoll. Hör dir das an, hier ist der Punkt, genau hier.« Sie spielte die Töne noch einmal. »Wir können hier nicht einfach die Spuren übereinanderlegen, das wird niemals genügen.«

Er schnippte mit den Fingern und legte den Kopf mit geschlossenen Augen zur Seite, damit sie es noch einmal spielte. »Ein Saxophon? Etwas, das mit seinem weichen und melancholischen Klang genau hier einfällt? An exakt dieser Stelle, ein Instrument, das Einsamkeit ausdrückt?«

Jessica nickte und strahlte. »Genau das ist es. Hier muss das Saxophon einsetzen und für ein paar Takte die Führung übernehmen, während sich die Gitarre in den Hintergrund zurückzieht. Mit dieser Melodie sind Bass und Schlagzeug einfach überfordert. Wir verlieren das Gesamtbild aus den Augen. Beim Abmischen lässt sich einiges machen, aber ich würde gern hören, wie es klingt, wenn Robert uns auf dem Keyboard ein Orchester simuliert. Dieser Song sollte eine größere Tiefenstruktur haben. Die Stimme gibt die Tiefe, die wir brauchen.«

Dillon lief auf und ab und blieb dann vor ihr stehen. »Ich kann das Saxophon hören, ich weiß genau, wann es einsetzen muss.«

Sie nickte. »Das wird funktionieren, ich weiß es. Ich habe schon Ideen für das Abmischen. Don kann jetzt reinkommen und spielen.«

»Nein!« Er sah aus, als wollte er ihr den Kopf abreißen. Jessica hätte beinah gestöhnt. Sie wandte sich ab und wünschte, sie fände ihn nicht so attraktiv. Wenn es doch nur die Chemie gewesen wäre, die zwischen ihnen knisterte, und nicht noch viel mehr.

»Don wird niemals deine Leidenschaft haben, Jess. Das weiß er, er hat es selbst gesagt. Er hat gesagt, ich soll einen Ersatz für ihn finden.«

Mit größter Behutsamkeit lehnte sie die Gitarre an die Wand. »Ich werde nicht für ihn einspringen. Ich kann nicht so spielen, wie du es willst. Mir fehlt die nötige Erfahrung. Und selbst wenn ich es täte, das ist ein Männerverein. Die wenigsten Musiker wollen zugeben, dass eine Frau Gitarre spielen kann.«

»Du hast die Erfahrung. Ich helfe dir«, versprach er. »Und die Band will, dass es ein Erfolg wird. Sie würden alles tun, damit es weitergeht.«

Sie schüttelte den Kopf und wich vor ihm zurück.

Dillons Lächeln ließ sein Gesicht strahlend, jungenhaft, charmant und absolut unwiderstehlich wirken. »Machen wir einen Spaziergang?«

Es war schon spät, und draußen war es dunkel. Sie hatte seit einiger Zeit nicht mehr nach den Zwillingen gesehen, aber die Versuchung, noch mehr Zeit mit Dillon allein zu verbringen, war zu groß. Sie nickte.

»Dort drüben gibt es noch eine zweite Tür.« Er zog ihr seinen Pullover, den er vor Tagen achtlos zur Seite geworfen hatte, über den Kopf, schlüpfte in sein Jackett, öffnete die Tür und ließ ihr den Vortritt. Er stieß einen leisen Pfiff aus, und der Schäferhund, der Jessica und die Zwillinge bei ihrer Ankunft so grob begrüßt hatte, kam angerannt.

Die Nacht war frisch, die Luft dunstig und salzig. Sie schlugen einen schmalen Wildpfad ein, der sich durch die Bäume wand, und da sie dicht nebeneinander herliefen, berührten sich ihre Hände gelegentlich. Als ihre Hand in seiner lag, hätte Jessica nicht sagen können, wie es dazu gekommen war.

Sie blickte zu ihm auf, und ihr stockte der Atem. Ihr Herz flatterte und schlug rasend schnell vor Glück. Aber es hieß jetzt oder nie. Wenn sie die Luft zwischen ihnen jetzt nicht bereinigte, würde er für sie verloren sein. »Wie bist du eigentlich an Vivian geraten? Sie schien nicht zu dir zu passen.«

Sie liefen schweigend weiter, bis sie schon glaubte, er würde ihr nicht antworten, doch dann atmete er langsam aus.

»Vivian.« Dillon fuhr sich mit der freien Hand durch sein schwarzes Haar und sah auf sie hinunter. »Warum ich Vivian geheiratet habe? Das ist eine gute Frage, Jess, und ich habe sie mir selbst schon hundertmal gestellt.«

Über ihnen spannte sich ein Baldachin von Bäumen. Eine sanfte Brise ließ das Laub rascheln. »Dillon, ich habe nie verstanden, warum du sie dir ausgesucht hast. Ihr beide wart so verschieden.«

»Ich habe Vivian mein Leben lang gekannt, wir sind in derselben ärmlichen Siedlung aufgewachsen. Wir hatten nichts, keiner von uns, weder Brian noch Robert oder Paul. Und Viv schon gar nicht. Wir hingen ständig miteinander rum, haben unsere Musik gespielt und große Träume gehabt. Sie hatten es beide schwer im Leben, sie und Brenda. Ihre Mutter war Alkoholikerin, die jede Woche einen neuen Mann hatte. Du kannst dir ja vorstellen, wie das Leben von zwei kleinen Mädchen aussah, die in dieser Umgebung schutzlos aufgewachsen sind.«

»Sie hat dir leidgetan.« Es war keine Frage.

Dillon zuckte zusammen. »Nein, dann stünde ich als edelmütig da, und das bin ich nicht, Jess, ganz gleich, wie gern du mich so sehen möchtest. Ich habe mir sehr viel aus ihr gemacht, ich dachte sogar, ich würde sie lieben. Verdammt, ich war achtzehn, als wir zusammengekommen sind. Ich wollte sie beschützen und für sie sorgen. Ich wusste, dass sie keine Kinder wollte. Ihr und Brenda hat es davor gegraut, ihre Figur zu verlieren und sitzengelassen zu werden. Ihre Mutter hat ihnen vorgehalten, es sei ihre Schuld, dass die Männer immer fortgingen, denn die Mädchen hätten ihre Figur ruiniert. Haben sich ihre Liebhaber an ihre Töchter rangemacht, hat sie den Mädchen sogar eingeredet, sie seien selbst daran schuld, denn es sei doch wohl klar, dass sie den Männern lieber waren.« Er fuhr sich wieder mit der Hand durchs Haar. »Das habe ich schon gehört, als wir noch Kinder waren. Ich habe Vivian sagen hören, sie würde nie ein Baby bekommen, aber vermutlich wollte ich nicht begreifen.«

Sie liefen schweigend weiter, bis Jessica merkte, dass sie in stummem, gegenseitigem Einvernehmen den Weg zu den Klippen eingeschlagen hatten. »So viele Geister aus der Vergangenheit«, stellte sie fest, »und keinem von uns ist es gelungen, sie zu begraben.«

Dillon hob ihre Hand und legte sie direkt über seinem Herzen auf seine warme Brust. »Du hast ganz anders gelebt als wir, Jess, du kannst das nicht verstehen. Vivian hatte nie eine Kindheit. Ich war alles, was sie hatte – ich und die Band und Brenda, wenn die nicht gerade mit ihren eigenen Dämonen zu kämpfen hatte. Als Vivian herausfand, dass sie schwanger war, ist sie ausgeflippt, total ausgerastet. Sie konnte nicht damit umgehen und hat mich um Erlaubnis gebeten, abzutreiben, aber ich wollte eine Familie. Ich dachte, nach der Geburt würde sie ihre Meinung ändern. Ich habe sie geheiratet und ihr versprochen, wir würden ein Kindermädchen einstellen, das sich um die Babys kümmert, während wir mit der Band auf Tour gehen.«

Dillon ging voraus, als sie aus dem dichten Wald auf die blanken Klippen über dem Meer traten. Sofort peitschte ihm der Wind das Haar ins Gesicht. Instinktiv schützte er Jessicas Körper mit seinem. »Ich habe Rita eingestellt, damit sie sich um die Kinder kümmert, und wir sind losgezogen. Wir sind einfach fortgegangen.« Nachdenklich sah er sie an und führte ihre Hand an seine Lippen.

Jessica erschauerte und fühlte, wie tief in ihrem Unterleib geschmolzenes Feuer sprudelte. Sie konnte das Schuldbewusstsein und die Reue in seiner Stimme hören und zwang sich, beim Thema zu bleiben. »Die Band kam gerade ganz groß raus.«

»Nicht gleich, aber der Aufschwung hatte begonnen.« Er streckte eine Hand aus und, weil er es einfach nicht lassen konnte, griff er in ihr leuchtendes, rotgoldenes Haar. »Ich wollte es so sehr, Jess, das Geld, das gute Leben. Ich wollte mir nie Sorgen machen müssen, ob wir ein Dach über dem Kopf haben oder woher die nächste Mahlzeit kommt. Im Lauf der folgenden drei Jahre haben wir hart gearbeitet. Wenn wir nach Hause kamen, hat Vivian den Zwillingen ganze Säcke voller Geschenke mitgebracht, aber sie wollte sie nie anfassen oder mit ihnen reden.« Er ließ ihre seidigen Strähnen durch seine Finger gleiten. »Als die Zwillinge vier Jahre alt waren, hatte die Band rasenden Erfolg, aber wir waren alle total kaputt.« Abrupt ließ er sie los.

»Ich erinnere mich noch daran, wie sie mit Geschenken kam.« Jessica zitterte ein wenig, denn sie fühlte sich plötzlich ganz allein. »Vivian hat sich von uns und den

Zwillingen ferngehalten. Sie kam nicht oft nach Hause.« Dillon war ohne sie zu Besuch gekommen, denn Vivian war die meiste Zeit lieber mit den anderen Bandmitgliedern in der Stadt geblieben.

Der Wind brachte vom Meer einen eigentümlichen Nebel mit, dicht und nahezu drückend. Der Hund blickte mit einem tiefen Knurren auf die stampfenden Wellen hinaus. Das Geräusch jagte Jessica einen Schauer über den Rücken, doch als Dillon mit den Fingern schnalzte, verstummte das Tier.

»Nein, nicht oft.« Dillon zog sein Jackett aus und half ihr hinein. »Sie war immer so zart, so anfällig für fanatisches Gedankengut. Ich wusste, dass sie trank. Himmel nochmal, wir haben doch alle getrunken. Damals waren Partys am laufenden Band eine Lebensform. Brian ist auf seltsame Praktiken abgefahren, zwar nicht gerade Teufelsanbetung, aber die Anrufung von Geistern und Göttern und Mutter Erde. Du weißt ja, wie er sein kann, er hat ständig diese blödsinnigen Sprüche drauf. Das Problem war, dass Vivian ihm alles aufs Wort geglaubt hat. Ich habe nicht weiter darauf geachtet, ich habe die beiden nur ausgelacht. Damals war mir nicht klar, dass sie ernsthaft krank ist. Später haben die Ärzte mir gesagt, sie sei bipolar, aber zu der Zeit dachte ich, das gehörte alles zu der Branche, in der wir waren. Das Trinken, sogar die Drogen – ich dachte, sie würde sich schon wieder beruhigen, wenn sie von dem Zeug runterkommt. Mir war nicht klar, dass sie sich ständig Pillen besorgt hat. Aber ich hätte es merken müssen, Jess, ich hätte die Anzeichen erkennen müssen, die Stimmungsschwankungen und die plötzliche Veränderung in ihrem Denken und Verhalten. Ich hätte es wissen müssen.«

Seine Hände legten sich plötzlich um ihr Gesicht. »Ich habe gelacht, Jess, und während ich über diese albernen Zeremonien gelacht habe, ging es mit ihr bergab, und sie ist geradewegs in den Wahnsinn abgestürzt. Die Drogen haben ihr den Rest gegeben, und sie hatte einen schizophrenen Zusammenbruch. Als ich begriffen habe, wie schlimm es wirklich um sie stand, war es zu spät, und sie hat versucht, dich zu verletzen.«

»Du hast sie in Rehakliniken gesteckt – wie hättest du wissen können, was bipolar überhaupt ist?« Sie erinnerte sich noch deutlich daran. »Niemand hat dir in diesem letzten Jahr, während ihr auf Welttournee wart, gesagt, wie schlimm es um sie stand. Du warst in Europa. Ich habe sie alle darüber diskutieren hören; die Entscheidung lautete, dir nichts davon zu sagen, weil du alles hingeworfen hättest. Die Band wusste Bescheid. Paul, Robert und vor allem Brian, er hat mehrfach angerufen, um mit ihr zu reden. Eddie Malone, dein Manager, hat ausdrücklich darauf bestanden, dass alle den Mund halten. Er hat dafür gesorgt, dass sie hier auf der Insel bleibt. Er dachte, mit all dem Sicherheitspersonal könne ihr nichts passieren.«

Dillon ließ sie wieder los, und seine blauen Augen richteten sich auf das Meer. »Ich habe es gewusst, Jess. Ich wusste, dass sie den Verstand verloren hatte, aber ich bin derart in der Tour aufgegangen, in der Musik, in mir selbst, dass ich mich nicht um sie gekümmert habe. Das habe ich Eddie überlassen. Wenn ich mit ihr telefoniert habe, war sie immer so hysterisch, so fordernd. Sie hat geschluchzt und mir gedroht. Ich war tausend Meilen weit entfernt und habe mich derart unter Druck gesetzt gefühlt, und ich hatte ihre Wutanfälle satt. Ich habe auf alle gehört, die mir gesagt haben, sie käme da schon wieder raus. Ich habe sie im Stich gelassen. Mein Gott, sie hat sich darauf verlassen, dass ich mich um sie kümmere, und ich habe sie im Stich gelassen.«

»Du warst gerade mal siebenundzwanzig, Dillon – geh nicht ganz so streng mit dir ins Gericht.«

Er lachte, ein leises, bitteres Lachen. »Du bestehst immer darauf, nur das Beste von mir zu denken. Glaubst du etwa, sie sei von Anfang an so gewesen wie am Schluss? Sie war viel zu zerbrechlich für das Leben, in das ich sie hineingezogen habe. Ich wollte alles. Die Familie. Den Erfolg. Meine Musik. Es hat sich alles nur darum gedreht, was ich wollte, und nicht darum, was sie brauchte.« Er schüttelte den Kopf. »Anfangs habe ich wirklich versucht, sie zu verstehen, aber sie war ungeheuer hilfsbedürftig und meine Zeit war ungeheuer knapp. Und dann auch noch die Kinder. Ich habe ihr vorgeworfen, dass sie nichts von ihnen wissen wollte.«

»Das ist doch nur natürlich, Dillon«, sagte Jessica leise. Sie legte ihre Hand in seine Armbeuge, um eine Verbindung zu ihm herzustellen, weil sie sich wünschte, der Schmerz und die Einsamkeit, die so tief in sein Gesicht gemeißelt waren, würden verschwinden.

Der Nebel wurde dichter, eine schwere Decke, die das Rascheln von Bewegungen, gedämpfte Laute und verschleierte Erinnerungen in sich trug. Es beunruhigte sie, dass der Hund den Nebel anstarrte, als sei ein Feind darin verborgen. Sie versuchte das gelegentliche Knurren des Tieres zu ignorieren. Dillon war so sehr in das Gespräch vertieft, dass er es nicht zu bemerken schien.

»Ist es das wirklich, Jess?« Er sah in ihre großen grünen Augen. »Du vergibst mir meine Fehler so bereitwillig. Ich habe die Kinder verlassen. Ich habe meiner Karriere, meinen eigenen Bedürfnissen und dem, was ich wollte, den Vorrang vor allem anderen eingeräumt. Warum war das bei mir okay, bei ihr aber unverzeihlich? Sie war krank. Sie wusste, dass mit ihr etwas nicht stimmte. Sie hatte schreckliche Angst davor, den Kindern etwas anzutun. Sie brauchte keine Reha, sie brauchte Hilfe mit ihrer Geisteskrankheit.« Er rieb sich mit einer Hand das Gesicht, und sein Atem ging abgehackt und keuchend. »Ich bin deinetwegen in diesem letzten Jahr kaum zu Hause gewesen, Jessica. Weil ich Dinge für dich empfunden habe, die ich nicht hätte empfinden sollen. Rita wusste es. Ich habe mit ihr darüber geredet, und wir waren uns einig, es sei das Beste, wenn ich mich von dir fernhalte. Es war nicht Sex, Jess, das schwöre ich dir, es ging nie um Sex.«

Seine Stimme klang so gequält, dass es ihr das Herz brach. Sie blickte zu ihm auf und sah Tränen in seinen Augen schimmern. Sofort schlang sie ihm einen Arm um die Taille, schmiegte ihren Kopf an seine Brust und hielt ihn wortlos an sich gedrückt, weil sie ihn gern getröstet hätte. Er hatte sie nie angerührt und nie ein Wort zu ihr gesagt, das hätte unschicklich wirken können, und umgekehrt verhielt es sich genauso. Aber es entsprach der Wahrheit, dass beide die Nähe des anderen gesucht hatten, dass sie endlose Gespräche geführt hatten, dass beide die Nähe des anderen *brauchten*. Sie konnte fühlen, dass sein Körper bebte, weil sich Gefühle regten wie ein Vulkan, der lange Zeit untätig gewesen war und jetzt zum Leben erwachte.

Dillons Verantwortungsbewusstsein war schon immer enorm gewesen, und sie hatte es immer gewusst. Sein Scheitern fraß ihn von innen heraus auf. Jessica fühlte sich hilflos, weil sie nichts daran ändern konnte. Sie wich behutsam einen Schritt zurück, damit sie ihm ins Gesicht sehen konnte. »Wusstest du, dass sie Séancen abgehalten und Dämonen angerufen hat?«, fragte sie, weil sie es wissen musste, und wartete mit pochendem Herzen auf seine Antwort.

»Sie und Brian haben Kerzen für Geister angezündet, aber es hatte nicht das Geringste mit Teufelsanbetung, Opfern oder Okkultismus zu tun. Ich wusste nicht, dass sie sich mit einem Irren eingelassen hatte, der von Orgien, Drogen und dämonischen Göttern gepredigt hat. Ich hatte keine Ahnung, bis ich in dieses Zimmer kam und dich gesehen habe.« Er schloss die Augen und ballte eine Faust.

»Du hast mich dort rausgeholt, Dillon«, erinnerte sie ihn behutsam.

Er schmeckte sie wieder, die rasende Wut, die in jener Nacht in ihm aufgewogt war, eine Gewalttätigkeit, derer er sich nicht für fähig gehalten hatte. Er hatte sie alle zerstören wollen, jede einzelne Person in diesem Raum. Er hatte Vivians Liebhaber zu Brei geschlagen und Vivian jede Beschimpfung, die ihm eingefallen war, an den Kopf geworfen, ihr seinen Ekel gezeigt und ihr befohlen, sein Haus zu verlassen. Er hatte geschworen, sie würde die Kinder nie wiedersehen und nichts mehr in seinem Leben zu suchen haben. Vivian hatte dagestanden, nackt und schluchzend, und sich an ihn geklammert, in den Moschusgeruch anderer Männer eingehüllt, während sie ihn angefleht hatte, sie nicht fortzuschicken.

Dillon sah Jessica in die Augen. Beide erinnerten sich klar und deutlich an die Szene. Wie hätten ihnen die Einzelheiten auch entfallen können? Der dichte Nebel trug ein seltsam schimmerndes, farbiges Licht in sich und trieb phosphoreszierend von der Küste ins Inland.

Dillon wandte den Blick von der Unschuld auf Jessicas Gesicht ab und starrte auf die weißen Wellenkämme hinaus, während er sein Geständnis ablegte. »Ich wollte sie töten. Ich habe kein Mitleid empfunden, Jessica. Ich wollte ihr das Genick brechen. Und ihre Freunde wollte ich auch töten, jeden Einzelnen von ihnen.«

Seine Stimme klang ehrlich. Und wahrhaftig. Sie hörte das Echo der Wut, und die Erinnerungen spülten über sie hinweg und erschütterten sie. Er hatte erfahren, dass sich tief in seinem Inneren ein Dämon verbarg, und Jessica hatte es miterlebt.

»Aber du hast sie nicht getötet, Dillon«, sagte sie voll Überzeugung.

»Woher weißt du das, Jess? Wie kannst du dir so sicher sein, dass ich nicht noch einmal in diesen Raum gegangen bin, nachdem ich dich die Treppe hinaufgetragen hatte? Nachdem ich dich mit herausgerissenem Herzen auf dein Bett gelegt hatte? Nachdem ich wusste, dass sie einen lüsternen Perversen dazu angestachelt hatte, dich anzufassen und deinen gesamten Körper mit Symbolen des Bösen zu beschmieren? Als ich dich so gesehen habe, so verängstigt ...« Seine Hand ballte sich zur Faust. »Sie wollten dich zerstören, weil du das Gute und die Unschuld verkörpert hast, genau das Gegenteil von dem, was sie waren. Weshalb solltest du glauben, ich sei nicht wieder hingegangen, hätte die beiden erschossen, sie alle in diesem Raum eingesperrt, das Haus angezündet und sei dann fortgegangen?«

»Weil ich dich kenne. Weil die Zwillinge, die Bandmitglieder, meine Mutter und auch ich in diesem Haus waren.«

»Jeder ist fähig zu morden, Jess, und glaube mir, ich wollte ihren Tod.« Er seufzte schwer. »Du musst die Wahrheit wissen. Ich bin in jener Nacht ins Haus zurückgegangen.«

Das Schweigen zog sich endlos in die Länge, während der Wind gespenstisch heulte und kreischte. Jessica stand auf den Klippen und starrte in die dunklen, schäumenden Wellen. So schön und doch so tödlich. Sie erinnerte sich noch lebhaft daran, wie sich das Wasser über ihrem Kopf geschlossen hatte, als sie sich ins Meer gestürzt hatte, um Tara, die an der steilen Böschung hinuntergerollt war, herauszuziehen. Jetzt fühlte sie sich genauso wie damals, als sei sie in eiskaltes Wasser eingetaucht und würde auf den Meeresgrund hinabgezogen. Sie blickte zum Mond auf. Die schweren grauen Wolken zogen vor dem silbernen Himmelskörper vorüber. Der Nebel bildete Ranken, lange, dünne Arme, die sich gierig ausstreckten, während die Wellen in die Höhe sprangen und krachend gegen die Felsenküste schlugen.

»Jeder weiß, dass du zurückgegangen bist. Das Haus stand in Flammen, und du hast dich hineingestürzt.« Ihre Stimme war sehr leise. Ihr ging plötzlich etwas auf, eine Ahnung, die zur Gewissheit wurde.

Dillon nahm ihr Kinn, sah ihr in die Augen und zwang sie, seinem Blick standzuhalten und die Wahrheit zu sehen. »Nachdem ich dein Zimmer verlassen hatte, bin ich aus dem Haus gelaufen. Alle haben mich gesehen. Alle wussten, dass ich wütend auf Vivian war. Ich habe geweint, Jess, nachdem ich dich so gesehen hatte und wusste, was du durchgemacht hattest. Ich konnte nicht aufhören zu schimpfen und zu toben, und ich konnte auch meine Tränen nicht verbergen. Die Band glaubte, ich hätte Viv mit einem Liebhaber erwischt. Ich bin rausgerannt, habe mich im Wald verkrochen und bin ein paarmal um das Haus gelaufen. Aber dann habe ich mich auf die Suche nach deiner Mutter gemacht. Ich fand, sie sollte wissen, was Vivian, ihre Freunde und dieser Irre dir angetan hatten.«

»Sie hat nie auch nur ein Wort zu mir gesagt.«

»Ich habe ihr erzählt, was passiert ist. Und zwar alles. Wie ich dich vorgefunden hatte. Was sie getan hatten. Ich war total durchgedreht«, gab er zu. »Rita war der einzige Mensch, mit dem ich reden konnte, und ich wusste, dass du ihr nichts davon erzählen würdest, denn du hast mich immer wieder angefleht, ihr nichts davon zu sagen. Du hast gesagt, der Gedanke, sie wüsste es, sei dir unerträglich.« Er fuhr sich aufgewühlt mit einer Hand durchs Haar, als die Erinnerungen ihm die Kehle zuschnürten. »Rita hat sich selbst die Schuld gegeben. Sie wusste schon seit einiger Zeit, was Vivian trieb. Als sie es zugegeben hat, habe ich sie angeschrien. Ich war so wütend und so unbeherrscht, und ich wollte Rache für das, was dir zugestoßen war. Im Rückblick sehe ich, dass alles meine Schuld war, aber in jener Nacht habe ich allen anderen die Schuld daran gegeben, dass dir diese Dinge zugestoßen sind, und ich habe sie gehasst und wollte ihren Tod, aber in Wirklichkeit war ich derjenige, der zugelassen hat, dass es dazu kommen konnte.«

Dillon musterte ihr Gesicht, als sie ihn mit weit aufgerissenen Augen anstarrte. »Ich bin ins Haus zurückgegangen, wütend und entschlossen, dich zu rächen. Rita wusste, dass ich zurückgegangen bin. Deine Mutter glaubte, ich hätte Vivian und ihren Liebhaber ermordet. Den Brand hielt sie für einen Unfall, hervorgerufen durch die Kerzen, die bei dem Kampf umgestoßen worden waren. Sie wusste, dass ich ins Haus zurückgegangen bin, und sie glaubte, ich hätte die beiden erschossen, aber sie hat es nie jemandem erzählt.«

Jessica schüttelte heftig den Kopf. »Sie hat nicht geglaubt, dass du sie getötet hast. Das hätte Mom nie von dir gedacht.«

»Sie wusste, in welcher Gemütsverfassung ich war. Ich hatte eine solche Wut in mir, dass ich mich selbst nicht mehr erkannt habe. Ich hatte vorher keine Ahnung, wie gewalttätig ich werden kann. Es hat mich verzehrt. Ich konnte nicht mehr klar denken.«

Jessica schüttelte den Kopf. »Das höre ich mir nicht an. Ich glaube es dir ja doch nicht.« Sie wandte sich von der tosenden Brandung, dem tiefen Schmerz und dem dichten, lockenden Nebel ab und richtete ihren Blick zurück auf die Sicherheit des Hauses.

Dillon packte ihre Arme und hielt sie fest. Seine blauen Augen blickten forschend in ihr Gesicht. »Du musst die Wahrheit wissen. Du musst wissen, warum ich mich in all den Jahren ferngehalten habe. Warum deine Mutter mich besucht hat.«

»Ganz egal, was du sagst, Dillon, ich werde es dir nicht glauben. Sieben Menschen sind bei diesem Brand gestorben. Sieben. Aufgrund dessen, was Vivian mir angetan hat, hätte meine Mutter vielleicht den Mund gehalten, um dich zu retten, aber sie hätte niemals geschwiegen, wenn sie geglaubt hätte, du hättest sieben Menschen getötet.«

»Aber wenn das Feuer ein Unfall war, wäre es kein Mord gewesen, und diese sieben Menschen, die gestorben sind, haben in meinem Haus eine Orgie gefeiert und ihrem Priester Ritas Tochter als ihr jungfräuliches Opfer vorgeworfen, damit er seine Freude an ihr hat.« Seine Worte waren grob, sein Gesicht eine Maske der Wut. »Glaub mir, Schätzchen, Hass und Wut waren ihr nicht fremd. Sie hat beides selbst empfunden.«

Jessica blickte lange Zeit zu ihm auf. »Dillon.« Sie legte ihre Hand auf seine Wange. »Du wirst mich niemals dazu bringen, dass ich glaube, du hättest Vivian erschossen. Niemals. Ich kenne deine Seele. Ich habe sie immer gekannt. Vor mir kannst du nicht verbergen, wer du bist. Es zeigt sich jedes Mal, wenn du einen Song schreibst.« Sie legte ihm die Arme um den Hals, und ihre Finger glitten in sein seidiges Haar. »Du warst anfangs so anders, dass ich den, der aus dir geworden ist, schon gefürchtet habe, aber du kannst dich nicht vor mir verstecken, wenn du komponierst.«

Dillon konnte nicht fassen, wie fest sie an ihn glaubte. Es war das reinste Wunder. Er zog sie eng an sich, begrub sein Gesicht in ihrem weichen Haar und raubte sich Momente des Vergnügens und des Trostes, die ihm nicht zustanden.

»Meine Mutter hat mich nie darauf angesprochen, Dillon, was mir in jener Nacht zugestoßen ist. Warum hat sie in all den Jahren nie mit mir darüber gesprochen? Die Alpträume. Ich habe mir jemanden gewünscht, mit dem ich reden kann.« Ihn hatte sie sich gewünscht.

»Sie hat mir erzählt, sie hätte darauf gewartet, dass du auf sie zukommst, aber das hast du nie getan.«

Jessica seufzte leise, als sie sich von Dillon löste. »Ich konnte mich nie dazu durchringen, ihr zu erzählen, was passiert war. Ich habe mich schuldig gefühlt. Ich frage mich heute noch, was ich hätte anders machen müssen, um die Situation zu vermeiden.« Ihre Hand streichelte seinen Arm, und sie fühlte die Wülste seiner Narben unter ihrer Handfläche, den Beweis für seine heroische Tat. Ein Liebesbeweis und ein Ehrenabzeichen, das er vor der Welt verbarg. »Wie könnte Mom dich für schuldig gehalten haben?«

»Ich habe ihr erzählt, was vorgefallen ist, und dabei die ganze Zeit Sachen zerbrochen, den beiden gedroht und geflucht wie ein Irrer. Sie saß schluchzend auf dem Küchenboden und hatte sich die Hände vors Gesicht geschlagen. Ich bin wieder nach oben gegangen. Ich wusste nicht, was ich tun würde. Ich glaube, ich hatte vor, Vivian und ihre Freunde gewaltsam aus dem Haus zu werfen, einen nach dem anderen, ins Meer. Deine Mutter hat mich nach oben gehen sehen. Auf der Treppe bin ich stehen geblieben, denn ich konnte Vivian weinen und die anderen anschreien hören, sie sollten verschwinden, und in dem Moment wusste ich, dass mir ihr Anblick unerträglich ist. Ich konnte sie einfach nicht mehr sehen. Ich bin wieder nach unten gegangen und habe das Haus durch die Hoftür verlassen. Ich wollte weder von deiner Mutter noch von der Band gesehen werden. Ich musste allein sein. Ich bin in den Wald gegangen und habe mich hingesetzt und geweint.«

Sie konnte wieder atmen, richtig atmen. Er würde also doch nicht den albernen Versuch unternehmen, sie davon zu überzeugen, dass er Vivian erschossen hatte. »Ich habe immer gewusst, dass du unschuldig bist, Dillon. Und ich glaube immer noch nicht, dass meine Mutter dachte, du hättest die beiden getötet.«

»Oh doch, Jessica, sie hat es geglaubt. Bei der Verhandlung hat sie den Mund gehalten, aber sie hat mir klipp und klar zu verstehen gegeben, dass ich mich von dir und den Kindern fernhalten muss. Das war ich ihr schuldig. Dafür, was dir zugestoßen ist, wäre ich ihr mein Leben schuldig gewesen, wenn sie es verlangt hätte.«

Jessica fühlte sich, als hätte er ihr den Boden unter den Füßen weggezogen. »Sie hat nie anders als gut über dich gesprochen, Dillon.«

»Sie wusste, dass ich dich wollte, Jess. Ich hätte es niemals geschafft, in deiner Nähe zu sein und mich nicht mit allen Mitteln um dich zu bemühen«, gestand er, ohne sie anzusehen.

Er sagte es so beiläufig, so sachlich, dass sie nicht sicher war, ob sie richtig gehört hatte. Er blickte aufs Meer hinaus und in den dichten Dunstschleier, doch sie sah er nicht an.

»Und ich wäre sofort darauf eingegangen«, gestand sie in demselben beiläufigen Tonfall und folgte seinem Beispiel, indem auch sie auf die tosende Brandung hinausblickte.

Sein Adamsapfel geriet in heftige Bewegung, und ein Muskel in seiner Kinnpartie zuckte, als er ihr ehrliches Eingeständnis hörte. Er wartete einen Herzschlag lang, dann noch einen, während er um die Kontrolle über seine Gefühle rang. »Jemand hat versucht, mich zu erpressen. Sie haben einen Drohbrief geschickt, in dem stand, sie wüssten, dass ich in jener Nacht ins Haus zurückgegangen bin, und wenn ich ihnen nicht jeden Monat zehntausend Dollar gäbe, gingen sie zur Polizei. Ich sollte das Geld monatlich an einem bestimmten Tag auf ein Schweizer Bankkonto überweisen. Die Worte waren aus einer Zeitung ausgeschnitten und auf ein Blatt Papier geklebt. Meines Wissens war Rita der einzige Mensch, der gesehen hat, dass ich ins Haus zurückgegangen bin, bevor die Schüsse fielen. Das war der Grund, weshalb ich sie gebeten habe herzukommen, um darüber zu reden.«

»Du hast geglaubt, meine Mutter erpresst dich?« Jessica war schockiert.

»Nein, natürlich nicht, aber ich dachte, sie könnte in jener Nacht eine andere Person gesehen haben, die beobachtet hat, dass ich ins Haus zurückgegangen bin.«

»Du meinst jemanden von den Sicherheitskräften? Vom Personal? Von den Gärtnern? Damals waren so viele Leute hier. Glaubst du, es war einer von ihnen?«

»Es musste jemand sein, der mit dem Inneren des Hauses vertraut ist, Jessie.«

Jessica blickte zum Haus zurück. »Dann muss es einer von ihnen gewesen sein. Ein Mitglied der Band. Sie haben zeitweise hier gewohnt. Alle haben den Brand überlebt. Robert? Er und Brenda brauchen das Geld, und ihr würde ich es zutrauen. Ich bezweifle, dass ihr eine Erpressung auch nur das Geringste ausmachen würde.«

Dillon musste lachen. »Das ist wahr – Brenda wäre der Meinung, das sei ihr gutes Recht.« Sein Lächeln verblasste, und seine blauen Augen verloren jeden Glanz. »Aber sie brauchen alle Geld, jeder Einzelne von ihnen.«

»Dann besteht die Möglichkeit, dass eines der Bandmitglieder meine Mutter umgebracht hat. Sie muss jemanden gesehen haben und hat denjenigen vielleicht darauf angesprochen.«

Dillon schüttelte den Kopf. »Das ist ganz ausgeschlossen. Ich habe mir so lange Gedanken darüber gemacht, dass ich dachte, ich verliere den Verstand – es ist einfach nicht möglich. Ich habe sie alle, mit Ausnahme von Don, mein Leben lang gekannt. Wir waren als kleine Kinder zusammen, wir sind zusammen zur Schule gegangen, wir haben schlechte Zeiten gemeinsam durchgestanden. Wir waren wie eine Familie, mehr als nur eine Familie.«

Sie legte sich eine Hand an den Hals, eine seltsam verletzliche Geste. »Ich kann mir nicht vorstellen, dass jemand, den wir kennen, Mom getötet hat.«

»Vielleicht war es ja wirklich ein Unfall, Jessie«, sagte er behutsam.

Sie stand einfach nur da und sah ihn an, mit diesem Ausdruck äußerster Zerbrechlichkeit im Gesicht, der ihm in der Seele wehtat. Dillon konnte sich nicht zurückhalten. Er zog sie an sich und küsste sie. Jessica zu küssen erschien ihm so natürlich wie das Atmen. Sobald er sie berührte, war er verloren.

Dillon zog sie in seine Arme, und ihr weicher, anschmiegsamer Körper war wie für ihn geschaffen. Seine Zunge glitt behutsam über ihre Lippen und bat um Einlass. Als seine Zähne spielerisch an ihrer Unterlippe knabberten, keuchte sie, und er ergriff sofort Besitz von ihrem Mund und erkundete fordernd ihren Zauber. Wo sie sonst vorsichtig gewesen wäre, war sie bei ihm pure Leidenschaft, ein herrlicher Ausbruch von Begierde, die im Einklang mit seinem Beharren zunahm.

Ihr Mund machte süchtig, und er tat sich daran gütlich, während der Wind an ihrem Haar und an ihrer Kleidung zerrte. Die Seeluft kühlte die Glut ihrer Haut, während die Temperatur anstieg. Seine Erektion war beträchtlich und schmerzhaft. Sein Verlangen nach ihr tobte in seinem Körper, ein dunkles Begehren, das er nicht zu befriedigen wagte. Abrupt hob er den Kopf und stieß einen leisen Fluch aus.

»Du hast keinen Funken Selbsterhaltungstrieb«, fauchte er sie an, und in seinen blauen Augen loderte ein Gefühl, das sie nicht zu benennen wagte.

Jessica blickte in sein geliebtes Gesicht. »Und du hast zu viel davon.« Ihr Mund verzog sich zu einem verlockenden Lächeln.

Er fluchte wieder. Sie wirkte versonnen, ihr Blick war verschleiert und sinnlich, ihr Mund sexy und provozierend und zum Küssen da. Dillon schüttelte den Kopf, denn er war entschlossen, sich ihrem Zauber zu entziehen. In seinen Augen war sie so wunderschön und unschuldig, unfähig zu den verwerflichen Dingen, die Menschen einander antun konnten. »Niemals, Jess. Da mache ich nicht mit. Falls du mit dem verrückten Gedanken spielst, einen jämmerlichen Musiker zu retten, kannst du es glatt vergessen.« Seine Worte klangen aufgebracht, sogar zornig.

Jessica hob ihr Kinn. »Wirke ich etwa wie der Typ Frau, der einen Mann, der so viel hat, bemitleiden würde? Du brauchst kein Mitleid, Dillon, und du hast es nie gebraucht. Nicht ich bin vor dem Leben davongelaufen, sondern du. Du hattest die Wahl. Auch wenn meine Mutter noch so oft gesagt hat, du solltest dich von mir und den Kindern fernhalten, stand es dir doch frei, zu uns zurückzukommen.« Es gelang ihr nicht ganz, den verletzten Ton aus ihrer Stimme zu verbannen.

Sein Gesichtsausdruck verhärtete sich. »Die Wahl, die ich getroffen habe, hat uns alle an diesen Punkt gebracht, Jess. Meine Wünsche. Meine Bedürfnisse. Das wird nicht noch einmal passieren. Hast du vergessen, was sie dir angetan haben? Dann kann ich es dir in lebhaften Einzelheiten schildern. Ich erinnere mich an alles. Es ist in mein

Gedächtnis eingebrannt. Wenn ich nachts die Augen schließe, sehe ich dich hilflos und verängstigt daliegen. Verdammt nochmal, wir tun das nicht!« Abrupt kehrte er ihr den Rücken zu, wandte sich von der stürmischen See ab und lief steif zum Haus zurück.

Jessica sah hinter ihm her, und ihr Herz pochte im Rhythmus der schäumenden Wogen. Die Erinnerungen bedrängten sie so sehr, dass sie einen Moment lang wahnsinnig zu werden drohte. Der Nebel glitt zwischen sie und Dillon, dicht und bedrohlich, und nahm ihr die Sicht auf ihn. Neben ihr knurrte der Schäferhund und starrte mit gefletschten Zähnen die Dunstschwaden an.

»Jess!« Dillons ungeduldiger Tonfall durchdrang diese seltsame Illusion, die sich daraufhin sofort auflöste. »Beeil dich, ich lasse dich hier draußen nicht allein.«

Jessica stellte fest, dass sie lächelte. Sein Ruf klang zwar mürrisch, aber sie hörte die unbeabsichtigte Zärtlichkeit, die er ihr nicht zeigen wollte. Sie ging wortlos zu ihm, und der Hund raste neben ihr her. Ihnen blieb genug Zeit. Es war noch nicht Weihnachten, und Wunder geschahen immer an Weihnachten.

7

»Komm schon, Jessie«, redete Trevor ihr zu, während er sich einen dritten Pfannkuchen in den Mund stopfte. »Wir sind schon eine Woche hier und uns ist nichts zugestoßen. Es passieren keine seltsamen Dinge, und wir hatten noch nicht einmal Gelegenheit dazu, die Insel zu erforschen.«

Jessica schüttelte heftig den Kopf. »Wenn ihr beide einen Erkundungsgang unternehmen wollt, komme ich mit. Es ist zu gefährlich.«

»Was ist gefährlich?« Trevor sah sie finster an, als er ein großes Glas Orangensaft in die Hand nahm. »Wenn für Tara und mich eine Gefahr besteht, dann ist es die, in eines dieser Videospiele hineingesogen zu werden, die wir andauernd spielen. Jetzt sei nicht so, du hast dich ständig mit den anderen im Studio eingeschlossen, und wir sind die ganze Zeit allein. Uns hängen die Filme und die Spiele schon zum Hals heraus. Wir leben wie Zombies, die den ganzen Tag schlafen und die ganze Nacht aufbleiben.«

»Nein.« Jessica wagte es nicht, die Bandmitglieder anzusehen. Sie wusste, dass sie ihrer Meinung nach zu ängstlich war, wenn es um die Zwillinge ging.

Brenda lachte hämisch. »Es geht mich ja nichts an, aber wenn ihr mich fragt, sind sie alt genug, um allein rauszugehen.«

»Ich muss ihr zustimmen«, warf Brian ein, »und das ist mir selbst unheimlich. Trevor ist ein verantwortungsbewusster Junge, der keine Dummheiten anstellen wird.«

Tara sah Brian finster an. »Und ich bin *sehr* verantwortungsbewusst. Ich habe gesagt, wir würden uns nach einem Weihnachtsbaum umsehen. Trevor will einen finden und ihn fällen.«

Jessica erbleichte sichtlich. »*Trevor!* Zum Fällen braucht man eine Axt. Du wirst ganz bestimmt keine Bäume fällen.« Der Gedanke war wahrhaft erschreckend.

»Sie sind doch keine Babys mehr.« Brendas Stimme klang so, als langweile sie das Gespräch. »Warum sollten sie nicht draußen spielen? Frische Luft soll doch gut für Kinder sein, oder nicht?«

Jessica, die gerade ihren Morgenkaffee trank, sah die Tante der Zwillinge böse an. »Hör auf, von den Kindern zu sprechen, Brenda«, fauchte sie gereizt. »Sie haben Namen, und du bist, ob es dir passt oder nicht, mit ihnen verwandt.«

Brenda stellte langsam ihren Kaffeebecher hin und sah Jessica fest an. »Tu uns allen einen Gefallen, Süße, und geh mit ihm ins Bett. Bring es hinter dich, damit du wieder an etwas anderes als an Sex denken kannst und wir hier alle in Frieden leben können. Dillon läuft rum wie ein Bär mit Zahnschmerzen, und du gehst mir mit deiner Gereiztheit auf die Nerven.«

Trevor spuckte Orangensaft auf die Küchenanrichte und erstickte fast. Tara keuchte hörbar und sah Jessica vorwurfsvoll an.

»Ach, du meine Güte.« Brenda seufzte dramatisch. »Das nächste Fettnäpfchen. Vermutlich hätte ich in ihrer Anwesenheit nicht ›Sex‹ sagen sollen. In Gegenwart von Kindern muss man lernen, sich selbst zu zensieren.«

»Keine Sorge, Brenda«, sagte Trevor freundlich, »wir *Kinder* lernen heutzutage schon in einem frühen Alter alles über Sex. Ich glaube, uns hat eher deine Erwähnung schockiert, Jessica und unser Dad begingen…« Er sah seine Schwester an.

»Eine teuflische Tat«, ergänzte Tara, ohne aus dem Takt zu kommen.

Brian wischte den Orangensaft mit einem feuchten Lappen auf und zwinkerte Jessica zu. »Es wäre teuflisch, wenn du beschließen würdest, mit Dillon in die Falle zu hopsen. All seine wunderbaren Existenzängste und seine Kreativität könnten sich in einer einzigen Nacht in Luft auflösen.«

»Haltet den Mund!«, fauchte Jessica. Sie hatte die Arme in die Hüften gestemmt. »Dieses Gespräch ist unangebracht. Außerdem tun wir nichts, ob teuflisch oder nicht, aber das geht euch nichts an.«

Tara zog an der Tasche von Jessicas Jeans. »Du wirst rot, Jessie. Bist du deshalb die ganze Zeit so gereizt?«

»Ich bin nicht gereizt.« Diese Unterstellung empörte Jessica. »Ich reiße mir bei der Arbeit mit einem verrückten Perfektionisten und seiner Truppe von Möchtegern-Komikern den Ihr-wisst-schon-was auf. Falls ich ein klitzekleines bisschen nervös gewesen sein sollte, wäre das der Grund dafür.«

»Klitzeklein?«, schnaubte Brenda geringschätzig. »Da liegst du weit daneben, meine Liebe. Robert, massier mir die Schultern. Ich bin schon ganz angespannt, weil ich jedes meiner Worte auf die Goldwaage legen muss.«

Gehorsam massierte Robert die Schultern seiner Frau, während Brian eine Runde um Jessica drehte und sie mit Kennerblick ansah. »Dein Ihr-wisst-schon-was ist eindeutig intakt und sieht knackig aus, Jess, da brauchst du dir gar keine Sorgen zu machen.«

»Vielen Dank, du Perverser«, erwiderte Jessica, die es Mühe kostete, nicht zu lachen.

Dillon blieb in der Tür stehen, um ihren Anblick genüsslich in sich aufzusaugen. Der Klang ihres Lachens und ihre natürliche Wärme zogen ihn an wie ein Magnet.

Während der letzten Woche hatte er es vermieden, ihre zarte Haut zu berühren oder sie anzusehen, aber ihrem Duft und dem Klang ihrer Stimme konnte er nicht ausweichen. Und er konnte auch nicht verhindern, dass sein Blut in Wallung geriet und in seinen Ohren rauschte, wenn sie im selben Raum war wie er. Er kam nicht gegen die drängenden Forderungen seines Körpers und auch nicht gegen das erbarmungslose Verlangen an. Sie spukte durch seine Träume und im Wachen wurde sie ihm zu einer Besessenheit, gegen die er nicht ankämpfen konnte.

Dillon lehnte nachdenklich am Türrahmen. Die Intensität seiner sexuellen Gelüste überraschte ihn. Er hatte Jessica immer als Teil von sich empfunden, sogar schon in den alten Zeiten, als er bei ihr nur Kameradschaft gesucht hatte. Ihre Seelen standen miteinander in Verbindung. Ihre Stimme passte vollendet zu seiner. Ihre Schlagfertigkeit riss ihn immer wieder aus seinen Grübeleien und forderte ihn in allen musikalischen Dingen zu leidenschaftlichen Kämpfen heraus. Jessica war in Musikgeschichte bestens bewandert und urteilte fundiert über Komponisten und Musiker. Seine Gespräche mit ihr inspirierten ihn und gaben ihm Anregungen.

Aber es war noch viel mehr. Er fühlte sich nach einer endlos langen Gefängnisstrafe wieder lebendig. Ihm war keineswegs wohl dabei zumute, aber Jessica erweckte ihn nicht nur erneut zum Leben, sondern gab auch seiner Musik die Seele zurück. Er schwor sich jedes Mal, wenn er die Augen öffnete, er würde den Einflüsterungen der Versuchung nicht erliegen, aber es erschien ihm, als sei er aus einem kargen, eisigen Dasein geradewegs in die Höllenfeuer geraten.

Er konnte nichts dafür, dass er seine Kinder liebte und stolz auf sie war. Er konnte nicht übersehen, wie sehr Jessica sie liebte und wie sehr sie ihre Liebe erwiderten. Und er kam nicht gegen die übermächtige Sehnsucht an, Teil dieses Bundes und dieser tiefen Liebe zu sein. Dillon hatte keine Ahnung, wie lange er seine Finger noch bei sich behalten konnte. Und wie lange er der Lockung einer Familie widerstehen konnte. Oder auch nur, ob er widerstehen wollte. Hatte er überhaupt das Recht, sie alle in sein Leben einzulassen? Er hatte einmal versagt, und das hatte das Leben so vieler Menschen verändert. Tod und Zerstörung waren ihm seitdem gefolgt. Wagte er es überhaupt, ihnen entgegenzukommen und das Risiko einzugehen, diejenigen, die er liebte, zu gefährden? Er fuhr mit einer Hand durch sein dichtes Haar, und in dem Moment drehte Jessica sich zu ihm um.

Sie konnte fühlen, wie ihr Herz bei seinem Anblick schneller schlug. Eine leichte Röte schlich sich in ihr Gesicht, als sie sich fragte, ob er das Gespräch gehört hatte. Sie durfte sich gar nicht ausmalen, was er dann von ihr denken musste. Sein Anblick verschlug ihr fast den Atem. Dillon hatte schon immer eine lässige maskuline Schönheit besessen. Jetzt schien sie ihr noch unbekümmerter zu sein, eine sinnliche Lockung, der sie nichts entgegenzusetzen hatte. Ein Blick aus seinen glühenden Augen genügte, um ihren Körper schmelzen zu lassen. Jetzt sah er sie mit seinen blauen Augen intensiv und gierig an, und sie fand ihn unwiderstehlich.

Herausfordernd reckte Jessica ihr Kinn in die Luft. Sie hatte keinen Grund, der starken Anziehungskraft zwischen ihnen zu widerstehen. Sie wollte, dass er ihr gehörte, mit Leib und Seele. Sie sah keinen Grund, es zu leugnen. Als könnte er ihre Gedanken lesen, senkte er den Blick und ließ ihn über ihren Körper gleiten wie eine Berührung, die bei ihr eine quälende Unruhe auslöste.

»Dad?« Taras Stimme brachte sofort jedes Gespräch zum Verstummen. Es war das erste Mal, dass sie Dillon so ansprach. »Trevor und ich wollen uns auf die Suche nach einem Weihnachtsbaum machen.« Sie sah Jessica finster an. »Wir fällen ihn auch nicht, wir suchen ihn nur aus.«

Dillons unerwartetes Lächeln ließ ihn wie einen charmanten, schelmischen Jungen wirken, ganz ähnlich wie Trevor. »Zeigt die Tigermama ihre Reißzähne?«

»Die Krallen allemal«, murmelte Brenda in ihren Kaffeebecher.

»Das Wetter ist gut, uns kann also nichts passieren«, fügte Trevor mit einem Hoffnungsschimmer in seinen Augen hinzu. »Jemand muss doch dafür sorgen, dass es was wird mit Weihnachten. Bis dahin sind es keine zwei Wochen mehr. Ihr habt zu tun, also können Tara und ich uns doch um den Weihnachtsschmuck kümmern, während ihr arbeitet.«

Dillon sah Jessica nicht an. Er *konnte* sie nicht ansehen. Auf dem Gesicht des Jungen standen Hoffnung, Eifer und Vertrauen. Tara hatte ihn »Dad« genannt. Das ging ihm zu Herzen, wie nichts anderes es gekonnt hätte. Sein Blick glitt auf das Gesicht seiner Tochter. Ihr Ausdruck war mit dem ihres Bruders identisch. Vertrauen war eine heikle Angelegenheit. Zum ersten Mal stand er dicht davor, an Wunder zu glauben – vielleicht gab ihm das Leben ja doch noch eine zweite Chance, obwohl er es nicht verdient hatte. »Ihr glaubt, ihr könnt den perfekten Baum finden? Wisst ihr, worauf man bei der Auswahl achtet?«

Jessica biss sich auf die Unterlippe, um nicht zu protestieren. Dillons Tonfall war beiläufig gewesen, aber die Intensität seiner leuchtenden Augen verriet ihn. Er rieb mit einer Hand seinen Oberschenkel, ein weiteres Anzeichen von Nervosität. Diese untypische Geste entwaffnete sie. Am liebsten hätte sie die Arme um ihn geschlungen und ihn schützend an sich gezogen.

Tara nickte eifrig. Sie grinste Trevor an. »Ich habe eine lange Liste von Dingen, die erforderlich sind. Ich weiß genau, was wir wollen.«

Don hatte still auf einem Stuhl am Fenster gesessen, doch jetzt drehte er sich mit einem Stirnrunzeln um. »Man fällt nicht um eines kurzlebigen Vergnügens willen nach Lust und Laune Bäume. Falls euch das nicht bewusst ist – wenn man einen Baum fällt, stirbt er.« Seine Miene verfinsterte sich, als Dillon sich zu ihm umdrehte. »Schon gut, das ist nur meine persönliche Meinung, aber die zählt hier ohnehin nicht viel, oder?«

»Mir ist durchaus bewusst, dass dir am Umweltschutz gelegen ist, Don«, sagte Dillon freundlich. »Ich teile deine Ansichten, aber es schadet doch nicht, einem Baum die Krone abzuschneiden oder einen zu nehmen, der zu dicht neben einem anderen wächst und sowieso keine Überlebenschance hat.«

»Wir sind zum Arbeiten hier, Dillon, nicht um ein kommerzialisiertes Fest zu feiern, damit privilegierte kleine Kinder einen Haufen Geschenke von ihrem reichen Daddy bekommen.« In Dons Stimme schwang unerwartete Gehässigkeit mit.

Tara rückte näher zu Jessica, die sie in ihre Arme zog und ihr behutsam über das wellige dunkle Haar strich. Auf ihrer anderen Seite ruckelte Trevor unruhig herum, doch Jessica umfasste sein Handgelenk und gab ihm damit ein stummes Signal, den Mund zu halten. Er schlang die Arme um Jessica und Tara und drückte beide an sich. Das Schweigen zog sich besorgniserregend in die Länge.

Jetzt löste sich Dillon aus dem Türrahmen, an dem er lässig gelehnt hatte, ging auf seine Kinder zu und blieb vor ihnen stehen. Er trug die gewohnten Handschuhe. Mit größter Behutsamkeit nahm er Taras Kinn und hob ihr Gesicht, bis sie ihm in die Augen sah. »Dieses Jahr freue ich mich auf Weihnachten, Tara, denn ich habe viel zu lange ohne Lachen und Freude gelebt. Ich danke dir dafür, dass du mir dieses Fest zurückgibst.« Er senkte den Kopf und küsste sie auf die Stirn. »Ich entschuldige mich für die Grobheit meines Freundes. Offenbar hat er auf seine alten Tage vergessen, wie viel Spaß Festtage machen können.«

Dann legte er seinem Sohn eine Hand auf die Schulter. »Ich wüsste es sehr zu schätzen, wenn du heute Abend, bevor es zu dunkel wird, mit deiner Schwester rausgehst und ihr den besten Baum, den ihr findet, für uns aussucht. Wenn wir nicht mitten drin wären, an diesem Song zu arbeiten, käme ich mit euch. Ihr sucht den Baum aus und morgen Abend holen wir ihn gemeinsam.« Seine Finger schlossen sich vorübergehend fester um Trevors Schulter, als sein Herz einen Freudensprung machte. Sein Sohn. Seine Tochter. Diese entsetzliche Dunkelheit, die ihn so lange verzehrt hatte, zog sich ganz langsam zurück. Die Intensität seiner Gefühle erschütterte ihn. Er hatte nie zu träumen gewagt, die beiden geliebten Gesichter könnten so vertrauensvoll zu ihm aufblicken. »Ich verlasse mich darauf, dass du auf deine Schwester aufpasst, Trevor.«

Trevor schluckte. Er warf einen Blick auf Jessica und erschauerte, während sich seine Finger in ihren Arm gruben. Sie lächelte ihn verständnisvoll an. Sie durfte nicht zulassen, dass ihre Ängste die beiden um jedes Vergnügen brachten. Und erst recht nicht, wenn sie nicht einmal wusste, ob ihre Befürchtungen eine reale Grundlage hatten. Als sie Dillon ansah, standen ihre Empfindungen unverhohlen auf ihrem Gesicht.

Dillon stockte der Atem. Aus Jessicas Augen sah ihn reine Liebe an. Sie blickte zu ihm auf wie ihn noch nie in seinem Leben jemand angesehen hatte, mit einem Ausdruck von völligem Vertrauen und bedingungsloser Liebe. Jessica hatte nie Hintergedanken. Sie liebte seine Kinder uneingeschränkt und wollte sie beschützen. Und sie begann, ihn auf dieselbe Weise zu lieben. »Geht jetzt, du und Tara, bevor es dunkel wird. Ich habe geschäftliche Angelegenheiten zu besprechen.«

Trevor nickte verständnisvoll und grinste Don triumphierend an. Er verließ die Küche mit Tara und drängte sie, schnell ihre Jacke zu holen, damit ihnen noch genug Tageslicht blieb.

Dillon nahm Jessicas Hand und hob sie an seine Lippen. Er sah ihr fest in die Augen und hielt sie in seinem sinnlichen Bann gefangen. Vor sämtlichen Mitgliedern seiner Band drückte er langsam einen Kuss auf ihre

Handfläche, ein unverkennbares Brandzeichen, mit dem er sie für sich beanspruchte.

Jessica konnte heiße Tränen hinter ihren Augen fühlen, und ihre Kehle schnürte sich zu. Dillon. Ihr Dillon. Er erwachte wieder zum Leben. Das Weihnachtswunder. Die Geschichte, die ihre Mutter ihr abends so oft erzählt hatte. Weihnachten besaß eine ganz besondere Macht, eine schimmernde, durchscheinende positive Kraft, die stetig strömte und derer man sich nur zu bedienen brauchte. Man musste bloß daran glauben und danach greifen. Jessica griff mit beiden Händen, mit ihrem Herzen und mit ihrer Seele zu. Dillon brauchte sie, und er brauchte seine Kinder. Er musste nur sein Herz wieder öffnen und gemeinsam mit ihr glauben.

Dillon zog sie an sich, und ihre weichen Kurven schmiegten sich an die Kraft seines harten Körpers. Dann wandte er seinen Kopf zu Don um und richtete die eiskalte Wut in seinen Augen gegen den Mann. »Sprich nie wieder so mit meinen Kindern. Nie wieder, Don. Wenn du was an mir auszusetzen hast, dann kannst du jederzeit auf mich losgehen, aber versuche niemals, es an meinen Kindern auszulassen.« Seine Stimme verhieß rasche und brutale Vergeltung.

Jessica erschauerte, als sie in sein Gesicht aufblickte. Dillon war tatsächlich ein veränderter Mensch, ganz gleich, wie oft sie zwischendurch für einen Moment in ihm den Dillon fand, den sie früher einmal gekannt hatte.

»Du willst mich draußen haben, stimmt's, Wentworth? Du wolltest mich nie in der Band haben. Dir lag immer nur dein Liebling Paul am Herzen. Du hältst zu ihm, ganz gleich, was er tut«, fauchte Don. »Ich habe hart gearbeitet, aber ich habe nie die Anerkennung bekommen. Dir hat es nie gepasst, dass ich in der Band bin. Paul dagegen« – er wies auf den Mann, der stocksteif auf einem Stuhl im Hintergrund saß – »kann alles tun, und du verzeihst ihm.«

»So unschuldig bist du nun auch wieder nicht, Don.« Brenda gähnte und wedelte träge mit der Hand. »Ihr Musiker seid so dramatisch. Wen interessiert schon, wer wem der Liebste ist? Wenigstens hatte Paul es nicht nötig, sich von seiner Geliebten in die Band einschleusen zu lassen.«

Dillon riss den Kopf hoch und sah Brenda mit funkelnden Augen an. »Was zum Teufel soll das heißen, Brenda?«

Jessica sah sich in der Küche um. Alle waren verstummt und wirkten nervös und schuldbewusst, sogar Paul. Don lief dunkelrot an und wandte den Blick von Dillon ab.

Brenda zuckte zusammen. »Autsch. Woher hätte ich denn wissen sollen, dass dir keiner was gesagt hat?« Dillons Blick bohrte sich weiterhin erbarmungslos in sie. »Also schön, gib mir die Schuld, ich bin es gewohnt. Ich dachte, du wüsstest es. Alle anderen wussten es mit Sicherheit.«

»Sag mir sofort, wovon du redest, Brenda.«

Zum ersten Mal sah Jessica Brenda zögern. Einen Moment lang wirkte sie unsicher und schutzbedürftig. Dann veränderte sich ihr Ausdruck, und sie zuckte lässig die Achseln, doch ihr perlendes Lachen klang ein wenig gezwungen. »Um Himmels willen, was ist denn schon dabei? Es ist ewig her. Du hast doch nicht im Ernst geglaubt, Vivian sei dir treu gewesen.«

Jessica fühlte den Schlag, den es ihm versetzte. Sein Magen drehte sich um, und er rang nach Luft, damit er sich nicht übergab. Sie nahm seinen inneren Kampf so deutlich wahr, als erlebte sie ihn selbst. Dillons Gesichtsausdruck blieb unverändert; er blinzelte nicht einmal. Er hätte aus Stein gemeißelt sein können, aber Jessica spürte seinen inneren Aufruhr.

»Dann hatte Viv eben eine Affäre mit Don, na und?« Brenda zuckte wieder die Achseln. »Sie hat ihn in die Band gebracht. Du brauchtest einen Bassisten – es hat doch alles geklappt.«

»Viv und ich hatten keine Probleme, als Don in der Band angefangen hat«, sagte Dillon. Seine Stimme war ausdruckslos, und er sah Don nicht an.

Brenda inspizierte ihre langen Fingernägel. »Du kennst Viv doch, sie hatte Probleme, sie musste immer mit jemandem zusammen sein. Du hast an Songs für die Band gearbeitet und versucht Paul zu helfen. Sobald du nicht jede Minute mit ihr verbracht hast, hat sie sich vernachlässigt gefühlt.«

Dillon hörte ein seltsames Rauschen in seinem Kopf. Er ließ sich einen Moment Zeit, ehe er seinen Blick auf Don richtete. »Du hast also mit meiner Frau geschlafen und in meiner Band gespielt und mich glauben lassen, du seist mein Freund?« Er erinnerte sich noch daran, wie sehr er sich angestrengt hatte, Don das Gefühl zu geben, er gehörte dazu.

Don kniff die Lippen zusammen. »Du hast es gewusst, jeder hat es gewusst. Es war kein Geheimnis, dass Viv gern ab und zu mal einen Mann aufgegabelt hat. Und du hast bekommen, was du wolltest. Einen Bassisten, den du mies behandeln kannst, und jemanden, der sich die Wutanfälle deiner Frau bieten lässt, wenn du gerade keine Zeit oder keine Lust hattest, dich selbst mit ihr abzugeben. Von dem Geld, das du gespart hast, weil sie ständig wollte, dass ich ihr was kaufe, rede ich noch nicht mal. Ich würde sagen, wir sind mehr als quitt.«

Dillon sagte kein Wort; nur ein zuckender Muskel in seiner Kinnpartie verriet seinen inneren Aufruhr.

»Sie war ein Blutsauger«, fuhr Don fort und sah sich in der Küche nach Unterstützung um.

»Sie war krank«, verbesserte Dillon ihn leise.

»Sie war nicht loyal, und sie war eiskalt«, beharrte Don. »Verdammt nochmal, Dillon, du musst doch über uns Bescheid gewusst haben.«

Als Dillon ihn weiterhin ansah, senkte Don den Blick wieder. »Ich dachte, deshalb wolltest du mich nicht in der Band haben.«

»Dein eigenes schlechtes Gewissen hat dich glauben lassen, ich wollte dich nicht in der Band haben.« Dillons Stimme war sehr leise, doch tief in seinem Inneren schrie er um Hilfe; er wollte, dass Jessica ihn davon abhielt, etwas Verrücktes zu sagen oder zu tun. Dass sie ihn rettete. In ihm war solche Hoffnung aufgewogt. Wärme hatte sich ausgebreitet, der Glaube, er könnte sein Leben vielleicht doch zurückfordern. Und war im Nu wieder verschwunden. In seinem Inneren fühlte er sich eiskalt und taub. Herz und Seele waren ihm herausgerissen worden. Alles, was er sich aufgebaut hatte, alles, woraus er sich etwas gemacht hatte, war zerstört worden. Er hatte geglaubt, ihm sei bereits alles genommen worden, aber es gab noch mehr – das Stochern in alten Wunden, um sie zu vertiefen oder sie wieder zu öffnen. Er zerbrach und zerbröckelte, Stück für Stück, bis von dem, der er gewesen war, nichts mehr übrig war.

»Verflucht nochmal, Dillon, du musst es gewusst haben.« Dons Stimme klang beinah flehend.

Dillon schüttelte langsam den Kopf. »Ich kann darüber im Moment nicht diskutieren. Nein, ich wusste es nicht, ich hatte keine Ahnung. Ich habe dich immer als meinen Freund angesehen. Ich habe mein Bestes getan, um dich zu verstehen. Ich habe dir vertraut. Ich dachte, unsere Freundschaft sei echt.«

Jessica hob eine Hand und legte sie zart und liebevoll auf sein Gesicht. »Bring mich hier raus, Dillon. Jetzt sofort. Ich will weg.« Vor allem wollte sie ihn schleunigst dem Verrat und dem Betrug entziehen. Er hatte gerade erst begonnen, nach einem langen, kalten, trostlosen Winter den Sonnenschein zu sehen. Sie konnte Hände fühlen, die ihn von ihr fortzogen, zurück in die tieferen Schatten. Sie achtete darauf, dass ihre Stimme sanft und einschmeichelnd klang, und ihre Hände streichelten sein Gesicht. Erst als sie mit dem Daumen seine Lippen liebkoste, richtete er seine Aufmerksamkeit auf sie. Als er sie ansah, sah sie die gefährlichen Emotionen, die in den Tiefen seiner Augen strudelten.

Jessica zog ihn aus der Küche, fort von den anderen. Sie führte ihn durch das Haus in sein privates Stockwerk. Er folgte ihr bereitwillig, aber sie konnte immer noch drohende Gewalttätigkeit in ihm wahrnehmen, die allzu dicht unter der Oberfläche brodelte.

»Ich habe viel über mich gelernt, als ich im Zentrum für Brandopfer war«, sagte Dillon, während er die Tür zu seinem Arbeitszimmer aufstieß und zurücktrat, um sie vorausgehen zu lassen. »Man hat solche Schmerzen, Jess, unglaubliche Schmerzen. Man glaubt, man hält es nicht mehr aus, aber es kommt immer noch mehr nach. Jede Minute, jede Sekunde, es ist eine Frage des Durchhaltevermögens. Es bleibt einem nichts anderes übrig, als es zu ertragen, weil es niemals aufhört. Es ist nicht möglich zu schlafen, bis es vorbei ist, man muss die Schmerzen aushalten.«

Es war dunkel im Zimmer, in das der späte Nachmittag seine Schatten warf, doch er schaltete kein Licht ein. Draußen versetzte der Wind die Äste in Bewegung und ließ sie sanft die Hauswände streifen und eine gespenstische Musik hervorbringen. Drinnen zog sich das Schweigen in die Länge, während sie einander gegenüberstanden. Jessica konnte den wilden, chaotischen Aufruhr seiner Gefühle wahrnehmen, doch äußerlich war er so still wie ein Jäger. Sie kannte seine Willenskraft und wusste, warum er diese grässlichen Verletzungen überlebt hatte. Dillons Gemütsbewegungen waren heftig. Es klang, als schildere er seine physischen Schmerzen, doch sie wusste, dass er von einer anderen Art Schmerz sprach, die er ebenfalls durchlitten hatte. Die emotionalen Narben waren genauso schmerzhaft und so tief wie die physischen.

»Sieh mich nicht so an, Jess, das ist zu gefährlich«, warnte er sie leise und kam im selben Moment auf sie zu. »Ich will dir nicht wehtun. Du kannst mich nicht einfach mit deinen wunderschönen Augen so verflucht vertrauensvoll ansehen. Ich bin nicht der Mann, für den du mich hältst, und ich werde es nie sein.« Schon während er die Worte laut aussprach und jedes einzelne von ihnen ernst meinte, umfassten seine Hände aus eigenem Antrieb ihr Gesicht.

Elektrizität knisterte und peitschte ihr Blut auf. Die Glut seines Körpers sickerte in sie, wärmte sie und zog sie magnetisch an. Sein Kopf senkte sich zu ihr herunter, und sein seidiges dunkles Haar umrahmte sein Engelsgesicht wie eine Wolke. Außer seinen vollendet geformten

Lippen gab es für Jessica nichts mehr auf Erden, nicht einmal die Luft zum Atmen. Sein samtweicher Mund legte sich fest auf ihren, eine unwiderstehliche Berührung. Als seine Zähne zart an ihren Lippen zogen, damit sie ihm Einlass in ihre Süße gewährte, öffnete sie den Mund, bereit für die dunklen Geheimnisse von Leidenschaft und Verheißung.

Dillon schloss die Augen, um ihren Geschmack und die seidige Glut zu genießen. Jessicas Kuss war die reinste Magie. Es war Wahnsinn, seiner Sehnsucht nachzugeben, aber er konnte nicht zurück, sondern ließ sich Zeit, um sie gemächlich zu erkunden, herausgerissen aus der grauen Trostlosigkeit seiner alptraumhaften Welt und in eine andere geschleudert, in der um ihn herum und in ihm lebhafte bunte Feuerwerkskörper explodierten. Sein Verlangen regte sich augenblicklich, und sein Heißhunger war nicht zu bremsen. Seine Erregung war so gewaltig, dass sie ihn bis in die Grundfesten seiner Seele erschütterte. Nie zuvor hatte er dieses primitive und glühende Verlangen erlebt, das ihn jetzt durchströmte – sie zur Seinen zu machen.

Jessica spürte, wie sein Mund härter wurde und sein Kuss sich veränderte, fühlte die Leidenschaft, die zwischen ihnen aufflackerte, heiß und erregend, ein betäubender Sinnesrausch. Ihr Körper verschmolz mit seinem, nachgiebig und einladend. Sein Mund wütete vor Gier, dominierend und einschmeichelnd zugleich, um ihr Reaktionen abzuverlangen. Sie gab sich der flammenden Welt reiner Sinnlichkeit hin und gestattete ihm, sie aus der Realität zu entführen.

Die Erde schien sich zu bewegen, und ihr wurde der Boden unter den Füßen weggezogen, als seine Handflächen über ihren Rücken glitten und auf ihrem Po liegen blieben, um sie noch enger an ihn zu pressen. Seine Berührungen waren langsam und lasziv und standen im Widerspruch zu dem Ansturm seines Mundes. Seine Zunge eroberte, während seine Hände sich einschmeichelten. Sein Mund war aggressiv, seine Hände sanft.

Dillon war schmerzhaft erregt, und seine Jeans spannte und schnitt in seinem Schritt. Jessicas Nachgiebigkeit brachte ihn langsam um den Verstand. Er hörte ein seltsames Rauschen in seinem Kopf. Sein Blut fühlte sich wie dicke und geschmolzene Lava an. Sie schmeckte heiß und süß, und er konnte ihr gar nicht nah genug kommen. Er wünschte sich ihre Kleidungsstücke fort, damit er sich an sie pressen konnte, Haut an Haut.

Sein Mund löste sich von ihr, um mit verspielten kleinen Küssen und Bissen über ihre Kehle zu gleiten, und seine Zunge suchte nach kleinen Vertiefungen, kleinen Auslösepunkten reiner Lust. Wenn er sie fand, belohnte sie ihn mit einem seligen Keuchen, das Musik in seinen Ohren war, ein zarter Klang, der jeden vernünftigen Gedanken übertönte. Er wollte keine Vernunft, und er wollte auch nicht wissen, dass das, was er tat, falsch war. Er wollte sich tief in ihr begraben und sich für immer in einem Feuersturm blinden Gefühls verlieren.

Sein Mund fand den Puls an ihrem Hals, der dort so rasend schlug. Er schob den Ausschnitt ihrer Bluse zur Seite, um den Ansatz ihrer Brüste zu finden. Ihre Haut war ein Wunder aus reinem Satin. Seine Hand schloss sich über ihrer Brust und ihre straffe Brustwarze stieß sich durch ihre Bluse und durch seinen Handschuh gegen seine Handfläche. Flehend und drängend. Er senkte den Kopf der Versuchung entgegen.

Die Tür zu Dillons Arbeitszimmer wurde aufgerissen, und Tara stand da, mit weißem Gesicht und wüst zerzaustem Haar. Auf ihrem Gesicht zeichnete sich blanke Panik ab. »Ihr müsst auf der Stelle kommen. *Jetzt sofort!* Jessica! Beeil dich, oh Gott, ich glaube, er ist unter den Baumstämmen und der Erde erdrückt worden. Beeilt euch, ihr müsst euch beeilen!«

8

Die Panik sandte Adrenalinströme durch Jessicas Körper. Sie blickte zu Dillon auf und in ihren Augen stand blankes Entsetzen. Sein Blick spiegelte ihre Furcht wider. Er schlang ihr einen starken Arm um die Taille und zog sie eng an sich, damit sie einander durch die Nähe kurz Trost spenden konnten.

»Hol tief Atem, Tara, wir müssen wissen, was passiert ist.« Dillons Stimme war ruhig und autoritär. Er hob das Kind hoch und nahm es zwischen sich und Jessica, bei der das Mädchen sich geborgen fühlte.

Tara kämpfte gegen die Tränen an und begrub ihr Gesicht an Jessicas Schulter. »Ich weiß nicht, was passiert ist. Gerade sind wir noch über den Weg gelaufen und dann hat Trevor etwas Komisches über einen magischen Kreis gesagt, das ich nicht verstanden habe, und ist vor mir hergerannt. Ich habe ihn schreien hören und dann gab es einen Riesenlärm. Der Hang eines Hügels ist abgerutscht und Steine, Erde und Baumstämme sind runtergerollt. Sein Schrei hat plötzlich aufgehört, wie abgeschnitten, und als ich an die Stelle kam, wo ich dachte, dass Trevor ist, hing eine dicke Schmutzwolke in der Luft. Ich konnte ihn nicht finden, und als ich immer wieder nach ihm gerufen habe, hat er mir nicht geantwortet. Ich glaube, er ist unter all diesem Zeug begraben. Der Hund hat angefangen zu scharren und zu bellen und zu knurren, und ich bin losgelaufen, um euch zu holen.«

»Zeig mir den Weg, Tara«, ordnete Dillon an. »Jessica, du wirst die anderen suchen müssen. Sag Paul, wir brauchen für alle Fälle Schaufeln.« Er stieß seine Tochter bereits vor sich her.

Sie rannten die Treppe hinunter, und Dillon rief nach den Bandmitgliedern. Als er die Haustür aufriss und über die vordere Veranda stürmte, wäre er beinah mit Brian zusammengeprallt und hätte ihn die Stufen hinuntergeworfen. Die Männer hielten sich aneinander fest. »Es geht um Trevor. Es klingt übel, Brian, komm mit mir«, sagte Dillon.

Brian nickte. »Wo sind die anderen?«

»Jess trommelt sie zusammen«, erwiderte Dillon. Tara rannte vor ihm her, doch er konnte leicht mit ihr Schritt halten. Er fluchte leise vor sich hin, denn die Nacht brach an, und in wenigen Minuten würde es dunkel sein. Er konnte nur hoffen, dass seine Tochter sich nicht verlief, sondern ihn geradewegs zu seinem Sohn führte.

Tara rannte mit klopfendem Herzen, doch ihr Vater wirkte so ruhig und beherrscht, dass ihre Panik nachließ. Sie lief so schnell sie konnte, weil sie fürchtete, sie würde die genaue Stelle im Dunkeln nicht finden. Daher war sie erleichtert, als der große Schäferhund mit langen Sätzen aus dem Wald kam und neben ihr herlief. Er würde den Weg zu Trevor finden.

Jessica holte mehrfach tief Atem, während sie durch das große Haus eilte und die anderen rief. Brenda fand sie rauchend draußen vor der Küche. »Was ist denn jetzt schon wieder? Hier hat man wirklich nie seine Ruhe.«

»Wo sind die anderen?«, fragte Jessica. Brendas elegante Wanderstiefel waren mit Schlamm überzogen. An den Sohlen klebten Fichtennadeln, die Brenda zu entfernen versuchte, ohne sich dabei die Fingernägel schmutzig zu machen. »Es hat einen Unfall gegeben, und alle müssen helfen.«

»Meine Güte, diese Kinder schon wieder, stimmt's?« Brendas Stimme klang ärgerlich. Sie wich einen Schritt zurück und hob beschwichtigend eine Hand, als Jessica drohend auf sie zuging. »Also wirklich, Schätzchen, deine ewige Sorge um diese Kinder geht mir auf die Nerven. Sag mir, was los ist, und ich trage meinen Teil dazu bei, um zu helfen, aber ich hoffe, hinterher schickst du sie in ihre Zimmer und lässt dir eine angemessene Strafe für sie einfallen.«

»Wo sind die anderen?«, zischte Jessica durch zusammengebissene Zähne. »Es ist ein Notfall, Brenda. Ich glaube, Trevor ist unter einem Erdrutsch begraben, und wir müssen ihn schleunigst dort rausholen.«

Brenda wurde blass. Im ersten Moment brachte sie kein Wort heraus. Dann flüsterte sie erstickt: »Dieser Ort ist wirklich verflucht. Oder vielleicht ist es auch nur Dillon.«

Es erstaunte Jessica, dass die Frau kurz davor war, in Tränen auszubrechen. »Brenda«, sagte sie verzweifelt, »hilf mir!«

»Es tut mir wirklich leid.« Brenda zog ihre Schultern zurück. »Ich gehe Robert holen, er weiß bestimmt, was zu tun ist. Paul hat gerade noch hinter dem Haus Hufeisen geworfen. Don wollte, glaube ich, an den Strand gehen, aber ich bin nicht sicher. Du holst Paul, und ich schicke die anderen zu euch. In welche Richtung sind sie gegangen?«

»Danke.« Jessica legte Brenda eine Hand auf den Arm, denn wenn ihre Maske verrutschte, wirkte sie äußerst verletzlich. »Ich glaube, sie haben den breitesten Weg in den Wald genommen.«

»Von dort komme ich gerade«, sagte Brenda mit einem Stirnrunzeln. »Aber ich habe die Kinder nicht gesehen.«

Jessica hörte ihr schon nicht mehr zu, sondern rannte um das Haus herum zu Paul. »Was ist los?«, rief er und eilte ihr entgegen, als er sie sah.

In ihrer Verzweiflung platzte Jessica mit allem hervor, was sie wusste. Die Zeit schien zu vergehen, und sie erreichte nichts. Viel lieber, als sich auf die anderen zu verlassen, wäre sie zu Trevor gelaufen und hätte ihn mit ihren bloßen Händen ausgegraben.

»Ich hole die Lampen«, sagte Paul und öffnete die Tür zu einem kleinen Schuppen. »Dort drin sind Schaufeln. Wir treffen uns vor dem Haus.« Er lief sofort los.

Jessica presste sich eine Hand auf den Magen, während sie sich hektisch im Geräteschuppen umsah. Sämtliche größeren Werkzeuge waren ganz hinten. Ihr war schlecht vor Angst um Trevor. Wie viel Zeit war schon vergangen? Erst wenige Minuten, doch es erschien ihr wie eine Ewigkeit. In der anbrechenden Abenddämmerung war es düster im Schuppen. Sie tastete sich zur Rückwand und hatte erst einen Rechen und dann ein Brecheisen und zwei schärfere Werkzeuge in der Hand, bevor sie die Schaufeln fand. Triumphierend packte sie alle drei und eilte zur Tür.

Don erwartete sie bereits ungeduldig. »Paul ist schon vorausgegangen.« Er nahm ihr die Schaufeln ab und zog die Stirn in Falten. »Was zum Teufel hast du mit deiner Hand angestellt?«

Jessica blinzelte verblüfft. Mitten auf ihrer schlammigen Handfläche hatte sich eine Schnittwunde geöffnet und in dem Blut, das sich mit dem Schlamm vermischte, klebten wie ein Kunstwerk vereinzelte Tannennadeln. »Das ist doch jetzt egal«, murmelte sie und eilte ihm voraus.

Im Wald herrschte bereits Dunkelheit, da die dichteren Baumkronen das restliche Tageslicht nicht durchließen. Jessica rannte schnell, ohne sich etwas aus ihrer schmerzenden Lunge und dem Seitenstechen zu machen. Sie musste zu Trevor und Tara. Zu Dillon. So schlimm konnte es gar nicht sein. Sie tröstete sich mit dem Gedanken, dass sie im schlimmsten Fall schon jemand geholt hätte. Als sie links neben sich Licht sah, wischte sie ihre pochende Handfläche an ihrem Oberschenkel ab.

Tara warf sich Jessica so stürmisch in die Arme, dass sie fast umgefallen wäre. »Er ist unter all diesen großen Steinen und der Erde. Und dieser Baumstamm ist auch auf ihn gefallen! Dad hat versucht, ihn mit bloßen Händen auszugraben, und Robert hat ihm geholfen.«

»Sie werden ihn schnell draußen haben«, beteuerte Jessica dem Mädchen und hielt es eng an sich geschmiegt. »Der Boden ist so weich, dass es nicht lange dauern kann.«

»Geh mit ihr dort oben hin, damit ihr uns nicht im Weg seid«, wies Dillon Jessica an. Er sah ihr in die Augen, während er die Schaufel, die Don ihm zuwarf, in der Luft auffing. »Glaub mir, es wird alles gut ausgehen. Er spricht, also ist er am Leben und bei Bewusstsein und hat Luft zum Atmen. Wir müssen ihn nur noch rausholen, um zu sehen, wie groß der Schaden ist.«

Jessica nickte. Sie führte Tara auf einen kleinen Erdwall und tätschelte geistesabwesend den Kopf des Hundes, als er sie anstupste. »Ist alles in Ordnung mit dir, Tara?«

Das Mädchen zitterte und schüttelte den Kopf. »Ich hätte nicht darauf bestehen sollen, dass wir weitersuchen. Wir haben zwei Bäume gefunden, von denen wir dachten, sie könnten dir und Dad gefallen, aber ich wollte weitersuchen. Trevor wollte zum Haus zurückgehen, weil es dunkel wurde.« Sie rieb ihr Gesicht an Jessicas Jacke. »Ich wusste, dass er weitergesucht hätte, wenn ich nicht dabei gewesen wäre. Ich hasse es, dass er mich immer wie ein kleines Kind behandelt.«

»Trevor passt auf dich auf«, verbesserte Jessica sie sanft. »Und das ist gut so, Tara. Er hat dich sehr lieb. Und das, was passiert ist, war nicht deine Schuld.« Sie strich dem Kind beschwichtigend übers Haar. »Manches passiert einfach.«

Tara zitterte immer noch. Ihre Augen waren zu groß für ihr Gesicht, als sie zu Jessica aufblickte. »Ich habe dort drüben zwischen den Bäumen einen Schatten gesehen«, flüsterte sie leise und sah sich rasch um. »Jemand in einem langen, dunklen Umhang mit Kapuze. Ich konnte sein Gesicht nicht sehen, aber er hat uns beobachtet und zugesehen, als es passiert ist. Ich weiß, dass er da war, es war keine Einbildung.«

Jessicas Herz begann, falls das überhaupt möglich war, noch heftiger zu klopfen. »Er hat euch beobachtet, während der Erdrutsch auf Trevor heruntergegangen ist?« Jessica glaubte Tara, dass sie in der Nacht ihrer Ankunft eine vermummte Gestalt in den Wäldern gesehen hatte, aber sie konnte sich nicht vorstellen, dass eines der Bandmitglieder den Zwillingen nicht zu Hilfe gekommen wäre. Wer auch immer sich unter diesem Umhang verbarg wollte einem von ihnen möglicherweise ernsthaften Schaden zufügen. Hielt sich außer den Bandmitgliedern noch jemand auf der Insel auf? Der Hausmeister war ein freundlicher älterer Mann. Die Insel war groß genug, dass sich jemand dort verstecken und im Freien kampieren konnte, aber der Hund hätte die Kinder doch gewiss auf die Anwesenheit eines Fremden aufmerksam gemacht. Der Schäferhund kannte die Zwillinge mittlerweile recht gut, und Jessica wusste, dass er die Instinkte eines Wachhundes besaß.

Tara nickte. »Ich habe laut um Hilfe geschrien. Trev war so tief unter allem begraben, dass ich ihn nicht sehen konnte, und als ich mich wieder umgedreht habe, war der Schatten verschwunden.« Sie wischte sich das Gesicht ab und verschmierte Erde auf ihrem Kinn und auf ihrer Wange. »Ich sage die Wahrheit, Jessie.«

Jessica drückte dem Mädchen einen Kuss aufs Haar. »Das weiß ich doch, Liebling. Ich kann mir nur nicht vorstellen, warum derjenige dir nicht geholfen hat.« Sie war jedoch entschlossen, es herauszufinden. Sie hatte sich halbwegs in Sicherheit gewiegt, aber wenn es sich bei der vermummten Gestalt um ein Bandmitglied handelte, und so musste es sein, dann steckte einer von ihnen hinter den Unfällen und dem Tod ihrer Mutter. Aber wer von ihnen? »Bleib hier, Schätzchen, komm nicht zu dicht an den Rand.«

Sie lief unruhig auf und ab, und es kostete sie Mühe, die Männer nicht anzuschreien, sie sollten sich beeilen. Don und Robert stemmten einen ziemlich großen Steinbrocken los, den die Männer nur gemeinsam vorsichtig zur Seite heben konnten.

Brenda schloss sich Tara nicht ohne eine gewisse Scheu an und legte ihr eine Hand auf die Schulter. »Ihm fehlt schon nichts, Schätzchen«, versuchte sie ihre Nichte zu trösten.

»Er hat sich überhaupt nicht bewegt«, berichtete Tara ihr weinerlich.

»Aber er atmet«, sprach Brenda ihr Mut zu. »Robert sagt, Trevor hätte ihm erzählt, dass er in einen kleinen Zwischenraum an der Seite des Hügels geschlüpft ist.«

»Er hat geredet? Dillon hat das auch gesagt, aber ich habe noch keinen Ton gehört.« Nur der Klang seiner Stimme hätte Jessica beruhigen können. »Bist du sicher?«

»Ziemlich«, antwortete Brenda.

Jessica blickte zum Himmel auf. In der Ferne hörte sie das Krachen der Brandung. Sie hörte auch den Wind, der durch die Bäume rauschte, das Klappern der Schaufeln, wenn sie gegen Steine stießen, und sogar den schweren Atem der Männer. Aber Trevors Stimme konnte sie nicht hören. Sie lauschte. Sie betete. Nicht mal ein Murmeln war zu vernehmen.

»Ihm fehlt bestimmt nichts«, versuchte Brenda es noch einmal. Sie wippte mit dem Fuß und lenkte Jessicas Aufmerksamkeit auf den schlammigen Waldboden. Nach dem heftigen Sturm lagen einige umgestürzte Bäume kreuz und quer herum, die meisten schon seit einer Weile, doch zwei kleinere wirkten ziemlich frisch.

Sie konnte nichts gegen den entsetzlichen Verdacht tun, der in ihr aufkeimte. Der nächste Unfall? Konnte es sein, dass er mit Absicht eingefädelt worden war? Nahezu unbewusst sah sie sich das Gelände genauer an, die Lage der umgestürzten Stämme, suchte nach Anhaltspunkten, nach irgendetwas, das erklären könnte, was vorgefallen war. Es gab nichts, das sie erkennen konnte, nichts, das Dillon dazu gebracht hätte, auf sie zu hören, wenn sie sagte, hier stimmte etwas nicht. Vielleicht war sie ja tatsächlich paranoid, sie wusste es selbst nicht. Sie wusste nur, dass sie etwas für die Sicherheit der Kinder tun musste.

»Ich könnte es nicht verkraften, wenn ihm etwas passiert wäre«, murmelte Jessica vor sich hin. Es war ihr Ernst. Ihr brach das Herz. Ihr Gesicht war weiß, ihr war übel, und sie blieb nur in Bewegung, um zu verhindern, dass sie sich vor den Augen aller übergab. »Ich hätte ihn nicht einfach gehen lassen dürfen. Ich hätte mitgehen müssen.«

»Jessica, du hättest es nicht verhindern können«, sagte Brenda mit fester Stimme. »Sie werden ihn rausholen.« Unbeholfen zog sie Tara in ihre Arme, als sich dem Kind ein ersticktes Schluchzen entrang. »Keiner von euch beiden hätte es verhindern können. Nach einem Unwetter ist der Boden manchmal aufgeweicht, und dann kommt er eben ins Rutschen. Wärt ihr bei ihm gewesen, wärt ihr beide jetzt auch verletzt.«

Jessica ging in die Hocke und blickte auf die Männer hinunter, die Trevor mit größter Eile freischaufelten. Sie konnte seine Beine und einen Teil seines Schuhs sehen. »Dillon?« Ihre Stimme bebte. Trevor rührte sich nicht. »Warum hält er so still?« Sie bekam kaum noch Luft.

»Werd jetzt bloß nicht sentimental«, drang Trevors körperlose Stimme zu ihr hinauf, schwach und dünn, aber mit seinem gewohnt frechen Humor. »Wenn dich alle verheult sehen, lässt du es später doch nur an mir aus.«

Jessica zitterte vor Erleichterung, und ihre Knie waren aus Gummi, als sie langsam aufzustehen versuchte. Einen Moment lang befürchtete sie, sie könnte ohnmächtig werden. Brenda drückte ihren Kopf nach unten und hielt ihn dort fest, bis sich nicht mehr alles wie verrückt vor ihren Augen drehte. Robert kam an ihre andere Seite und hielt ihren Arm, als sie schwankte. Jessica biss sich fest auf die Faust, um nicht zu weinen, als sie sich aufrichtete, doch in ihren Augen und an ihren Wimpern funkelten Tränen. Als sie Dillon in die Augen sah, gab es einen Moment lang bloß noch sie beide und die schiere Erleichterung, die nur ein Elternteil nach einem derart erschreckenden Erlebnis empfinden kann.

Tara umarmte sie, doch Jessica nahm es kaum wahr. Sie konnte sich nicht erinnern, jemals so wacklig auf den Beinen gewesen zu sein, doch es gelang ihr, Brenda und Robert zaghaft anzulächeln. »Danke. Ohne euch läge ich jetzt mit dem Gesicht im Schlamm.«

Brenda zuckte mit gewohnter Beredsamkeit die Achseln. »Ich kann doch nicht zulassen, dass dir etwas zustößt. Dann hätte ich die Kinder am Hals.« Sie zwinkerte Tara zu, während sie sich von ihrem Mann umarmen ließ. In seinen Armen wirkte sie, als gehöre sie dorthin.

Tara grinste sie an. »Du beginnst uns zu mögen.«

»Hüte dich bloß«, warf Jessica ein, »sie rauben dir Jahre deines Lebens. Meiner Meinung nach siehst du das ganz richtig, Brenda, keine Kinder und keine Tiere.« Ihr Blick blieb auf Trevor geheftet, während sie ihn langsam befreiten. Jetzt streckte er vorsichtig die Beine. Sie konnte ihn mit Dillon reden hören. Seine Stimme zitterte immer noch, aber er hielt sich tapfer und lachte leise über eine Bemerkung seines Vaters.

»Brenda, würde es dir etwas ausmachen, Tara zum Haus zurückzubringen? Es ist schon so dunkel. Sie sollte ein Bad nehmen, und wenn ich zurückkomme, gibt es heiße Schokolade. Sie ist nass und voller Schlamm, und sie zittert, ob sie es weiß oder nicht«, sagte Jessica.

»Du auch«, wandte Brenda unerwartet sanft ein.

»Ich komme gleich nach«, versprach Jessica. Sie drückte Taras Hand. »Danke, dass du uns alle so schnell geholt hast, Schätzchen, du warst wunderbar.«

»Wir bringen sie heil nach Hause«, beteuerte Robert und setzte sich, einen Arm um Brenda und den anderen um Tara geschlungen, in Bewegung.

Jessica stieg zu Dillon hinunter, der neben Trevor kniete und den Jungen von Kopf bis Fuß nach gebrochenen Knochen, Kratzern und blauen Flecken abtastete. Seine Hände glitten unglaublich sanft über seinen Sohn.

Trevor war schmutzig, aber er grinste die beiden an. »Gut, dass ich dünn bin«, scherzte er und tätschelte Jessicas Schulter, weil er wusste, dass sie vor den Augen aller in Tränen ausbrechen würde, wenn er sie umarmte, und dann bekäme er wirklich Ärger.

»Ihm fehlt nichts, bis auf ein paar blaue Flecken und Beulen. Morgen wird ihm jeder Knochen wehtun«, teilte Dillon den anderen mit. »Danke für eure Hilfe.« Er lehnte sich zurück und wischte sich mit einer zitternden Hand den Schweiß von der Stirn. »Du hast mein Leben um ein paar Jahre verkürzt, mein Sohn. Das kann ich mir nicht leisten.«

Paul sammelte die Schaufeln auf. »Das kann sich keiner von uns leisten.«

»Fühlt euch nicht allein«, sagte Trevor. »Es kam mir vor, als sei der ganze Hügel auf mich gerutscht, und in den ersten Minuten war mein einziger Gedanke, dass ich lebend begraben bin. Und das ist keine angenehme Vorstellung.«

Jessica trat zurück, um Paul Platz zu machen. Dillon und Paul zogen Trevor auf die Füße. Der Junge wankte ein wenig, doch er stand aufrecht da und grinste wie gewohnt. »Jess, mir fehlt wirklich nichts, begreif es doch.«

Dillon beobachtete, wie ihr Mienenspiel und ihre Fassung aus den Fugen gerieten, als sie Trevor ihre schmalen Arme um den Hals schlang und den Jungen an sich zog. Dieser wirkte in keiner Weise verlegen, als er sie umarmte und sein Gesicht an ihrer Schulter begrub. Ihr Umgang miteinander war locker, natürlich und liebevoll. Dillon verspürte bei diesem Anblick ein Brennen in seiner Brust und hinter seinen Augen. Eine entsetzliche Sehnsucht brach aus heiterem Himmel über ihn herein, riss seine Schutzmauern ein, entblößte sein Herz und ließ ihn verwundbar zurück.

Ein Teil von ihm wollte auf die beiden losgehen wie ein verwundetes Tier. Ein anderer Teil von ihm wollte beide umarmen und sie schützend an sich drücken, damit sie in Sicherheit waren. *In Sicherheit.* Die Worte hatten einen bitteren Nachgeschmack. Einen Moment lang starrte er die zwei an, während sein Herz klopfte und das Adrenalin strömte. In seinen blauen Augen funkelte die Gewalttätigkeit, die immer dicht unter der Oberfläche zu brodeln schien.

Ehe Dillon sich von ihnen abwenden konnte, hob Jessica den Kopf, und ihre Blicke trafen sich. Er verlor sich sofort in der Freude auf ihrem Gesicht. Ihr Lächeln war so strahlend wie die Sonne, wenn sie durch die Wolken bricht. Sie hielt ihm ihre Hand hin. Er starrte auf ihre zarten, kleinen Finger hinunter. Eine Brücke, die ins Leben zurückführte.

Später schwor Dillon, dass er sich nicht von der Stelle gerührt hatte, aber da stand er jetzt und nahm ihre Hand in seine. Seine Handschuhe waren schmutzig, aber das schien sie nicht zu merken, als sich ihre Finger um seine schlossen. Als er sie berührte, war er in ihrem Zauber gefangen und verlor jeden Realitätsbezug. Er fühlte sich magnetisch von ihrem Körper angezogen und gab diesem Sog nach, bis sie an ihn geschmiegt war.

Ohne zu überlegen und ohne zu zögern legte sich seine Hand um ihren zarten Hals und bog ihren Kopf zurück. Ihre grünen Augen waren riesig, betörend und von übermächtigen Gefühlen verschleiert. Er fluchte leise, eine Kapitulation, eine Niederlage, als er seine Lippen auf die ihren senkte. Ihr Mund war vollendet, samtweich und nachgiebig, glühend heiß und feucht und von Zärtlichkeit erfüllt. Er schmeckte nach Liebe. Die Glut tief in seinen Eingeweiden loderte auf und erfüllte ihn mit einer solchen Sehnsucht, dass er sie gierig verschlang, als er sich von ihrem suchterregenden Geschmack und von der unwiderstehlichen Aussicht auf Leidenschaft, Lachen und das Leben selbst mitreißen ließ.

Sie konnte jede seiner Schranken durchbrechen, jeden seiner Abwehrmechanismen umgehen. Sie schlang sich um sein Herz, bis er ohne sie nicht mehr atmen konnte. Die Einsamkeit, die ihn so lange im Griff gehabt hatte, und die Trostlosigkeit seines schier endlosen Daseins verschwanden, wenn sie in seiner Nähe war. Verlangen bemächtigte sich seiner und drohte, ihm die Beherrschung zu rauben. Die Intensität der Gefühle zwischen ihnen alarmierte ihn. Sein Körper bebte, sein Mund wurde härter, und seine Zunge erkundete und stieß zu, ein heißer Paarungstanz, den sein Körper unbedingt aufführen musste.

Trevor räusperte sich laut und zog Dillon damit in die Realität zurück. Verblüfft hob er den Kopf und blinzelte, als er langsam in seinen eigenen vernarbten Körper und in seine ebenso stark vernarbte Seele zurückkehrte.

Trevor grinste ihn an. »Schau nicht so, als ob's donnert, Dad, ich hatte irgendwie die Vorstellung, du seist raffiniert im Umgang mit Frauen.«

»Raffiniert ist nicht das Wort, das ich gewählt hätte«, murmelte Don gehässig vor sich hin.

Dillon hörte ihn und durchbohrte ihn mit einem Blick, doch die anderen lenkten ihn ab.

»Mannomann.« Brian stieß einen leisen Pfiff aus. »Was zum Teufel war das denn?«

»Die Stelle würde ich gern nochmal zurückspulen«, sagte Paul und versetzte Dillon einen Rippenstoß. »Hier ist man schon froh, wenn man etwas aus zweiter Hand miterlebt.«

Jessica verbarg ihr knallrotes Gesicht an Dillons Schulter. »Geht jetzt alle weg.«

»Das wagen wir nicht, Mädchen. Wer weiß, was du unserem geliebten Bandleader antun könntest«, neckte Brian sie. »Wir wollen, dass der Junge unter Existenzängsten und Melancholie leidet. Hast du noch nicht gehört, dass so die besten Songs entstehen, Jessie?«

»Frustration ist auch eine gute Voraussetzung«, steuerte Paul bei.

Jessica nahm Dillons Gesicht in ihre Hände. »Ich glaube nicht, dass seine seelische Verfassung eine Rolle spielt«, widersprach sie. »Ihm gelingt es in jeder Gemütslage, wunderschöne Musik zu komponieren.«

Dillon nahm ihre Hand, und als er die Handfläche nach oben drehte, wurden seine Augen schmal. »Was zum Teufel hast du mit deiner Hand angestellt? Sie blutet.«

Es klang so vorwurfsvoll, dass Jessica unwillkürlich lächelte. »Ich habe im Werkzeugschuppen nach den Schaufeln gesucht und mich an einem scharfen Gegenstand geschnitten.« Als er die Verletzung erwähnte, begann sie zu brennen.

»Wir müssen die Wunde reinigen. Ich will nicht, dass sie sich entzündet. Bist du sicher genug auf den Füßen, um zurückzulaufen, Trevor?«

Trevor nickte und verbarg sein Lächeln, als er dicht hinter Paul auf den Pfad einbog. Don und Brian sammelten die Lampen ein. Dillon sah sich die Wunde noch einmal näher an und rang nach Luft. Er fühlte sich wie nach einem Langstreckenlauf. Die verschiedensten Gefühle bestürmten ihn so schnell und waren so überwältigend, dass er nicht dazukam, sie zu ordnen.

Jessica lief dicht neben Dillon her. Nach einer Weile verlangsamte er seine Schritte, um Abstand zu den anderen zu gewinnen. »Es tut mir leid, Jess, ich hätte dich nicht so vor den anderen küssen dürfen.«

»Weil sie uns aufziehen werden? Das haben sie auch vorher schon getan«, wandte sie ein und reckte ihr Kinn in die Luft, eine klare Herausforderung, das, was zwischen ihnen war, zu leugnen.

Er seufzte. »Weil ich dir die Kleider vom Leib reißen und dich auf der Stelle nehmen wollte, und das kann der Band nicht entgangen sein. Du bist nicht irgendein Groupie, und ich will nicht, dass sie dich jemals in diesem Licht sehen. Du denkst immer das Beste über jeden. Bist du schon mal auf den Gedanken gekommen, sie könnten dich für Freiwild halten, wenn sie sehen, dass ich dich so küsse?«

Jessica zuckte die Achseln und täuschte eine Lässigkeit vor, die sie nicht empfand. Bei seinen Worten hatte sich eine Hitzewelle in ihrem Körper ausgebreitet. Der Gedanke, dass Dillon derart die Beherrschung verlieren könnte, raubte ihr den Atem. Es gelang ihr, mit ruhiger Stimme zu sprechen. »Ich bezweifle, dass ich ohnmächtig werde, falls einer von ihnen mir nachstellt. Es schockiert dich vielleicht, Dillon, aber es gab schon andere Männer, die mich tatsächlich attraktiv fanden, und einige von ihnen wollten sogar mit mir ausgehen. Ob du es glaubst oder nicht, du bist nicht der einzige Mann, der mich jemals geküsst hat.« Sie fühlte, dass er zusammenzuckte, und sie nahm seine plötzliche innere Anspannung wahr.

Eine Spur von Gefahr schlich sich in das tiefe Blau seiner Augen. »Ich glaube nicht, dass jetzt der beste Zeitpunkt ist, um mit mir über andere Männer zu reden, Jess.« Seine Stimme war rauer als jemals zuvor. Er blieb abrupt stehen und zog sie in den tiefen Schatten der Bäume. »Machst du dir auch nur die geringste Vorstellung davon, was du mir antust?« Er zog ihre unverletzte Hand zwischen seine Beine und rieb mit ihrer Handfläche dort, wo sich seine Jeans ausbeulte, über den straffen Stoff. »Ich bin schon sehr lange nicht mehr mit einer Frau zusammen gewesen, Süße, und wenn du so weitermachst, wirst du dir damit viel mehr einhandeln, als du erwartet hast. Ich bin kein Teenager, der eine Frau mal schnell betatschen will. Wenn du mich weiterhin so ansiehst, wie du es bisher getan hast, nehme ich die Einladung an.«

Im ersten Moment spielte Jessica mit dem Gedanken, ihn zu ohrfeigen, weil es sie empörte, dass er sie als verknallten Teenager hinzustellen versuchte. Dass er versuchte, sie einzuschüchtern oder überhaupt auf den Gedanken kam, er könnte ihr jemals Angst einjagen. Wenn es einen Mann auf Erden gab, dem sie ihren Körper vorbehaltlos anvertraut hätte, dann war das Dillon Wentworth. Dann merkte sie, dass er ihre unverletzte Hand gepackt hatte und die Hand mit der Wunde immer noch behutsam und zärtlich an seine Brust schmiegte. Er merkte nicht einmal, dass er ihre Handkante sanft mit dem Daumen streichelte. Aber sie nahm es wahr.

Provozierend rieb sie den gedehnten Stoff seiner Jeans. »Für die Rolle des großen, bösen Wolfs eignest du dich nicht besonders, Dillon, aber wenn das eine deiner Fantasien ist, kann ich vermutlich mitspielen.« Ihr Tonfall war verführerisch und aufreizend. Ihre Finger tanzten und neckten, streichelten und liebkosten und fühlten, wie er daraufhin noch dicker und noch härter wurde.

Seine Augen funkelten wie zwei feurige Juwelen. »Von Fantasien hast du keine Ahnung, Jessie.«

»Du lebst im falschen Jahrhundert, Dillon.« Ihre Zunge glitt provozierend über ihre üppige Unterlippe und – der Teufel sollte sie holen – sie lachte ihn tatsächlich aus. »Ich hätte ganz bestimmt nichts dagegen, deinen Reißverschluss aufzuziehen und meine Hand um dich zu legen, zu fühlen und *zuzusehen*, wie du immer härter wirst. Und ich habe in Betracht gezogen, keinen BH mehr zu tragen, damit du, wenn du mich das nächste Mal küsst und dich über meinen Hals nach unten vortastest, fühlst, wie bereit mein Körper für dich ist. Der Gedanke, deinen Mund auf ...«

»Verflucht nochmal.« In seiner Verzweiflung senkte er den Kopf und bereitete dem Unsinn, den sie redete, auf die einzige Art und Weise, die ihm einfiel, ein Ende. Er ergriff Besitz von ihrem Mund und verlor sich sofort in der Gier, mit der sie ihn aufnahm. Sie war zu sexy, zu scharf und zu viel von allem. Jessica war die reinste Magie. Er packte ihre Schultern und schob sie resolut von sich, bevor er vollständig den Verstand verlor.

Sie blickte lächelnd zu ihm auf. »Wirst du mich jemals küssen, ohne vorher zu fluchen?«

»Wirst du jemals lernen, Selbsterhaltungstrieb zu entwickeln?«, entgegnete er.

»Das brauche ich nicht zu lernen«, sagte Jessica, »denn du passt sehr gut auf mich auf.«

9

Jessica ließ sich Zeit unter der Dusche. *Dillon*. Er füllte ihre Gedanken aus, und nur das bewahrte sie davor, sich in schillernden Farben auszumalen, sie hätte Trevor verlieren können. Nie hatte sie eine derart starke Anziehungskraft erlebt. Schon immer hatten sie zusammengehört und waren unter schwierigsten Umständen die besten Freunde gewesen. Schon immer hatte er sie wie ein Magnet angezogen, aber sie war nie auf den Gedanken gekommen, eines Tages könnte die sexuelle Chemie zwischen ihnen so explosiv zum Ausbruch kommen. Sie bebte vor Verlangen nach ihm.

Sie schloss die Augen, als sie sich mit einem flauschigen Handtuch abtrocknete, das Material über ihre empfindsame Haut glitt und ihr Bewusstsein unvertrauter sexueller Gelüste verstärkte. Sie fühlte sich nicht wie sie selbst, wenn er in ihrer Nähe war. Wenn seine glühenden Blicke über ihren Körper wanderten, kam sie sich vor wie eine wollüstige Verführerin. Jessica schüttelte den Kopf über sich selbst, während sie sich mit Bedacht anzog. Sie wollte so gut wie möglich für ihn aussehen.

Als sie nach unten kam, waren alle anderen bereits in der Küche. Dillon sah gut aus in einer sauberen schwarzen Jeans und einem langärmeligen Pullover. Es störte sie, dass er es immer noch für nötig hielt, in Gegenwart seiner Familie und seiner Freunde Handschuhe zu tragen. In ihrer Gegenwart. Sein Haar war vom Duschen feucht und fiel ihm gelockt auf die Schultern. Wie immer war er barfuß, und das ließ sie seltsamerweise erröten, denn sie fand es erstaunlich sexy und intim. Als sie in der Tür auftauchte, blickte er auf, als hätte er, wenn es um sie ging, einen eingebauten Radar.

Beinahe hätte Dillon gestöhnt, als er den Kopf umwandte. Ihre Schönheit verschlug ihm den Atem. Die Jeans saß tief auf ihren Hüften und zeigte für seinen Geschmack zu viel Haut. Ihr Oberteil war zu kurz und schmiegte sich so liebevoll an ihre üppigen Brüste, wie seine Hände es gern getan hätten. Ihr rotgoldenes Haar wirkte weinrot, weil es noch nass vom Duschen war. Sie hatte es aus dem Gesicht zurückgebunden, und ihr schmaler Hals war entblößt. Er blinzelte und sah genauer hin. Er konnte ihr nur raten, unter diesem hauchdünnen Top einen BH zu tragen, aber er hätte es nicht mit Sicherheit sagen können.

Allein schon ihr Anblick machte ihn so steif, dass er sich keinen Schritt bewegen wollte. »Hast du diese Schnittwunde versorgt?« Seine Stimme klang so grob, dass sogar er selbst zusammenzuckte.

Brian hielt Jessica am Handgelenk fest, als sie an ihm vorbeikam, und inspizierte ihre Handfläche, bevor sie an Dillons Seite gelangen konnte. »Es blutet immer noch ein bisschen, Jessie«, bemerkte er. »Die Wunde muss verbunden werden, Dillon«, fügte er hinzu und zog an Jessica, bis sie ihm um die Kücheninsel folgte.

Dillon biss die Zähne zusammen und blickte finster, als er sah, wie sein Schlagzeuger, ein Bär von einem Mann, neben dem Jessica klein und zierlich wirkte, ihre Taille umfasste und sie auf die Arbeitsfläche hob, sich zwischen ihre Beine zwängte und sich vorbeugte, um ihre Handfläche genauer zu untersuchen. Brian sagte etwas, womit er Jessica zum Lachen brachte.

»Was zum Teufel tust du da?« Dillon sprang auf und riss Brian den Verband aus der Hand. »Rück rüber«, sagte er grob.

Zum Zeichen seiner Kapitulation hob Brian mit einem breiten Grinsen die Hände. »Der Mann ist wie ein Bär mit Zahnschmerzen«, flüsterte er Trevor laut zu, als er sich an den Tisch setzte.

»Das ist mir auch schon aufgefallen«, erwiderte Trevor mit demselben übertriebenen Flüstern.

Dillon war das ganz egal. Er nahm Brians Platz ein, und Jessicas frischer Duft reizte seine Sinne, als er sich über ihre Handfläche beugte.

Fast hätte sie ihre Hand zurückgezogen, denn sein warmer Atem ließ kleine Blitze über ihren Arm tanzen. Seine Hüften waren zwischen ihren Beinen eingekeilt, und die kleinste Bewegung erzeugte Reibung auf den Innenseiten ihrer Oberschenkel und sandte Feuer in ihren tiefsten Kern. Unerwartete Zuckungen durchliefen ihren Körper, als er näher rückte und sein Kopf ihre Brüste streifte. Sie biss sich auf die Unterlippe, um nicht zu stöhnen. Ihre Brüste waren so empfindlich, dass sie die leichteste Berührung kaum ertragen konnte. Als er ihre Handfläche untersuchte, streifte seine Stirn ihr Oberteil direkt über ihren straffen Brustwarzen. Feuerzungen leckten an ihren Brüsten, und ihr Körper verlangte pochend und pulsierend nach Erlösung. Eine kleine Bewegung seines Kopfes hätte genügt, um ihr schmerzendes Fleisch in seinen heißen, feuchten Mund zu ziehen. Er sah ihr in die Augen, und beide stellten das Atmen ein.

»Was ist jetzt, wird sie es überleben?«, fragte Paul und ließ das Netz sexueller Spannung zwischen ihnen zerreißen. »Wenn ihr beide da drüben nicht bald fertig seid, weiß der Rest von uns nämlich nicht, wie wir die Nacht überstehen sollen.«

»Heiliger Strohsack, Jess«, setzte Trevor an.

»Du wirst kein weiteres Wort sagen, junger Mann«, gebot Jessica ihm Einhalt. Sie hielt den Blick von Dillon abgewandt, denn das war die einzig sichere Lösung. Sie merkte, dass es ihm schwerfiel, den Verband anzubringen. Bei jeder Berührung seiner Finger durchliefen sie Schauer. Schließlich zog er ihre Handfläche auf seine Brust.

»Ich denke, das sollte genug Schutz sein«, sagte er sanft, bevor er mit seinen Handschuhen den Streifen nackter Haut auf ihrer Taille umfasste und sie auf den Boden stellte. »Es tut doch nicht weh, oder?«

Sie schüttelte den Kopf. »Danke, Dillon.«

»Wie lange wird es dauern, bis der verflixte Schnitt verheilt ist?«, fragte Don schroff. »Sie muss spielen können. Wir sind noch lange nicht fertig.«

»Bevor ihr heute aufgestanden seid, habe ich mehrere verschiedene Gitarrenspuren aufgenommen«, sagte Jessica. »Ich wollte ein paar Sachen ausprobieren. Ihr habt also zumindest Material, mit dem ihr arbeiten könnt.« Sie ging um Dillon herum und schlang ihre Finger in Trevors Haar, weil sie den Jungen unbedingt berühren musste, seinen knabenhaften Stolz aber nicht dadurch verletzen wollte, dass sie jetzt, nachdem er in Sicherheit war, allzu viel Wirbel um ihn veranstaltete.

»Was für Sachen?«, fragte Robert neugierig, und eine Spur von Eifer schwang in seiner Stimme mit. »Ich finde, das zusätzliche Saxophon war ein Geniestreich. Der orchestrale Hintergrund hat Wunder gewirkt. Du hast tolle Ideen, Jess.«

Dankbar lächelte Jessica ihn an. »Ich wollte unterschiedliche Gitarrenklänge aufnehmen. Ich habe die Sequenz benutzt, mit der wir gestern begonnen haben, sie aber um ein paar melodische Ausschmückungen erweitert. Ich wollte einen rauen Sound, der zum Text passt, und habe deshalb für den Rhythmus die Les Paul genommen. Trotzdem würde ich gern noch ein paar Schichten darüberlegen. Du solltest es dir mal anhören, Robert, und sehen, was du davon hältst. Ich dachte mir, wir könnten die Strat als Leadgitarre über den Rhythmus legen. Der Song könnte wirklich gewinnen, wenn man die verschiedenen Klänge übereinanderlegt.«

»Oder er wird überladen«, widersprach Don. »Dillon hat eine verdammt gute Stimme. Wir können ihn nicht einfach brutal übertönen.«

»Aber das ist doch gerade das Schöne daran, Don«, entgegnete Jessica. »Wir bleiben weiterhin bei klaren Klängen. Ganz einfach. Das erlaubt uns, sie übereinanderzulegen.«

Brenda ließ ihren Kopf dramatisch auf die Tischplatte sinken. »Ich wünschte, wir könnten mal einen einzigen Abend über etwas anderes als Musik reden.«

»Ich dachte, sie sprechen eine fremde Sprache«, stimmte Tara zu. Sie zog den Stuhl neben ihrer Tante heraus. »Wie langweilig.«

Jessica lachte. »Du willst doch nur die heiße Schokolade, die ich dir versprochen habe. Die bekommst du gleich. Trevor? Sonst noch jemand?«

»Du solltest nicht so unachtsam sein, Jessie«, sagte Don tadelnd zu ihr. »Wir haben nur wenig Zeit, um die Aufnahmen zusammenzuschustern. Du kannst es dir nicht leisten, deine Hände zu verletzen.«

Sie war gerade dabei, die Tassen aus dem Schrank zu nehmen, doch jetzt hielt sie in der Bewegung inne. »Ich hatte dich nicht als ein solches Arschloch in Erinnerung, Don. Warst du schon immer so oder ist das erst kürzlich passiert?« Wenn er Dillon noch einen Seitenhieb versetzte, würde sie ihm eine Tasse an den Kopf werfen. Es gab Wunden, die tief waren, und Don schien darin herumstochern zu wollen. Jessica holte Milch und Schokolade aus dem Kühlschrank, stellte die Tassen daneben und lächelte Don erwartungsvoll an.

Trevor und Tara tauschten einen langen belustigten Blick miteinander aus. Diesen Tonfall kannten sie, und er verhieß nichts Gutes für Don. Tara versetzte Brenda einen Rippenstoß, um sie mit einzubeziehen, und wurde mit einem verschmitzten Lächeln und einer hochgezogenen Augenbraue belohnt.

»So habe ich es nicht gemeint, Jess ... Ihr seid alle so überempfindlich«, erwiderte Don defensiv.

»Ich vermute, diesmal lassen wir es dir alle durchgehen, aber du musst wirklich an deinen Umgangsformen arbeiten. Manche Dinge sind akzeptabel, andere sind es nicht.« Ohne den Kopf zu wenden, erhob Jessica die Stimme. »Ich kann dir nur raten, mich nicht nachzuäffen, Trev.«

Die Zwillinge grinsten einander wieder an. Trevor hatte die Worte lautlos mitgesprochen, da er sie schon zahlreiche Male gehört hatte. »Nicht im Traum käme ich auf den Gedanken«, sagte er frech.

»Dillon, möchtest du eine Tasse heiße Schokolade?«, fragte Jessica arglos.

Dillon schüttelte heftig den Kopf, denn allein schon der Gedanke jagte ihm einen Schauer über den Rücken. »Ich kann das Zeug nicht mehr sehen. Im Zentrum für Brandopfer haben sie uns damit abgefüllt.«

»Warum hast du es dann überhaupt im Haus?«, erkundigte sich Jessica neugierig.

»Für Paul natürlich.« Dillon zwinkerte seinem Freund zu. »Er ernährt sich von kaum etwas anderem. Ich glaube, das ist sein einziges Laster.«

Jessica hielt einen Becher hoch. »Na, Paul, wie wäre es?«

»Heute ausnahmsweise nicht. Nach all der Aufregung könnte mich die Schokolade gegen meinen Willen wach halten.« Er strich Tara über das Haar.

»Warum haben sie euch damit abgefüllt, Dad?«, fragte Tara neugierig.

Einen Moment lang herrschte Stille. Dann schlang Brenda lässig einen Arm um Taras Schultern. »Eine gute Frage. Wollten sie euch damit zwangsernähren?«

»Mehr oder weniger.« Dillon sah Paul so hilflos an, dass es Jessica in der Seele wehtat.

Paul nahm ihm die Antwort ab und blieb dabei vollkommen sachlich. »Brandopfer brauchen Kalorien, Tara, jede Menge Kalorien. Da, wo dein Vater war, hat man diesen Bedarf mit Schokoladengetränken abgedeckt, aber sie haben nicht gut geschmeckt, die Mischung war grauenhaft, und er musste sie ständig trinken.«

»Sie haben dir den Geschmack an Schokolade verdorben?«, fragte Tara ihren Vater entrüstet. »Das ist ja furchtbar.«

Dillon sah sie mit einem atemberaubend schelmischen Lächeln an. »Ich denke mal, das war ein geringer Preis für das Überleben.«

»Schokolade tröstet mich über alles hinweg«, gestand Tara. »Was ist es bei dir?«

»Darüber habe ich mir nie wirklich Gedanken gemacht«, gestand Dillon. In seinem Leben hatte es keinen Trost gegeben, seit er seine Familie, seine Musik und alles andere verloren hatte, das ihm am Herzen lag. Bis Jessica aufgetaucht war. Nur sie vermittelte ihm ein Gefühl von innerem Frieden. Er fühlte sich getröstet, wenn sie in seiner Nähe war, trotz der überwältigenden Gefühle und der explosiven Chemie zwischen ihnen. Aber das konnte er seiner dreizehnjährigen Tochter wohl kaum erklären. Wenn er selbst es nicht verstand, wie hätte sie es dann verstehen können?

»Bei mir ist es auch Schokolade«, sagte Paul.

»Kaffee, so schwarz wie möglich«, warf Brenda ein. »Robert mag seinen Martini.« Sie blickte lächelnd zu ihm auf. »Ich treibe ihn zum Trinken.«

»Du treibst jeden zum Trinken«, wandte Brian ein.

»Du hast schon literweise Bier geschlürft, bevor ich auf der Bildfläche erschienen bin«, sagte Brenda mit gelangweilter Miene. »Deine Sünden hast du nur dir selbst zuzuschreiben.«

»Wir waren zusammen im Kindergarten«, erinnerte Brian sie.

»Du warst schon damals nicht mehr zu retten.«

»Jetzt macht mal Pause«, flehte Don.

Jessica fand den Zeitpunkt ideal, um das Thema zu wechseln. »Wem gehört eigentlich der lange Umhang mit Kapuze?«, fragte sie mit geheucheltem Desinteresse. »Die Wirkung ist ziemlich dramatisch.«

»Ich habe einen«, sagte Dillon. »Ich habe ihn vor Jahren auf der Bühne getragen. An den habe ich schon ewig nicht mehr gedacht. Wieso fragst du danach?«

»Ich habe ihn ein paarmal gesehen«, sagte Jessica und sah Tara in die Augen. »Er wirkte so anders, dass ich ihn mir in Ruhe betrachten wollte.«

»Er muss irgendwo hier sein«, sagte Dillon. »Ich werde mich danach umsehen.«

Ein eisiger Hauch schien sich mit ihrer Frage in die Küche eingeschlichen zu haben. Jessica erschauerte. Wieder einmal regte sich der schreckliche Verdacht in ihrem Kopf. Hatte jemand Trevor vorsätzlich an genau diese Stelle gelockt? Das war ganz ausgeschlossen. Niemand konnte einen Erdrutsch exakt genug bestimmen, um jemandem eine Falle zu stellen. Sie wurde langsam wirklich paranoid. Dillon konnte den Umhang nicht getragen haben, als der Erdrutsch Trevor unter sich begraben hatte, denn er war mit ihr zusammen gewesen. Sie sah sich verstohlen in der Küche um, und ihr wurde klar, dass sie in Wirklichkeit sehr wenig über die anderen Bandmitglieder wusste.

»Ich erinnere mich an diesen Umhang!« Brenda richtete sich mit einem strahlenden Lächeln auf ihrem Stuhl auf. »Erinnerst du dich noch, Robert? Viv hat ihn geliebt. Sie hat ihn ständig um sich herumgewirbelt und so getan, als sei sie ein Vampir. Dillon, wir haben ihn für diese Halloween-Party in Hollywood von dir ausgeliehen, Robert hat ihn getragen, weißt du noch, Liebling?« Sie blickte zu ihrem Mann auf und tätschelte seine Hände, während er sanft ihre Schultern massierte.

»Ich erinnere mich auch daran«, sagte Paul. »Vor einem Monat hing er noch in deinem Kleiderschrank, Dillon, als die Hemden von der Reinigung zurückkamen und ich sie dort aufgehängt habe. Viv dachte dabei an Vampire, und du dachtest an Zauberer.«

»Ich dachte an Frauen«, sagte Brian. »Wisst ihr, wie viele Frauen mich in diesem Umhang und sonst gar nichts sehen wollten?« Er blähte seinen Brustkorb.

»Igitt.« Tara rümpfte die Nase.

»Da muss ich ihr Recht geben«, sagte Brenda. »Ich habe dieses Bild noch heute vor Augen.« Sie schlug sich die Hände vors Gesicht.

»Du fandest es toll«, widersprach Brian sofort. »Du hast mich angebettelt, damit ich ihn trage.«

»Haltet euch zurück«, sagte Jessica warnend.

»Stimmt doch gar nicht, du Idiot!« Brenda war entrüstet. »Ich mag ja vieles sein, Brian, aber ich habe Geschmack. Dich nackt in einem Vampircape herumtollen zu sehen, entspricht nicht meiner Vorstellung von sexy.«

»Weißt du, Brian«, sagte Robert im Plauderton, »ich mag dich wirklich, aber wenn du dir nicht genauer überlegst, womit du meine Frau necken willst, dann könnte es passieren, dass ich dir die Fresse polieren muss.«

»Mann, ist das cool«, sagte Tara und sah Robert mit ihren blauen Augen begeistert an. »Ich hätte nicht gedacht, dass er so cool ist, Brenda.«

Brenda war ganz und gar ihrer Meinung. »Ja, das ist er, nicht wahr?«, sagte sie und sah Tara strahlend an.

Dillon räusperte sich und griff ein, um das Thema zu wechseln. »Erzählt ihr uns von euren Weihnachtsbäumen?« Er wollte eine Verbindung zu den Kindern herstellen. Sie schienen sich seiner Reichweite stets um Haaresbreite zu entziehen. Bestand tatsächlich die Möglichkeit einer Zukunft, in der er nicht ständig an die

Qualen erinnert wurde, die er durchlitten hatte? Jessica gab ihm diese Hoffnung. Er schlang seine Arme von hinten um sie und schmiegte sich an ihren Rücken. Sie war die Brücke zwischen ihm und den Kindern, die Brücke, die von einer bloßen Existenz zu einem echten Leben führte.

»Wir haben zwei gefunden, die infrage kommen könnten«, sagte Trevor, »aber perfekt war keiner von beiden.«

»Muss ein Weihnachtsbaum perfekt sein?«, fragte Don.

»Perfekt für uns«, antwortete Trevor, bevor Jessica Atem holen und Feuer speien konnte. »Wir wissen genau, wonach wir suchen, stimmt's, Tara?«

»Ich rate euch, beim nächsten Mal vorsichtiger zu sein und auf den Wegen zu bleiben«, ermahnte Dillon die Kinder in seinem autoritärsten Tonfall.

»Es wird kein nächstes Mal geben«, murrte Jessica. »Das hält mein Herz nicht aus.«

Trevor rebellierte. »Ich wusste, dass du das sagen würdest, Jess. Das hätte jedem passieren können. Du drehst immer gleich durch, sogar wenn wir vom Fahrrad fallen.«

»Pass auf, was du sagst.« Dillons Mund wurde bedrohlich schmal. »Meiner Meinung nach, steht es Jessica und dem Rest von uns zu, uns Sorgen um euch zu machen. Schließlich warst du vollständig verschüttet, Trevor, und wir wussten nicht, ob du am Leben oder tot bist, ob du überhaupt noch Luft bekommst oder ob du in eine Million Splitter zerbrochen bist.« Seine Arme schlossen sich enger um Jessica, und er fühlte den Schauer, der sie durchlief. Mitfühlend schmiegte er sein Kinn an ihr Haar. »Besitzt den Anstand, uns erschüttert sein zu lassen. Aber macht euch keine Sorgen, wir kommen schon noch zu einem Weihnachtsbaum.«

Jessica wollte protestieren. Sie wollte nicht, dass Trevor das Haus überhaupt verließ, aber Dillon war sein Vater. Es war zwecklos, sich seiner Meinung zu widersetzen, aber sie würde *nicht* zulassen, dass die Zwillinge noch einmal allein aus dem Haus gingen, Vater hin oder her.

Dillon entging nicht, dass ihr Körper sich versteifte, aber sie blieb stumm. Er drückte einen schnellen Kuss auf ihren verführerischen Nacken. »Braves Mädchen.« Ihre Haut war so zart, dass er sein Gesicht daran reiben wollte. Es juckte ihn in den Fingern, seine Hände auf ihre Brüste zu legen. Mitten in der Küche und umgeben von allen anderen benebelten erotische Fantasien seinen Verstand.

»Tut mir leid, Jessie«, murmelte Trevor. »Ich habe diesen Kreis gesehen. Die beiden Kreise, einer innerhalb des anderen. Der, von dem du gesagt hast, er würde dazu benutzt, Geister anzurufen oder so ähnlich. Er war auf einen flachen Stein gezeichnet. Er hat richtig geleuchtet. Ich habe den Weg nur verlassen, weil ich ihn mir genauer ansehen wollte.«

Plötzlich herrschte Stille in der Küche. Nur der Wind war zu hören, ein leises, düsteres Heulen draußen zwischen den Bäumen. Jessica lief ein Schauer über den Rücken. Augenblicklich nahm sie die Veränderung an Dillon wahr. Da beide an der Kücheninsel lehnten, und sein Körper sie fast von Kopf bis Fuß berührte, konnte ihr seine plötzliche Anspannung nicht entgehen. Ein übermächtiges Gefühl, das über ihn hereingebrochen war, ließ ihn erbeben.

»Bist du ganz sicher, dass du einen doppelten Kreis gesehen hast, Trevor?« Dillons Gesicht war eine ausdruckslose Maske, doch seine Augen loderten.

»Ja«, antwortete Trevor, »er war klar und deutlich zu erkennen. Ich bin nicht nah genug herangekommen, um zu sehen, woraus er bestand, bevor alles auf mich herabgestürzt ist. Er war nicht auf den Felsen gezeichnet oder gemalt, wie ich anfangs gedacht hatte. Die Kreise bestanden aus etwas und waren auf den Stein gelegt worden. Das ist alles, was ich gesehen habe, bevor ich über einen Baumstamm gestolpert bin und alles auf mich runtergekracht ist. Ich habe in die kleine Kuhle an der Seite des Hügels gepasst und bin nur deshalb nicht zermalmt worden. Ich habe mir den Mund und die Nase zugehalten und flach geatmet, sobald nichts mehr nachkam, und gehofft, ihr würdet euch beeilen. Ich wusste doch, dass Tara euch so schnell wie möglich holen würde.«

Dillon sah seinen Sohn weiterhin an. »Brian, hast du diesen Schmutz in mein Haus gebracht? Hast du das im Ernst gewagt, nach allem, was passiert ist?«

Niemand bewegte sich. Niemand sagte etwas. Niemand sah den Schlagzeuger an. Brian seufzte leise. »Dillon, ich habe meinen Glauben, und ich praktiziere ihn, ganz gleich, wo ich bin.«

Dillon drehte langsam den Kopf um und spießte Brian mit seinem stählernen Blick auf. »Du praktizierst diesen Dreck hier? In meinem Haus?« Er richtete sich zu seiner vollen Größe auf, und in seiner Haltung lag etwas enorm Bedrohliches.

Dillon nahm am Rande wahr, dass Jessica äußerst behutsam eine Hand auf seinen Arm legte, um ihn zurückzuhalten, aber er sah sie nicht einmal an. Wut brandete in ihm auf. Die Erinnerungen, finster und abscheulich, stiegen auf, um ihn mit Haut und Haar zu verzehren. Schreie. Dieser Singsang. Der Gestank von Räucherstäbchen, der sich mit dem Moschusgeruch sexueller Lust verband. Das blanke Entsetzen auf Jessicas Gesicht. Ihr nackter Körper, mit widerwärtigen Symbolen bemalt. Die Hand eines Mannes, die ihre unschuldigen Rundungen schändete, während sich andere schwer atmend und obszön keuchend um sie drängten und zusahen, die mit ihren Händen ihre eigene Erregung fieberhaft steigerten, während sie ihren Anführer anspornten.

Galle stieg in ihm auf und drohte, ihn zu ersticken. Dillon widerstand dem Drang, seine Finger um Brians Kehle zu legen und zuzudrücken. Stattdessen blieb er vollkommen still stehen und ballte seine Hände zu Fäusten. »Nach all dem Schaden, der hier angerichtet worden ist, hast du es gewagt, diese Abscheulichkeiten in mein Haus einzuschleppen?« Sein Tonfall war ruhig und gefährlich, eine Drohung, die einem eiskalte Schauer über den Rücken jagen konnte.

»Trevor und Tara, ihr geht auf der Stelle nach oben.« Jetzt richtete sich auch Jessica auf, denn sie hatte große Angst vor dem, was passieren könnte. »Geht jetzt sofort und ohne jede Diskussion.«

Diesen speziellen Tonfall setzte Jessica nur äußerst selten ein. Die Zwillinge blickten von ihrem Vater zu Brian und verließen gehorsam das Zimmer. Trevor sah sich noch einmal um, weil er sich um Jessica sorgte, aber sie sah ihn nicht an und ihm blieb nichts anderes übrig, als mit Tara zu gehen.

»Ich will, dass du von dieser Insel verschwindest, Brian, und dich nie wieder hier blickenlässt.« Dillon stieß die einzelnen Worte klar und deutlich hervor.

»Ich gehe, Dillon.« Brians dunkle Augen verrieten, dass auch in ihm Wut aufstieg. »Aber vorher wirst du mich anhören. Ich habe weder jetzt noch früher etwas mit dem Okkulten zu tun gehabt. Ich betreibe keine Teufelsanbetung. Ich habe Viv nie in diese Szene hineingezogen, das hat ein anderer getan. Ich habe mein Bestes gegeben, um es ihr auszureden und sie dazu zu bringen, die Finger davon zu lassen.«

Jessica streichelte mit ihrer Hand beschwichtigend Dillons steifen Arm und spürte die Wülste auf seiner Haut, die Narben, Erinnerungen an diese Nacht des Grauens, die für alle Zeiten in sein Fleisch gemeißelt waren.

»Sprich weiter«, sagte Dillon mit rauer Stimme.

»Meine Religion ist alt, ja, das schon, aber es geht um die Anbetung der Erdgottheiten, der Geister, die in Harmonie mit der Erde leben. Ich verwende die magischen Kreise, aber ich rufe keine bösen Mächte an. Das verstieße gegen alles, woran ich glaube. Ich habe getan, was ich konnte, um Viv den Unterschied begreiflich zu machen. Sie war so anfällig für alles Destruktive.« Tränen funkelten in seinen Augen, und seine Mundwinkel zuckten. »Du bist nicht der Einzige, der sie geliebt hat, wir alle haben sie geliebt. Und wir alle haben sie verloren. Ich habe ebenso wie du mit angesehen, wie es mit ihr bergab ging. Als ich herausgefunden habe, dass sie sich mit dieser Schar von Teufelsanbetern eingelassen hatte, habe ich ehrlich alles in meiner Macht Stehende getan, um sie aufzuhalten.«

Dillon fuhr sich mit einer Hand durchs Haar. »Noch nicht mal das waren sie wirklich«, sagte er leise und seufzte schwer.

»Sie ist durchgedreht, als sie sich mit Phillip Trent eingelassen hat«, sagte Brian. »Alles, was er gesagt hat, hat sie in sich aufgesaugt, als sei es das Evangelium. Ich schwöre es dir, Dillon, ich habe versucht sie aufzuhalten, aber gegen seinen Einfluss bin ich nicht angekommen.« Er wirkte plötzlich zerbrechlich, und die Erinnerungen ließen sein Gesicht zerbröckeln.

Dillon fühlte, wie seine Wut nachließ. Er hatte Brian fast sein ganzes Leben lang gekannt. Er erkannte die Wahrheit, wenn er sie hörte. »Trent hat sie so schnell in eine Welt von Drogen und durchgeknallten Wahnvorstellungen hineingezogen, dass ich glaube, keiner von uns hätte sie aufhalten können. Ich habe ihn überprüfen lassen. Er hatte seine eigenen religiösen Praktiken und war auf Geld, Drogen und Sex aus, vielleicht auch auf Nervenkitzel, aber seine Rituale basierten auf nichts, was er nicht selbst frei erfunden hätte.«

Jessica trat einen Schritt zurück. Ihre Lunge brannte. Sie musste allein sein, fern von ihnen allen, sogar Dillon. Die Erinnerungen bedrängten sie von allen Seiten. Keiner der anderen wusste, was ihr zugestoßen war, und das Gespräch streifte die Grenzen eines Bereiches, den sie nicht betreten wollte.

»Es tut mir leid, Brian, ich schätze es ist immer einfacher, anderen die Schuld zuzuschieben. Ich dachte, das hätte ich hinter mir gelassen. Ich hätte mich mehr anstrengen müssen, sie in einer Klinik unterzubringen.«

»Ich praktiziere meine Religion nicht in deinem Haus«, sagte Brian. »Ich weiß, wie du dazu stehst. Ich weiß, dass du für den Fall, dein Generator könnte zusammenbrechen, lieber batteriebetriebene Lampen als Kerzen bereithältst, weil dir der Anblick einer offenen Flamme unerträglich ist. Ich weiß, dass du hier keine Räucherstäbchen oder andere Erinnerungen an das Okkulte sehen willst, und das werfe ich dir nicht vor, also nehme ich diese

Dinge mit nach draußen, um sie von deinem Haus fernzuhalten. Es tut mir leid – ich wollte dich nicht aufregen.«

»Ich hätte dich nicht beschuldigen dürfen. Lass nächstes Mal den Kreis hinterher verschwinden, damit die Kinder nicht neugierig werden. Ich will ihnen all das nicht erklären müssen.«

Brian sah ihn verwirrt an. »Ich habe nirgendwo in der Nähe des Weges oder auch nur in dieser Gegend eine Zeremonie vorbereitet.« Sein Protest war nicht mehr als ein leises Murmeln.

Dillons Blick und seine Aufmerksamkeit hatten sich auf Jessica gerichtet. Sie war sehr blass. Ihre Hände zitterten, und sie hielt sie hinter ihren Rücken, als sie zur Tür zurückwich. »Jess.« Es war ein Protest.

Sie schüttelte den Kopf, und ihre Augen flehten ihn um Verständnis an. »Ich ziehe mich für heute zurück, ich möchte Zeit mit den Kindern verbringen.«

Dillon ließ sie gehen und sah zu, wie sie sein Herz mitnahm, als sie aus der Küche eilte.

10

Tara hob die Decke an, damit Jessica darunterkriechen konnte. Jessica trug ihre Schlafanzughose und ein Trägertop. Das Haar fiel ihr gelöst über den Rücken, da sie sich schon zum Schlafengehen fertig gemacht hatte. Sie sprang über Trevors improvisiertes Bett und schlüpfte zu Tara unter die Decke. »Warum ist es so kalt im Zimmer?«

»Dein geheimnisvoller Fensteröffner hat in Taras Zimmer zugeschlagen«, sagte Trevor. »Das Fenster stand weit offen, und die Vorhänge waren vom Regen durchnässt. Es war ganz neblig im Raum, Jess.« Er erzählte ihr bewusst nichts von dem magischen Kreis aus der Asche von Räucherstäbchen auf dem Fußboden vor dem Bett, den er gemeinsam mit Tara mühsam weggewischt hatte. Wenn sie das herausfand, würde sie die beiden nie mehr aus den Augen lassen.

Jessica seufzte. »So was Albernes. Hier hat jemand einen Fimmel für offene Fenster. Was ist mit deinem Zimmer, Trev, hast du dort etwas Ungewöhnliches vorgefunden?«

»Nein, aber in meinem Zimmer habe ich ja auch die Videokamera aufgebaut«, sagte er mit einem frechen Grinsen. »Ich hatte den Eindruck, da war jemand und hat in meinen Sachen gekramt, und ich wollte die Täter auf

frischer Tat ertappen, falls sie nochmal zurückkommen.«
Er ließ sich anmerken, dass es ihm nicht ernst damit war.

»Und wen hast du in Verdacht und wonach haben sie deiner Meinung nach gesucht?«, fragte Jessica.

»Ich hatte angenommen, ich würde Brenda auf der Suche nach Bargeld erwischen«, gab er zu.

»Brenda ist mittlerweile nett«, widersprach Tara. »Die wühlt doch nicht in deinen stinkigen alten Socken, in denen du, wie jeder weiß, dein Geld versteckst.«

»Das weißt nur du.« Trevor sah sie finster an.

»Jetzt weiß ich es auch«, gab Jessica mit einem heimtückischen Lächeln zu bedenken.

»Erzählst du uns jetzt endlich, ob Dad Brian umgebracht hat oder nicht?« Trevor versuchte seine Worte möglichst beiläufig klingen zu lassen, doch eine Spur unterschwelliger Sorge war nicht zu überhören. »Ich sterbe vor Spannung.«

»Natürlich nicht. Brians Religion ist sehr alt, die Anbetung der Erde und der Gottheiten, die in Harmonie mit der Erde leben. Mit Teufelsanbetung und Okkultismus hat das nichts zu tun.« Sie zögerte und sah in die beiden identischen Gesichter. »Eure Mutter ist seinem Beispiel eine Zeit lang gefolgt, aber während ihres letzten Lebensjahres, als sie so krank wurde, ist sie einem Mann begegnet, der Phillip Trent hieß. Er war durch und durch verkommen.« Ihr wurde schon übel, wenn sie seinen Namen bloß aussprach. In dem Moment fühlte sie es, diese grässliche Kälte, die in einen Raum vordringen konnte, unnatürlich und ungeladen. Unter der Decke presste sie sich eine Hand auf den Magen, denn sie fürchtete, sich zu übergeben.

»Was hast du, Jess?« Trevor setzte sich kerzengerade auf.

Sie schüttelte den Kopf. Es war lange her. In einem anderen Haus. Dieser teuflische Mann war tot und nichts, was er ins Leben gerufen hatte, war zurückgeblieben. Alles war zu einem Haufen Asche niedergebrannt. Sie bildete sich nur ein, dass ein kalter Luftzug die Gardinen kaum merklich in Bewegung versetzte, obwohl das Fenster geschlossen war. Sie bildete sich nur ein, dass sie Augen auf sich fühlte, die sie beobachteten, und dass sie belauscht wurden. Dass, wenn sie über jene Zeit sprach, das Böse triumphieren würde. Dass es freigesetzt würde.

»Euer Vater kennt den Unterschied. Brian hat erklärt, dass er die Rituale aus Respekt vor Dillons Gefühlen nicht im Haus, sondern draußen vollzieht. Ich habe ihn nicht auf den Kreis in meinem Zimmer angesprochen, weil ich ihn unter vier Augen danach fragen möchte. Dillons Beschützerinstinkte erstrecken sich auf uns alle. Die beiden sind gute Freunde, und sie haben es ausdiskutiert.« Jessica erschauerte wieder, und ihre Blicke schossen durch das Zimmer in die dunkelsten Winkel. Sie fühlte sich unbehaglich. Erinnerungen lauerten viel zu dicht unter der Oberfläche. Sie krallte ihre Finger in die Bettdecke.

Tara beugte sich über sie und sah ihr forschend ins Gesicht. Sie warf ihrem Bruder einen Blick zu. Dann legte sie ihre Hand auf die Jessicas und streichelte sie liebevoll. »Erzähl uns die Weihnachtsgeschichte, Jessie. Dann geht es uns immer gleich viel besser.«

Jessica zog die Decke noch höher und schmiegte ihr Gesicht ans Kissen. Am liebsten hätte sie sich die Decke wie ein verängstigtes Kind über den Kopf gezogen. »Ich bin nicht sicher, ob ich mich genau daran erinnern kann.«

Trevor schnaubte ungläubig, setzte jedoch forsch an, die altbekannte Geschichte zu erzählen. »Es waren einmal zwei wunderschöne Kinder. Zwillinge, ein Junge und ein Mädchen. Der Junge war gescheit und sah gut aus, und alle liebten ihn, insbesondere die Mädchen aus der Nachbarschaft, und das Mädchen war ziemlich doof, ein dummes kleines Ding, aber er duldete sie großzügig.«

»In der wahren Geschichte ist es genau umgekehrt«, erklärte Tara verächtlich.

»In der wahren Geschichte sind sie beide wunderbar«, verbesserte Jessica und ließ sich von den Kindern mit dieser leicht durchschaubaren Masche ködern. »Die Kinder waren brav und freundlich und sehr liebevoll, und sie hätten viel Glück verdient gehabt, doch beide litten an einem gebrochenen Herzen. Sie verbargen es gut, aber der böse, heimtückische Zauberer hatte ihren Vater geraubt. Der Zauberer hatte ihn fern von den Kindern in einen Turm gesperrt, in einem bitterkalten Land, in dem keine Sonne schien und wo er nie das Tageslicht sah. Er lebte ohne Lachen, ohne Liebe und ohne Musik. Seine Welt war trostlos, und sein Leiden war groß. Er vermisste seine Kinder und seine einzig wahre Liebe.«

»Weißt du was, Jess«, warf Trevor ein, »als ich klein war, hat sich mir bei der Stelle mit der einzig wahren Liebe der Magen umgedreht, aber ich glaube, inzwischen gefällt sie mir.«

»Das ist das Beste von allem«, widersprach Tara entsetzt, weil der Sinn für Romantik bei ihrem Bruder so unterentwickelt war. »Wenn du das nicht einsiehst, Trev, dann hast du keine Chance, jemals bei den Mädchen anzukommen.«

Er lachte leise. »Die kriege ich schon noch, Schwesterchen, das ist erblich.«

Tara verdrehte die Augen. »Er ist so verrückt, Jessie, meinst du, es besteht noch Hoffnung für ihn? Beantworte das nicht, erzähl uns lieber, warum der böse Zauberer ihn fortgeholt und in den Turm gesperrt hat.«

»Er war ein wunderschöner Mann mit einem Engelsgesicht und dem Herzen eines Dichters. Er sang mit einer Stimme, die nur eine Gabe der Götter sein konnte, und wohin er auch ging, liebten ihn die Menschen. Er war freundlich und gut, und er tat stets sein Bestes, um jedem zu helfen. Mit seiner Musik und seiner wunderbaren Stimme brachte er Freude in das harte Leben anderer. Die Menschen liebten ihn so sehr, dass der Zauberer neidisch wurde und ihm sein Glück nicht gönnte. Er wollte, dass der Vater in seinem Inneren hässlich und gemein war, so grausam wie er selbst. Daher nahm der Zauberer dem Vater alles, was er liebte. Seine Kinder, seine Musik, seine einzig wahre Liebe. Der Zauberer wollte, dass er verbittert wurde, hasserfüllt und entstellt. Er ließ den Vater foltern und im Verlies des Turms abscheuliche Grausamkeiten an ihm begehen. Die teuflischen Schergen des Zauberers fügten ihm Schmerzen zu, entstellten ihn und warfen ihn dann in den Turm, zu einer Ewigkeit im Dunkeln verdammt. Dort ließen sie ihn allein, ohne einen Menschen, mit dem er reden konnte oder der ihn getröstet hätte, und seine Seele weinte.«

Jessicas Stimme stockte. Sie würden nie genau wissen, was ihm das Leben angetan und was es ihm genommen hatte. Die Zwillinge waren zum Zeitpunkt des Brandes fünf Jahre alt gewesen und hatten nur vage Erinnerungen an Dillon, wie er in den alten Zeiten gewesen war, an den überschäumenden charismatischen Poeten, der allen durch seine bloße Existenz so viel Freude bereitete.

»Die Kinder, Jess«, half Trevor ihr auf die Sprünge, »erzähl uns von ihnen.«

»Sie liebten ihren Vater von ganzem Herzen. Sie liebten ihn so sehr und vergossen so viele Tränen um ihn, dass der Fluss anschwoll und über die Ufer trat. Die einzig wahre Liebe ihres Vaters tröstete die Kinder und erinnerte sie immer wieder daran, dass er sich wünschen würde, seine Kinder seien stark und Beispiele dafür, wie er sein Leben immer gelebt hatte – indem er Menschen half und Menschen liebte und dort Verantwortung übernahm, wo andere sie nicht tragen wollten. Und die Kinder führten sein Erbe des Dienstes an den Menschen, der Loyalität und der Liebe weiter, obwohl ihre Seelen im Einklang mit der seinen weinten. Eines Nachts, als es kalt war und in Strömen regnete, als es so dunkel war, dass die Sterne nicht leuchten konnten, landete eine weiße Taube auf ihrem Fensterbrett. Sie war müde und hungrig. Die Kinder fütterten sie mit ihrem Brot und gaben ihr von ihrem Wasser. Die einzig wahre Liebe des Vaters wärmte den zitternden Vogel in ihren Händen. Zu ihrem Erstaunen sprach die Taube zu ihnen und sagte, Weihnachten stünde bevor. Sie sollten den perfekten Baum finden, ihn in ihr Haus holen und ihn mit kleinen Symbolen der Liebe schmücken. Aufgrund ihrer Güte würde ihnen ein Wunder gewährt werden. Die Taube sagte, sie könnten ungeahnte Reichtümer haben, sie könnten das ewige Leben haben. Aber die Kinder und die einzig wahre Liebe des Vaters sagten, sie wollten nur eines. Sie wollten, dass der Vater zu ihnen zurückkehrte.«

»Die Taube gab zu bedenken, dass er nicht mehr derselbe wie früher sein würde, er wäre verändert«, warf Tara eifrig ein.

»Ja, das ist wahr, aber das machte den Kindern und der einzig wahren Liebe des Vaters nichts aus. Sie wollten ihn zurückhaben, ganz gleich, in welcher Form. Sie wussten, dass sich an dem, was er in seinem Herzen trug, niemals etwas ändern würde.«

Draußen vor Taras Zimmer lehnte Dillon an der Tür und lauschte dem Klang von Jessicas wunderschöner Stimme, als sie ihre Weihnachtsgeschichte erzählte. Er hatte sich auf die Suche nach ihr gemacht, weil ihm der Kummer verhasst war, der sich auf ihrem Gesicht widergespiegelt hatte, und weil er die Alpträume vertreiben musste, die er in ihren Augen gesehen hatte. Er hätte sich ja denken können, dass sie bei den Zwillingen sein würde. Bei seinen Kindern. Seine Familie. Sie war auf der anderen Seite der Tür und wartete auf ihn, wartete auf ein Wunder. Tränen brannten in seinen Augen, liefen ihm ungehindert über die Wangen, schnürten seine Kehle zu und drohten ihn zu ersticken, während er der Geschichte seines Lebens lauschte.

»Haben sie den perfekten Baum gefunden?«, drängte Tara. Ihre Stimme hatte einen so hoffnungsvollen Klang, dass Dillon die Augen gegen eine neuerliche Flut von Tränen schloss, Tränen, die den tiefsten Winkeln seiner Seele entsprangen. Genug, um die Ufer des mythischen Flusses zu überschwemmen.

»Anfangs dachten sie, die Taube meinte Perfektion im Sinne von vollendeter Schönheit.« Jessica hatte die Stimme gesenkt, und er konnte sie nur noch mit Mühe hören. »Aber als sie sich im Wald umsahen, erkannten sie schließlich, dass es um etwas ganz anderes ging. Sie fanden einen kleinen, buschigen Baum, der im Schatten eines wesentlich größeren Baumes stand. Die unregelmäßigen Zweige hatten Lücken, aber sie wussten sofort, dass es der perfekte Baum für den Gabentisch war. Alle anderen hatten ihn übersehen. Sie fragten den Baum, ob er Lust hätte, mit ihnen Weihnachten zu feiern, und der Baum willigte ein. Sie bastelten herrlichen Schmuck und schmückten ihn mit großer Sorgfalt. Am Heiligen Abend saßen die drei da und warteten auf das Wunder. Sie wussten, dass sie den perfekten Baum gewählt hatten, als die Taube sich freudig im Geäst niederließ.«

Lange Zeit herrschte Schweigen. Das Bett quietschte, als hätte sich jemand umgedreht. »Jessie. Willst du uns nicht das Ende der Geschichte erzählen?«, fragte Trevor.

»Das Ende der Geschichte kenne ich noch nicht«, antwortete Jessica. Weinte sie? Dillon wäre es unerträglich gewesen, wenn sie geweint hätte.

»Natürlich kennst du es«, klagte Tara.

»Lass sie in Ruhe, Tara«, riet Trevor. »Lass uns jetzt einfach schlafen.«

»Ich erzähle sie euch an Weihnachten«, versprach Jessica.

Dillon lauschte der Stille im Zimmer. Seine Brust war zugeschnürt. Taumelnd wich er vor dem Schmerz zurück und wankte die Treppe hinauf in die Dunkelheit seines einsamen Turms.

Jessica lag da und lauschte den Lauten der schlafenden Zwillinge. Es war tröstlich, ihren gleichmäßigen Atem zu hören. Draußen schlug der Wind gegen die Fenster wie die Hand eines Riesen, der an den Fensterbänken rüttelte, bis die Scheiben alarmierend klapperten. Der Regen traf mit Wucht auf das Glas, ein stetiger Rhythmus, der beruhigend war. Sie liebte den Regen und den frischen, sauberen Duft, den er mit sich brachte. Sie atmete tief ein und glitt in einen leichten Halbschlaf. Nebelschwaden krochen ins Zimmer und trugen einen Geruch mit sich, den sie wiedererkannte. Sie roch Räucherstäbchen und runzelte die Stirn. Sie versuchte, sich zu bewegen, doch ihre Arme und Beine waren zu schwer, um sie zu heben. Alarmiert rang sie darum, wach zu werden, als sie erkannte, dass ihr Wegdämmern sie an ihren Träumen vorbei zu ihrem allzu vertrauten Alptraum geführt hatte.

Sie wollte sie nicht ansehen, keinen von ihnen. Sie hatte das Grauen hinter sich gelassen und sich an einen Ort begeben, an dem sie gefühllos war. Sie bemühte sich, nicht zu atmen. Sie wollte sie nicht riechen und auch nicht den Weihrauch, und sie wollte auch nicht den Singsang hören oder daran denken, was ihrem Körper zustieß. Sie spürte die Hand auf sich, die sie grob berührte, während sie den Angriff hilflos über sich ergehen lassen musste. Sie hatte sich gewehrt, bis ihr die Kraft ausgegangen war. Nichts würde diesem wahnsinnigen Gebaren Einhalt gebieten, und sie würde es über sich ergehen lassen, weil ihr gar keine andere Wahl blieb.

Die Hand drückte fest zu und stocherte an empfindlichen geheimen Orten. Sie wollte nichts fühlen, wollte nicht wieder schreien. Die Tränen konnte sie nicht zurückhalten; sie rannen ihr über das Gesicht und fielen auf den Fußboden. Ohne jede Vorwarnung wurde die Tür eingetreten, die daraufhin zersplittert und schief an geborstenen Angeln hing. Mit seinem verzerrten Gesicht und den wutentbrannten blauen Augen sah Dillon aus wie ein Racheengel.

Sie wand sich, als er sie ansah, als er die Obszönität dessen sah, was sie ihr antaten. Sie wollte nicht, dass er sie so sah, nackt und bemalt, während etwas Teuflisches ihren Körper berührte. Er bewegte sich so schnell, dass sie nicht sicher sein konnte, ob er tatsächlich da war, und riss Phillip Trent von ihr fort. Sie hörte das Geräusch einer Faust, die auf Fleisch traf, und sah Blut in die Luft aufsprühen. Sie war hilflos, zu keiner Bewegung in der Lage und unfähig zu sehen, was passierte. Sie hörte Schreie, Ächzen, das Splittern eines Knochens. Geschriene Obszönitäten. Sie roch Alkohol und war sicher, dass sie nie mehr fähig sein würde, diesen Gestank zu ertragen.

Und dann hüllte er sie in sein Hemd und löste die Schnüre, mit denen ihre Hände und Füße gefesselt waren. Als er sie hochhob, strömten Tränen über sein Gesicht. »Es tut mir leid, Kleines, es tut mir so leid«, flüsterte er mit den Lippen an ihrem Hals, als er sie aus dem Zimmer trug. Sie erhaschte Blicke auf zertrümmerte Möbelstücke, Glasscherben und wüst verstreute Gegenstände. Als er sie hinaustrug, wanden Körper sich auf dem Boden und stöhnten. Seine Hände waren blutig, aber sanft, als er sie in ihr Bett legte und sie sanft in seinen Armen wiegte, während sie weinte und schluchzte, bis ihrer beider Herzen gebrochen waren. Sie flehte ihn an, niemandem zu erzählen, wie er sie vorgefunden hatte.

Sie hatte keine Ahnung, wie viel Zeit verging. Er war von einer Wut erfüllt, die immer noch tödlich war. Er wandte ein, sie bräuchte ihre Mutter, und dann verließ er ihr Zimmer, um sich irgendwo draußen abzuregen, wo er niemandem etwas antun konnte. Sie schrubbte sich unter der Dusche, bis ihre Haut aufgescheuert war und ihr keine Tränen mehr geblieben waren. Sie zog sich an, wobei ihre Hände so sehr zitterten, dass sie ihre Bluse nicht zuknöpfen konnte, als sie die Salve von Schüssen durch das Haus knallen hörte. Der Brandgeruch war überwältigend. Es dauerte eine Weile, bis sie begriff, dass es nicht der Dampf aus dem Badezimmer war, der das Zimmer verschwimmen ließ, sondern dichte Rauchwolken. Sie musste durch den Flur zum Zimmer der Zwillinge kriechen. Sie weinten und hatten sich unter dem Bett versteckt. Flammen fraßen sich gierig durch den Flur und an den Vorhängen hinauf. Es war unmöglich, zu den anderen zu gelangen.

Sie zerrte die Kinder zu dem großen Fenster, stieß sie hinaus und folgte ihnen, ließ sich auf die Erde fallen und kam auf dem glitschigen Boden ins Rutschen. Tara kroch blindlings voran, weil Tränen aus ihren geschwollenen Augen strömten und sie am Sehen hinderten. Sie schrie laut auf, als sie über den Rand der Klippe schlitterte. Jessica sprang mit einem Satz hinter ihr her. Sie rollten und holperten und rutschten bis zum Meer hinunter. Tara verschwand in den Wogen, und Jessica stürzte hinter ihr her. In die Tiefe. In die Dunkelheit. Das Salzwasser brannte. Es war eiskalt. Ihre Finger streiften das Hemd des Kindes und glitten ab, sie packte wieder zu, erwischte eine Handvoll Stoff und hielt daran fest. Mit kräftigen Beinschlägen gelangte sie an die Wasseroberfläche und kämpfte sich mit ihrer Last durch die stampfenden Wogen. Sie lagen gemeinsam auf den Felsen und schnappten keuchend nach Luft, das Kind in ihren Armen. Ihre Welt in Trümmern.

Schwarzer Rauch. Lärm. Orangefarbene Flammen, die bis zu den Wolken reichten. Schreie. Ermattet zog sie Trevor in ihre Arme, als er sich ihnen anschloss. Gemeinsam stiegen sie langsam den Pfad hinauf, der zur Haustür führte. Dort sah sie Dillon liegen. Er lag regungslos da. Sein Körper war schwarz, seine Arme ausgestreckt. Er gab keinen Laut von sich, doch seine Augen schrien, als er schockiert auf die geschwärzten Überreste seines zerstörten Körpers hinabsah. Er blickte zu ihr auf. Sah an ihr vorbei auf die Kinder. In dem Moment verstand sie, warum er sich in ein brennendes Inferno gestürzt hatte. Ihre Blicke trafen sich. Er blickte ähnlich hilflos zu ihr auf, wie sie zu ihm aufgeblickt haben musste, als er sie gerettet hatte. Zeit ihres Lebens würde sie den Ausdruck auf seinem Gesicht nicht vergessen, das Entsetzen in seinen Augen. Sie hörte sich selbst schreien, weil sie es nicht wahrhaben wollte. Immer wieder. In dem Laut drückten sich reine Seelenqualen aus.

»Jessie.« Trevor rief leise ihren Namen. Er hatte einen Arm um Tara geschlungen. Sie sahen hilflos zu, wie Jessica sich dicht neben dem Fenster an die Wand presste und immer wieder schrie, ihr Gesicht eine Maske des Entsetzens. Ihre Augen waren geöffnet, doch die Zwillinge wussten, dass Jessica nicht sie sah, sondern etwas anderes, etwas, das für sie lebhaft und real vorhanden war, das sie selbst jedoch nicht sehen konnten. Nachtängste waren gespenstisch. Jessica war in einem Alptraum gefangen und oft verschlimmerte es sich durch alles, was sie taten.

Die Tür zu ihrem Schlafzimmer wurde aufgerissen, und ihr Vater kam hereingestürzt, während er sich noch die Jeans zuknöpfte. Er trug kein Hemd und war barfuß. Sein Haar war wüst zerzaust und fiel wie dunkle Seide um sein vollendet geformtes Gesicht. Seine Brust und seine Arme waren ein dichtes Geflecht aus starren Wülsten und Wirbeln aus roter Haut. Die Narben zogen sich über seine Arme und breiteten sich auf seiner Brust bis zu seinem Bauch aus, wo sie in normale Haut übergingen.

»Was zum Teufel geht hier vor?«, fragte Dillon, doch sein wilder Blick hatte bereits Jessica gefunden, die noch an die Wand gepresst war. Er warf einen Blick auf seine Kinder. »Ist alles in Ordnung mit euch?«

Tara starrte das Narbengeflecht an. Nur mit Mühe konnte sie ihren Blick davon losreißen und ihm ins Gesicht sehen. »Ja. Sie hat Alpträume. Das ist ein ganz schlimmer.«

»Tut mir leid, dass ich mein Hemd vergessen habe«, sagte Dillon sanft zu ihr, bevor er seine Aufmerksamkeit wieder Jessica zuwandte. »Wach auf, Kleines, es ist vorbei«, gurrte er leise. Seine Stimme war gesenkt und unwiderstehlich, nahezu hypnotisch. »Ich bin es, meine Süße, du bist hier in Sicherheit. Ich lasse nicht zu, dass dir jemand etwas antut.«

Tara drehte den Kopf um, als sich weitere Personen in der Tür ihres Zimmers drängten. Sie musste gegen die Tränen anblinzeln, damit sie erkennen konnte, wer es war. Trevor schlang seinen Arm um sie, um ihr Trost zu spenden, und sie nahm ihn an.

»Gütiger Himmel«, sagte Brenda, »was ist denn nun schon wieder passiert?«

»Schick sie fort, Trevor«, ordnete Dillon an, »und dann verschwindet ihr und macht die Tür hinter euch zu.«

Trevor befolgte seine Aufforderung sofort. Er wollte nicht, dass jemand Jessica anstarrte und sie in einem derart kritischen Zustand sah. Und ihm gefiel auch nicht, wie sie den Oberkörper seines Vaters anstarrten. Er nahm Tara mit, bahnte sich einen Weg durch die Umstehenden, schloss energisch die Tür hinter sich und ließ Dillon mit Jessica allein. »Die Vorstellung ist beendet«, sagte er mürrisch. »Ihr könnt also ebenso gut wieder ins Bett gehen.«

Brenda sah ihn finster an. »Das hat man davon, wenn man behilflich sein will. Wenn Jessie mich braucht, macht es mir nichts aus, die ganze Nacht bei ihr zu sitzen.«

Zum Erstaunen aller Anwesenden schlang Tara Brenda ihre Arme um die Taille und blickte zu ihr auf. »Ich brauche dich«, vertraute sie ihr an. »Ich habe ihn schon wieder verletzt.«

Trevor räusperte sich. »Nein, das hast du nicht getan, Tara.« Er war froh zu sehen, dass sich die Bandmitglieder zerstreuten und nur Brenda und Robert zurückblieben.

»Doch, ich habe seine Narben angestarrt, und er hat es gemerkt«, gestand Tara und sah dabei zu Brenda auf. »Obwohl Jessie geschrien hat und er ihr unbedingt helfen wollte, hat er es gemerkt. Und er hat gesagt, es täte ihm leid.« Wieder stiegen Tränen in ihren Augen auf. »Ich wollte ihn nicht anstarren, ich hätte wegschauen sollen. Es muss ihm furchtbar wehgetan haben.«

Robert legte ihr unbeholfen die Hand auf den Kopf, weil er sie trösten wollte. »Wir konnten ihn nicht zurückhalten. Das Haus hat lichterloh gebrannt. Er hat nach dir und deinem Bruder und Jessica gerufen. Er ist auf das Haus zugerannt. Ich habe ihn festgehalten und Paul auch. Er hat uns beide abgeschüttelt.« Kummer und Schuldbewusstsein schwangen in seiner rauen Stimme mit. Robert unterbrach sich, rieb sich den Nasensteg und zog die Stirn in Falten.

Brenda legte die Hand auf seinen Arm, ganz beiläufig, als sei es nicht wichtig, aber Trevor sah, dass es wichtig war und dass sie Robert damit Halt gab. Robert lächelte auf Brendas Hand hinunter und beugte sich vor, um ihre Fingerspitzen zu küssen. »Er ist mitten durch die Wand aus Flammen ins Haus gerannt. Paul hat versucht ihm nachzulaufen, aber Brian und ich haben ihn mit Gewalt zurückgehalten. Das hätten wir auch mit Dillon tun sollen. Wir hätten ihn gewaltsam zurückhalten müssen.« Er schüttelte den Kopf, als die Erinnerungen ihn bestürmten.

Trevor streckte zu seinem eigenen Erstaunen seine Hand aus und berührte erstmals seinen Onkel. »Niemand hätte ihn zurückhalten können. Wenn es überhaupt etwas gibt, was ich über meinen Vater weiß, dann das: Von dem Versuch, uns rauszuholen, hätte ihn keiner abhalten können.« Er warf einen Blick zurück auf die geschlossene Tür. Jessicas Schreie waren verstummt. Er konnte Dillons Stimme leise murmeln hören. »Niemand hätte ihn von dem Versuch abhalten können, zu Jess zu gelangen.«

Robert blinzelte und richtete seinen Blick auf Trevor. »Du bist ihm so ähnlich, so, wie er früher war. Tara, was ich euch zu sagen versuche, ist: Fürchtet euch nicht davor, die Narben eures Vaters anzusehen. Schämt euch niemals seines Äußeren. Diese Narben sind ein Beweis dafür, wie sehr er euch liebt und wie viel ihr ihm bedeutet. Er ist ein großartiger Mann, jemand, auf den ihr stolz sein solltet, und ihr werdet für ihn immer an erster Stelle stehen. Das haben nur wenige Menschen, und ich finde es wichtig, dass ihr wisst, was ihr an ihm habt. Ich hätte niemals in dieses Haus laufen können. Keiner von uns Übrigen konnte sich dazu durchringen, noch nicht einmal dann, als wir die Schreie gehört haben.«

»Tu das nicht, Robert«, sagte Brenda mit scharfer Stimme. »Niemand hätte diese Menschen retten können.«

»Schon gut, ich weiß.« Er rieb sich mit einer Hand das Gesicht, um die Schrecknisse der Vergangenheit auszulöschen, und rang sich entschlossen ein Lächeln ab. Jetzt musste er das Thema wechseln. »Ist jemand zu einem von Brendas albernen Brettspielen aufgelegt? Sie kann nicht genug davon kriegen.«

»Ich gewinne immer«, warf Brenda selbstgefällig ein.

Trevor warf einen besorgten Blick auf die geschlossene Tür und wandte seine Aufmerksamkeit dann wieder seiner Tante zu. »Ich gewinne immer«, konterte er.

Tara nahm Robert an der Hand. »Das stimmt«, vertraute sie ihm an.

»Dann wird es ein harter Kampf«, beschloss Brenda und ging zu ihren Räumlichkeiten voraus. »Ich verabscheue es, zu verlieren, egal, wobei.«

»Hast du wirklich Versicherungen auf uns abgeschlossen?«, erkundigte sich Trevor neugierig, als er ihr durch den Flur folgte.

»Natürlich, Herzchen, du bist ein Junge, da stehen die Chancen, dass du Dummheiten begehst, viel besser«, bemerkte Brenda selbstgefällig. »Die ganze schöne Knete«, fügte sie hinzu und grinste ihn über ihre Schulter an.

Trevor schüttelte den Kopf. »Die Masche kaufe ich dir nicht mehr ab, *Tantchen*. Du bist nicht das böse Mädchen, für das du von allen gehalten werden willst.«

Brenda zuckte sichtlich zusammen. »Sag das nicht nochmal, das ist ein Sakrileg. Und übrigens, mit deinen goldigen kleinen Streichen jagst du mir nicht die geringste Angst ein, du kannst sie also auch gleich bleibenlassen.«

»Ich spiele niemandem goldige kleine Streiche«, widersprach Trevor, der an ihrer Wortwahl Anstoß nahm. »Wenn ich dir einen Streich spielen würde, dann wäre der weder goldig noch klein. Und du würdest dich fürchten. Ich bin ein Meister im Streichespielen.«

Brenda stieß die Tür zu ihrem Zimmer auf und zog eine Augenbraue hoch, als er ihr in ihre Suite vorausging. »Ach, wirklich? Was ist dann mit dem vermummten Gesicht, das am Fenster auftaucht, und mit den geheimnisvollen Nachrichten, die auf meinen Schminkspiegel geschrieben werden? *Verschwinde, ehe es zu spät ist.*« Sie verdrehte die Augen. »Also, wirklich! Total kindisch. Und wie erklärst du, dass das Wasser in die Badewanne läuft, wenn der Stöpsel im Abfluss ist, und dass ständig Dunst im Zimmer hängt? Wenn ich nicht wüsste, dass du es bist, wäre es mir unheimlich. Das offene Fenster und Brians magischer Kreis, das ist wirklich ein guter Einfall, um den Verdacht auf ihn zu lenken. Wir alle haben darüber geredet, und wir wissen, dass ihr beide es seid. Sogar dieser räudige Hund steckt mit euch unter einer Decke. Er knurrt den Dunst an und starrt ins Nichts und das bloß, um uns zu erschrecken.«

Kurze Zeit herrschte Schweigen. Tara und Trevor tauschten einen langen Blick miteinander aus. »Steht dein Fenster offen, wenn du in dein Zimmer kommst?«, fragte Tara mit gepresster Stimme. »Und das ganze Zimmer ist voller Nebel oder Dampf?«

Robert sah sie scharf an. »Willst du damit sagen, dass ihr Kinder nicht hinter diesen Streichen steckt?« Er schenkte beiden ein Soda aus dem kleinen Eisschrank ein, den sie in ihrem Zimmer stehen hatten.

Trevor schüttelte den Kopf und leerte das Glas fast auf einen Zug. Er hatte gar nicht bemerkt, wie durstig er war. »Nein. Und Jessicas Fenster steht auch ständig offen.« Sein Verneinen ließ einen eisigen Hauch ins Zimmer ein. »Taras Fenster stand heute Abend offen. Und sowohl in Jessies als auch in Taras Zimmer war auf dem Boden einer dieser Kreise aus der Asche verbrannter Räucherstäbchen. Jess hat Dillon nichts davon gesagt, weil sie befürchtet, er würde die Aufnahmen sofort beenden. Sie meint, es sei wichtig für ihn und alle anderen, dass sie Musik machen.«

Robert und Brenda sahen einander lange an. »Wenn ihr uns die Streiche gespielt habt, dann könnt ihr es uns ruhig sagen«, beharrte Robert. »Wir wissen, dass Kinder solche Dinge tun.« Er zog ein Brettspiel aus dem Schrank und trug es zum Tisch.

»Cluedo! Wie angemessen für eine dunkle und stürmische Nacht, wenn wir gerade über geheimnisvolle Vorfälle reden«, scherzte Brenda, als sie das Spielbrett und das Zubehör auf dem kleinen Tisch ausbreiteten.

»Wir waren es nicht«, beharrte Trevor. »Ich weiß nicht, wer dahintersteckt oder warum, aber jemand will uns von hier vertreiben.«

»Warum sagst du das?«, fragte Robert mit scharfer Stimme, während er die Kartenstapel auslegte.

Trevor fiel auf, dass sein Blatt für Notizen voll war. Er knüllte es zusammen und sah sich nach einem Papierkorb um. Er hätte es gern hineingeworfen, um an seiner Wurftechnik zu feilen, aber das ging nicht, weil der Papierkorb mit Zeitungen gefüllt war. Seufzend stand er auf und ging hin. Aus irgendeinem Grund begann sich sein Magen unangenehm zu verkrampfen, und seine Haut fühlte sich feucht an. Das Gespräch setzte ihm viel mehr zu, als ihm bewusst gewesen war. »Ich weiß nicht recht, ich habe ständig das Gefühl, jemand beobachtet uns. Wir haben den Hund ins Haus gelassen, und er fängt an zu knurren und richtet seinen Blick auf die Tür, obwohl wir alleine im Zimmer sind. Das Fell auf seinem Rücken stellt sich auf. Es ist unheimlich. Aber wenn ich nachsehen gehe, ist niemand da.«

»Normalerweise würde ich glauben, du denkst dir das alles aus«, sagte Robert, »aber hier haben sich auch eigenartige Dinge zugetragen Wir dachten, ihr Kinder steckt dahinter, und deshalb haben wir nichts gesagt, aber mir gefällt das alles gar nicht. Habt ihr es Jessie erzählt?«

Trevor bückte sich, um den Zettel in den Papierkorb zu drücken. Die Zeitung fiel ihm ins Auge. Sie hatte Löcher an Stellen, an denen Worte ausgeschnitten worden waren. Er sah sich nach seiner Tante und seinem Onkel um. Sie stellten gerade die Spielfiguren auf das Brett. Tara sah blass aus und hatte die Stirn gerunzelt. Sie hielt sich den Magen, als hätte auch sie Krämpfe. Trevor hob die Zeitung ein wenig an. Er fühlte sich an Filme erinnert, in denen Lösegeldforderungen aus Zeitungsschnipseln auf Papier geklebt wurden. Taras Glas war leer. Die Furcht jagte ihm einen Schauer über den Rücken. Ganz langsam richtete er sich wieder auf und entfernte sich unauffällig von dem Beweisstück im Papierkorb.

»Nein, ich habe Jessie so gut wie nichts erzählt. Sie war mit den Aufnahmen beschäftigt, und sie ist ist ohnehin schon so überängstlich.« Er sah seiner Tante mitten ins Gesicht. »Mir ist ein bisschen übel. Das liegt doch nicht am Soda, oder?«

»Ich fühle mich auch nicht besonders gut«, gab Tara zu.

Brenda beugte sich besorgt über Tara. »Habt ihr eine Magenverstimmung?«

»Sag du es mir«, antwortete Trevor herausfordernd. Eine Woge von Übelkeit brach über ihn herein. »Wir brauchen Jessie.«

Brenda rümpfte die Nase. »Ich bin durchaus fähig, zwei kleine Kinder zu versorgen, die sich den Magen verdorben haben.«

»Das hoffe ich«, sagte Tara, »weil ich mich jetzt übergeben werde.« Sie rannte zum Bad und hielt sich den Bauch.

Brenda wirkte im ersten Moment in die Enge getrieben, eilte ihr dann aber hinterher.

11

»Jess, Kleines, kannst du mich jetzt hören? Weißt du, wer ich bin?« Dillon setzte seine Stimme schamlos ein, eine samtene Mischung aus Glut und Rauch. Er machte nicht den Fehler, sich ihr zu nähern, da er wusste, dass er dann zu einem Bestandteil ihrer beängstigenden Welt werden würde. Stattdessen schaltete er das Licht ein und tauchte das Zimmer in einen sanften Schein. Er ging ihr gegenüber in die Hocke und seine Bewegungen waren langsam und anmutig. »Liebling, komm jetzt zurück zu mir. Du brauchst nicht an diesem Ort zu sein, du gehörst nicht dorthin.«

Sie blickte starr vor sich hin, auf etwas hinter seiner Schulter. In ihren Augen stand das blanke Entsetzen, ein solches Grauen, dass er tatsächlich den Kopf umdrehte und damit rechnete, etwas zu sehen. Es war eiskalt im Zimmer. Das Fenster hinter ihr stand weit offen, und die Gardinen flatterten wie zwei weiße Flaggen. Ihm war nicht wohl dabei zumute. Jessica presste sich an die Wand, tastete mit den Händen unruhig um sich und suchte nach einem Zufluchtsort. Ihm stockte der Atem, als ihre Finger das Fensterbrett streiften und sie ihm unauffällig näherrückte.

»Jess, ich bin es, Dillon. Sieh mich an, Kleines, du sollst wissen, dass ich bei dir bin.« Er richtete sich langsam auf und verlagerte sein Gewicht auf die Fußballen. Seine eigene Furcht war mittlerweile so groß, dass sein Herz heftig schlug. Ihre Schreie hatten aufgehört, aber sie starrte etwas an, das er nicht sehen und nicht bekämpfen konnte.

Mit einem leisen Stöhnen warf sich Jessica gegen das offene Fenster und kroch hinaus so schnell sie konnte. Im nächsten Augenblick hatte Dillon mit seinen Händen ihre Taille gepackt und zog sie in das Zimmer zurück. Sie wehrte sich wie ein wildes Tier, griff nach der Fensterbank und den Gardinen und grub ihre Fingernägel in das Holz, während sie verzweifelt zu entkommen versuchte.

»Es geht tief hinunter, Jess«, sagte Dillon und verrenkte sich, um ihren Tritten zu entgehen. Es gelang ihm, sie niederzuringen, ohne ihr wehzutun, und als er sie auf dem Boden hatte, setzte er sich auf sie und hielt ihre Arme fest, damit sie sich selbst nicht verletzen konnte. »Wach auf. Sieh mich an.«

Ihr Blick ging weiterhin durch ihn hindurch; sie war in einem Netz gefangen, das er nicht durchtrennen konnte. Als sie aufhörte, sich zu wehren, zog er sie auf seinen Schoß, hielt sie eng umschlungen und sang ihr leise etwas vor. So lange er zurückdenken konnte, war das ihr Lieblingssong gewesen. Seine Stimme erfüllte das Zimmer mit Wärme, beschwichtigendem Trost und einem Versprechen von Liebe und Hingabe. Diesen Song hatte er in Zeiten voller Hoffnung geschrieben, als er noch an die Liebe und an Wunder geglaubt hatte. Als er noch an sich selbst geglaubt hatte.

Jessica blinzelte, sah sich um und richtete den Blick auf Dillons Engelsgesicht. Es dauerte einen Moment, bis sie begriff, dass sie auf seinem Schoß saß und er sie eng an sich presste. Sie sah sich nach den Zwillingen um, doch außer ihnen war niemand im Zimmer. Sie erschauerte, entspannte sich vollständig und ließ Dillons Stimme die letzten Überreste des Grauens vertreiben.

»Bist du zurück, Kleines?« Seine Stimme klang unendlich zärtlich. »Sieh mich an.« Er führte ihre Hände an seine Lippen und küsste ihre Finger. »Sag mir, dass du weißt, wer ich bin. Ich schwöre es dir, ich lasse nicht zu, dass dir etwas passiert.« Da Jessica auf seinem Schoß saß, trennte sie nur dünner Stoff voneinander, und dieses Wissen ließ seinen Körper erwachen. Ihr Top war sehr knapp geschnitten und bot ihm einen großzügigen Ausblick auf die zarte Haut über ihren Brüsten. Die Versuchung, sich vorzubeugen und sie zu kosten, war groß.

Ein kleines Lächeln zog ihre bebenden Mundwinkel hoch. »Das weiß ich, Dillon. Das habe ich immer gewusst. Habe ich Tara und Trevor einen Schrecken eingejagt?«

»Tara und Trevor?«, wiederholte er erstaunt. »*Mir* hast du einen gewaltigen Schrecken eingejagt.« Er drückte ihre Handfläche auf seine nackte Brust, direkt über seinem pochenden Herzen. »Viel mehr von der Sorte verkrafte ich nicht, wirklich nicht.« Er strich mit einer vernarbten Fingerspitze über ihre bebenden Lippen, ein leichtes Schaben, das sie als sehr sinnlich empfand. »Was zum Teufel soll ich mit dir anfangen? Wenn ich noch ein Herz hätte, müsste ich dir sagen, dass du dabei bist, es zu brechen.« Er hatte solche Angst um sie gehabt, dass er sein Zimmer mit entblößtem Oberkörper verlassen und obendrein das Licht eingeschaltet hatte, um ihre Traumwelt zu zerstreuen, ohne zu überlegen, wie viel es von ihm zeigen würde. Jetzt hielt er sie auf seinem Schoß, und sein vernarbter Körper war ihren Blicken ausgesetzt, das Letzte, was er beabsichtigt hatte.

»Es tut mir leid, Dillon.« Tränen schimmerten in ihren leuchtend grünen Augen. Ihre Lippen zitterten immer noch. »Ich wollte nicht, dass es so kommt. Ich wusste nicht, dass es so sein würde.«

Er kapitulierte mit einem Stöhnen. Es sollte ihr nicht leidtun – das war das Letzte, was er wollte. Er half ihr von seinem Schoß, stand auf und zog sie mit sich hoch, schlang ihr einen Arm um die Taille und zog sie an seine Seite. »Weine nicht, Jess, ich schwöre bei Gott, wenn du weinst, wird es mein Untergang sein.«

Sie schmiegte ihr Gesicht an seine Brust, an die Narben seines früheren Lebens. Sie zuckte nicht zusammen, sie starrte sie nicht einmal angewidert an. Seine Jessica. Sein einziges Licht in der Dunkelheit. Er konnte ihre Tränen nass auf seiner Haut fühlen. Mit einem Fluch hob er sie hoch und schmiegte seine leichte Last an sich. Es gab nur einen Ort, an den er sie bringen konnte, den einzigen Ort, an den sie gehörte. Rasch stieg er mit ihr die Stufen zum zweiten Stock hinauf, zu seinem Zufluchtsort, zur Höhle des verwundeten Tieres. Er trat die Tür hinter sich zu.

»Jage ich dir Angst ein, Jess?«, fragte er leise. »Sag es mir, wenn dir mein Aussehen Angst einjagt.« Er legte sie auf das breite Bett. »Sag mir, ob du fürchtest, ich sei in dieses Haus zurückgegangen und hätte getan, was mir die meisten Menschen unterstellen.«

Ihr Kopf ruhte auf dem Kissen, als sie in das hypnotische Blau seiner Augen sah und augenblicklich in diesem tiefen, aufgepeitschten Meer ertrank. »Ich habe mich nie vor dir gefürchtet, Dillon«, antwortete sie aufrichtig. »Du weißt, dass ich nicht glaube, du hättest in jener Nacht jemanden erschossen. Ich habe es nie geglaubt. Das Wissen, dass du ins Haus zurückgegangen bist, bevor die Schüsse fielen, ändert nichts daran, was ich über dich weiß.« Sie legte ihm eine Hand auf die Wange und ließ die andere leicht über seine Brust streichen. Was brachte ihn bloß auf den Gedanken, seine Narben könnten sie abstoßen? Er hatte sich in ein flammendes Inferno gestürzt, um seine Kinder zu retten. Seine Narben gehörten jetzt ebenso sehr zu ihm wie sein Engelsgesicht. Ihre Fingerspitzen glitten über einen starren Wulst aus Fleisch. Seine Tapferkeitsmedaille, das sichtbare Zeichen seiner Liebe – anders konnte sie seine Narben nicht sehen. »Und in meinen Augen warst du immer schön. Immer. Es war deine Idee, mich von dir fernzuhalten. Ich habe so oft versucht, dich im Zentrum für Brandopfer zu besuchen, aber du hast deine Einwilligung nicht gegeben.« Ihre Stimme klang verletzt und in ihren Augen stand Schmerz. »Du hast dich mir entzogen, und ich musste alleine zurechtkommen. Lange Zeit konnte ich ohne dich nicht atmen. Ich konnte mit niemandem reden. Ich wusste nicht, wie ich weitermachen soll.«

»Du hast etwas Besseres als das verdient, Jess«, sagte er grimmig.

»Was ist besser, Dillon? Ein Leben ohne dich? Der Schmerz vergeht nicht. Und die Einsamkeit auch nicht, weder für mich noch für die Kinder.«

»Ich wusste immer ganz genau, was ich tue und was ich wert bin.« Verwirrung huschte über sein Gesicht. »Meine Musik war für mich das Maß dessen, wer ich war und was ich zu bieten hatte. Jetzt weiß ich nicht, was ich dir geben kann. Aber du musst dir sicher sein, dass du mich wirklich willst. Ich kann dich nicht haben und dich dann wieder verlieren. Ich muss wissen, dass es dir dasselbe bedeutet wie mir.«

Jessica lächelte ihn an, als sie aufstand. Sie stellte sich vor die große gläserne Schiebetür, die auf den Balkon führte, denn sie wollte, dass jeder Lichtstrahl auf sie fiel, damit ein Irrtum ausgeschlossen war. Anstelle einer Antwort packte sie den Saum ihres Tops und zog es sich über den Kopf.

Als sie dastand, von der Glasscheibe umrahmt und ihm zugewandt, sah sie aus wie eine exotische Schönheit, ätherisch und außer Reichweite. Ihre Haut hatte einen seidigen Schimmer und bat um seine Berührungen. Ihre Brüste reckten sich ihm fest und üppig entgegen und waren so vollendet, dass sein Herz gegen den Brustkorb hämmerte und sein Mund trocken wurde. Sein Verlangen war so immens, dass seine Jeans spannte.

Er streckte die Hand nach der dargebotenen Gabe aus und streifte ihre zarte Haut. Sie fühlte sich genauso unwiderstehlich an, wie sie aussah. Jessica stockte der Atem, und sie zitterte, als er ihre Brüste in seine Hände nahm. Seine Daumen fanden die straffen Knospen und streichelten sie, während er sich vorbeugte und ihren Mund mit seinen Lippen verschloss.

Jessica wurde von zahlreichen Sinneswahrnehmungen zugleich bestürmt. Ihre Brüste, die schmerzhaft zum Leben erwacht waren, wollten seine Berührung, und seine Daumen sandten Blitze durch ihr Blut, bis ihr Unterleib vor Verlangen brannte. Jedes Nervenende stand unter Strom und sein seidiges Haar, das ihre Haut streifte, sandte winzige Pfeile der Lust durch ihren Körper. Sein Mund war hart und dominant, als er mit glühender Leidenschaft ihre Lippen berührte.

Draußen begann der Wind, der vom Meer zurückkam, zu stöhnen und an den Glastüren zu rütteln, als begehrte er Einlass. Dillons Mund löste sich von ihrem, um dem Schwung ihres Halses zu folgen und sich hungrig um ihre Brust zu schließen. Jessicas Körper zuckte heftig und sie umschloss seinen Kopf mit ihren Händen. Sein Mund war glühend heiß und saugte fest an ihr, ein Verhungernder, den man auf ein Festmahl losgelassen hat. Seine Hände glitten über ihren schmalen Brustkorb und zogen ungeduldig an dem Elastikband ihrer Schlafanzughose.

Die Anspannung in ihrem Körper nahm zu, bis sie keine Chance mehr hatte, die Glut zu kontrollieren. Die Schlafanzughose fiel zu Boden, und sie trat sie zur Seite und kostete aus, wie besitzergreifend seine Hände über sie glitten.

»Ich will dich schon so lange.« Er hauchte die Worte an ihre seidige Haut und wechselte zu ihrer anderen Brust über. Seine Finger streichelten die Rundung ihres Hinterns und fanden jede faszinierende Einkerbung, jede Vertiefung. »Ich kann nicht glauben, dass du wirklich bei mir bist.«

»Ich kann es auch nicht glauben«, gestand sie und schloss die Augen. Sie warf den Kopf zurück, um sich seinem gierigen Mund noch mehr entgegenzuwölben. Sie fühlte eine Wildheit in ihm aufsteigen, die ihn am Rande seiner Selbstbeherrschung entlangschlittern ließ. Das gab ihr ein Gefühl von Macht, das sie andernfalls nicht gehabt hätte. Er wollte sie mit derselben Heftigkeit wie sie ihn, und das erlaubte ihr eine Kühnheit, die sie sonst nie aufgeboten hätte. Ihre Hände fanden den Bund seiner Jeans. Sie rieb mit ihrer Handfläche über die harte Ausbuchtung, wie sie es schon im Wald getan hatte, und fühlte, wie der Atem aus seiner Lunge gepresst wurde. Er hob den Kopf und seine blauen Augen gruben sich wie ein Brandzeichen in sie.

Jessica lächelte ihn an, während sie seine Jeans aufknöpfte. »Das habe ich mir gewünscht«, vertraute sie ihm an, als sie ihn befreite. Er war dick und lang und bereit für sie, und in ihm pulsierten Glut und Leben. Ihre Finger schlangen sich mit einer besitzergreifenden Geste um ihn. Ihr Daumen streichelte die samtene Spitze, bis er laut stöhnte.

Mit äußerster Behutsamkeit übte er Druck auf sie aus und drängte sie zum Bett. »Ich will nicht noch länger warten, ich glaube nicht, dass ich es kann.«

Jessica kniete sich auf das Bett, streichelte ihn weiterhin und beugte sich vor, um seinen vollendet geformten Mund zu küssen. Sie liebte die Gier in seinem Blick. Seine Maße waren einschüchternder, als sie erwartet hatte, und daher ließ sie sich Zeit, um sich daran zu gewöhnen. Sie machte sich genüsslich über seinen Mund her, zog Spuren von Küssen über seine vernarbte Brust und ließ ihre Zunge sanft um seine dicke Eichel kreisen. Er bewegte sich ruckhaft unter ihr und schnappte hörbar nach Luft.

»Noch nicht, Kleines, wenn du das tust, explodiere ich. Leg dich auf den Rücken.« Seine Hände drückten sie bereits auf die Matratze, bis sie nackt dalag und seine Berührungen erwartete. Seine Hand strich liebkosend über ihren Körper, über ihre Brust, verweilte dort einen Moment, bis Jessica erschauerte, wanderte dann hinunter über ihren Bauch zu dem Dickicht aus Löckchen und ruhte schließlich auf ihrem Schenkel.

Er setzte sich auf, und sein Blick glitt langsam über ihren Körper. Sie war so wunderschön, als sie unruhig unter ihm auf dem Bett lag und ihn wollte, ihn begehrte, es sie einzig und allein nach ihm gelüstete. Es begeisterte ihn, wie das gedämpfte Licht liebevoll ihren Körper streifte und da und dort auf die Rundungen und Vertiefungen fiel, mit denen er sich gerade erst vertraut machte.

»Dillon.« Es war ein leiser Protest, weil er aufgehört hatte, sie zu berühren, wenn sie sich pochend vor Verlangen nach ihm verzehrte.

»Ich liebe es, dich zu betrachten, Jess.« Seine Hände spreizten ihre Schenkel eine Spur weiter, und seine Finger glitten in die feuchten Falten zwischen ihren Beinen. Sie zuckte zusammen, als er sie berührte, und mit einem kleinen Lustschrei stieß sie sich gegen seine Handfläche. Dillon lächelte sie an und beugte sich hinunter, um seine Zunge um ihren Nabel kreisen zu lassen. Die knappen Tops, die ihren flachen Bauch nicht ganz bedeckten, reichten aus, um ihm den Verstand zu rauben. Sein Haar streifte ihre empfindliche Haut, und er stieß seinen Finger tief in sie hinein. Augenblicklich zogen sich ihre Muskeln um ihn herum zusammen, samtweich, fest, feucht und heiß. Daraufhin schwoll er noch weiter an und pulsierte.

Ihre Hüften stießen sich ihm wollüstig entgegen. Jessica hatte bei Dillon keine Hemmungen. Sie wollte seinen Körper, und sie hatte nicht vor, sich zurückzuhalten; sie war entschlossen, jeden Seufzer der Lust auszukosten. Sie hatte auf die harte Tour gelernt, dass das Leben eine heikle Angelegenheit ist, und sie dachte gar nicht daran, sich aufgrund von Schamgefühl, Stolz oder Schüchternheit eine Gelegenheit entgehen zu lassen. Sie hob ihre Hüften, um seinem zustoßenden Finger entgegenzukommen, und die Reibung verursachte ein Kräuseln im Kern ihrer Glut.

Dillon knabberte verspielt an ihrem flachen Bauch und lenkte sie ab, während er sie etwas weiter dehnte und zwei Finger in ihrer weichen Glut versinken ließ. Für ihn zählte vor allem ihre Lust. Er war groß und dick, und er konnte deutlich erkennen, dass sie klein und eng war. Ihre samtigen Falten verlangten pulsierend nach ihm, und er nährte diese Gier, stieß tief zu, zog seine Finger zurück und drang dann wieder in sie ein, damit ihre Hüften seiner Führung folgten. »Genau das ist es, was ich will, meine Süße – dass du bereit für mich bist.«

»Ich bin bereit für dich«, sagte sie flehend und grub ihre Finger in sein Haar.

»Nein, noch nicht«, antwortete er. Sie fühlte seinen Atem warm auf der Wölbung ihrer Hüfte. Seine Zunge fand das Dreieck feuerroter Löckchen zwischen ihren Beinen und kostete ihre feuchte Glut. Zischend entwich ihr der Atem, und sie flüsterte flehend seinen Namen. Er hob den Kopf, um ihr ins Gesicht zu sehen. Ganz langsam zog er seine Finger zurück und führte sie an seinen Mund. Fasziniert sah sie zu, wie er ihren Saft von seiner Hand leckte. »Spreize deine Schenkel weiter für mich, Kleines.« Es war eine geflüsterte Lockung. »Gib dich mir hin.«

Feuer raste durch ihren Körper. Sie spreizte die Beine weiter für ihn, eine unmissverständliche Einladung. Sie war heiß und feucht vor Leidenschaft. Dillon presste seine Handfläche an ihren glühenden Eingang, damit die Vorfreude sie erschauern ließ. Dann senkte er langsam den Kopf.

Fast hätte sie aufgeschrien, als sie in dem Gefühl reiner Lust versank. Seine Zunge streichelte und erkundete, stieß sich in die heißen Falten, kreiste und neckte, und er saugte an ihr, bis sie ohne Sinn und Verstand seinen Namen schluchzte, sich unter ihm wand und hilflos die Hüften hochreckte, um die Erlösung zu finden, die nur er ihr bringen konnte. Er führte sie mehrfach den Pfad hinauf und trieb sie jedes Mal höher, bis ihr Körper immer wieder vor Lust bebte und er wusste, dass ihr Verlangen nach ihm groß genug war, um ihn tief in ihrem Körper zu akzeptieren.

Dillon kniete sich zwischen ihre Beine und beobachtete sich dabei, wie er nach ihrem feuchten Eingang tastete. Er wollte sehen, wie sie durch das Wunder der Leidenschaft zusammenkamen. Seine geschwollene Spitze stieß sich in sie. Sofort spürte er, wie sie ihn packte und ihre Muskeln sich um ihn herum schlossen. Das Gefühl erschütterte ihn derartig, dass er um Selbstbeherrschung rang. »Jess.« Er stieß ihren Namen durch zusammengebissene Zähne hervor, ehe er einen weiteren Zentimeter in sie hineinglitt und sich seinen Weg durch die engen Falten bahnte. Falls das überhaupt möglich war, wurde sie um ihn herum noch heißer. Seine Hände spannten sich auf ihren Hüften. »Sag mir, dass alles in Ordnung ist, Kleines.«

»Ja, mehr«, keuchte sie. Er drang weiter in sie ein und dehnte sie unermesslich, aber gleichzeitig wuchs ihr Verlangen nach ihm.

Seine Hände packten sie fester, und er stürmte voran, an ihrer Schranke vorbei, und begrub sich noch tiefer in ihr. Schweiß brach auf seiner Stirn aus. Nie zuvor hatte er dieses Gefühl purer Ekstase erlebt. Es fiel ihm schwer, nicht wie verrückt immer wieder in sie zu stoßen. »Sag mir, wie sich das anfühlt.« Er stieß die Worte heiser hervor und senkte den Kopf, um seine Zunge über ihre straffe Brustwarze gleiten zu lassen, woraufhin sie sich noch enger um ihn schloss.

»Es ist alles auf einmal, Dillon. Du bist groß, und du dehnst mich so, dass es ein bisschen brennt, aber gleichzeitig will ich mehr, ich will dich ganz in mich aufnehmen und dich tief in mir spüren«, antwortete sie aufrichtig. »Genau das will ich im Moment mehr als alles andere.«

»Ich auch«, gestand er und drang noch tiefer in sie ein. Das Gefühl erschütterte ihn. Ihre Muskeln waren feucht und heiß und samtweich, aber sie war so eng, dass er es kaum aushielt. Er zog sich zurück und stieß wieder fest zu. Er beobachtete ihr Gesicht und hielt sorgsam nach Anzeichen von Unbehagen Ausschau, doch ihr Körper war gerötet, ihre Augen waren glasig, und ihr Atem ging in kurzen, schnellen Stößen, die ihm ihr Verlangen zeigten.

Als er zu seiner Zufriedenheit festgestellt hatte, dass sie dieselbe Lust empfand wie er, begann Dillon sich in einem sanften Rhythmus zu bewegen. Jedes Mal, wenn er langsam in sie hineinglitt, dehnte er sie etwas weiter und drang etwas tiefer in sie ein. Er zog ihre Hüften an sich, damit er noch tiefer zustoßen konnte, denn er wollte, dass sie ihn bis auf den letzten Zentimeter in sich aufnahm, fast schon so, als würde sie, wenn ihr Körper seinen akzeptieren konnte, sehen, wer er in Wirklichkeit war, und ihn trotzdem lieben. Er begrub sich bis zum Heft in ihr und glitt so tief in sie hinein, dass er ihren Uterus spürte und fühlte, wie ihre Zuckungen einsetzten und an Stärke zunahmen. »Jess, so habe ich mich noch nie gefühlt. Nie.« Sie sollte wissen, was sie ihm bedeutete und wie sehr sie ein Teil von ihm war.

Sein Rhythmus wurde schneller und härter und seine Hüften rammten sich in sie, denn sein Körper hatte jegliche Selbstbeherrschung hinter sich gelassen. Jessica schrie leise auf, als ihr Körper zersplitterte, das Zimmer wackelte und die Erde schlicht und einfach unter ihr schmolz. Dillon konnte fühlen, wie kräftig ihre Muskeln waren, als sie ihn mit der Wucht ihres Orgasmus' packten, um ihn auszuquetschen und ihn mit sich in den Strudel zu reißen. Er stieß sich immer wieder rasend in sie, hilflos und unfähig, die Wildheit zu beherrschen, die Explosion, die ihn von den Zehen bis zum Scheitel durchzog.

Dillon brachte nicht die Energie auf, sich auf die Seite zu drehen, und daher lag er auf ihr, immer noch eng mit ihr verbunden. Sein Herz schlug heftig. Er begrub sein Gesicht an ihrer Brust, und in seinen Augen und in seiner Kehle brannten Tränen. Früher war er nie so emotional gewesen. Er hatte sich aber auch noch nie so gefühlt, so restlos befriedigt und von innerem Frieden erfüllt. Das hätte er nie für möglich gehalten.

Jessica schlang ihre Arme um Dillon, hielt ihn eng an sich geschmiegt und fühlte die Emotionen, die in seinen Tiefen tosten. Sie wusste, dass er mit sich rang. Ein Teil von ihm wollte ein Einsiedler bleiben, der sich vor der Vergangenheit und vor der Zukunft verbarg, doch ein anderer Teil von ihm sehnte sich verzweifelt nach dem, was sie ihm anbot. All das verband sich in seiner Musik miteinander. Und in dem Bewusstsein, alle, die er liebte, im Stich gelassen zu haben. Er wollte von ihr so geliebt werden, wie er sich sah, als ein Mann, der nichts zu bieten hatte. Sie sah ihn nicht so, und sie hätte ihn auch niemals so sehen können. Sie konnte ihm nur das anbieten, was sie zu geben hatte – ihre Aufrichtigkeit, ihren Glauben an ihn und ihr Vertrauen.

Sie spürte, wie seine Zunge über ihre Brustwarze schlängelte, ein sanftes Hin und Her, das Schockwellen durch ihren Körper sandte. Das Nachbeben zog ihre Muskeln zusammen und ließ sie ihn fester umfassen. Sie fühlte seinen Atem warm auf ihrer Haut.

»Sag mir, dass ich dir nicht wehgetan habe, Jess«, bat er. Er stützte sich auf die Ellbogen und nahm ihr Gesicht in seine Hände.

»Dillon! Ich habe so schamlos deinen Namen gerufen, dass der ganze Haushalt es hören konnte.« Sie lächelte, als er sich herunterbeugte, um sie zu küssen. Die Berührung seines Mundes sandte eine Welle von Lust durch ihren Körper, die sie einmal mehr erbeben ließen. »Ich glaube, ich reagiere übersensibel auf dich«, gestand sie.

Er zog die Augenbrauen hoch. »Auf einer ganz primitiven Ebene gefällt mir das«, sagte er, bevor er sein Gesicht in dem Tal zwischen ihren Brüsten begrub. »Ich liebe deinen Geruch, vor allem, nachdem wir uns geliebt haben.« Sein Mund glitt über ihre Haut, und seine Zunge fuhr spielerisch über ihre Rippen. Er zog sich restlos befriedigt aus ihr zurück, doch seine Hand glitt über ihren Bauch und blieb auf ihrem gelockten Dreieck liegen. »Ich möchte für den Rest der Nacht jeden Zentimeter deines Körpers erkunden. Ich möchte dich genauer kennenlernen und wissen, was dir Lust bereitet, was dich schnell scharfmacht und was ein Weilchen länger dauert. Aber vor allem möchte ich einfach nur bei dir sein.« Sein seidiges Haar glitt über ihre schmerzenden Brüste, als er den Kopf hoch genug hob, um sie anzusehen. »Hast du etwas dagegen?«

Er strahlte eine eigentümliche Verletzlichkeit aus. Jessica streckte sich träge unter ihm und bot ihm ihren Körper dar. »Ich möchte auch bei dir sein.«

Sie lag da und lauschte dem Regen auf dem Dach, während seine Hände über ihren Körper glitten und sie überall mit großer Zärtlichkeit berührten. Sie kam sich vor, als triebe sie in einem Meer reiner Lust. Er liebte sie ein zweites Mal, diesmal langsam und gemächlich, und damit raubte er ihr nicht nur den Atem, sondern auch das Herz.

Jessica merkte, dass sie vor einer Weile eingeschlafen sein musste, als sie davon erwachte, dass Dillons Hände sie wieder streichelten. Sie lag im Dunkeln und lächelte, als er ihren Körper zum Leben erweckte. Seine Hände und sein Mund waren geschickt, und seine Kenntnis ihres Körpers wuchs mit jeder Erkundung.

Seine Zunge war mit ihrer Brustwarze beschäftigt, und sein Mund war glühend heiß vor Leidenschaft. Jessica schloss die Augen, um sich den unglaublichen Empfindungen zu überlassen. Mit ihren Händen in seinem Haar versuchte sie, sich zu entspannen und den Schauer der Sorge zu ignorieren, der ihr über den Rücken lief. Sie fühlte Blicke auf ihnen, die sie beobachten, zusahen, wie Dillon an ihrer Brust sog und seine Finger tief in ihr feuchtes Inneres eintauchte. Sie riss die Augen auf, blickte wild um sich und versuchte in die finstersten Winkel zu sehen.

Dillon fühlte ihren plötzlichen Widerstand. »Was ist los, Kleines?«, fragte er, ohne seinen Mund von ihr zu lösen. »Bist du wund?«

»Jemand steht vor der Tür, Dillon«, flüsterte ihm Jessica ins Ohr, »und belauscht uns.« Das Denken fiel ihr schwer, wenn sein Mund so fest an ihrer Brust zog und weißglühende Blitze durch ihr Blut tanzten. Wenn er zwei Finger tief in sie stieß und sie derart gekonnt streichelte.

Dillon war dick und steif und wollte sie. Noch immer liebkoste seine Zunge die straffe Knospe auf ihrer Brust. Er hob den Kopf von den reichhaltigen Genüssen, die ihr Körper ihm zu bieten hatte, als sie an seinem Haar zog. Er sah sie eindringlich an. »Ich habe nichts gehört.«

»Das ist kein Witz, Dillon«, beharrte Jessica. »Wir werden belauscht oder beobachtet. Ich kann es fühlen.« Sie stieß ihn von sich und richtete ihren Blick auf die Glastüren zum Balkon, wobei sie fast damit rechnete, dort eine vermummte Gestalt stehen zu sehen.

Dillon seufzte voller Bedauern, wandte sich von den Genüssen ihres Körpers ab und sah sich nach seiner Jeans um. Jessica war bereits in seinen Morgenmantel geschlüpft und band den Gurt um ihren schmalen Körper. Ihr Gesicht war blass und ihr rotgoldenes Haar fiel wie ein Wasserfall über ihre Schultern. Er konnte sie nicht verstehen. Sonst war sie immer ein Ausbund an gesundem Menschenverstand, aber wenn es um bestimmte Dinge ging, verlor sie jede Spur davon. So war sie beispielsweise ganz sicher, dass Mächte sich miteinander verschworen hatten, um denen, die sie liebte, Schaden zuzufügen. Er konnte ihr nicht wirklich vorwerfen, dass sie sich Sorgen machte. Dillon schlich zur Tür und riss sie weit auf, um ihr zu zeigen, dass dort niemand war.

Beinahe wäre sein Herz stehen geblieben, als er sich seinem Bassisten gegenüberfand. Sie standen so dicht voreinander, dass ihre Nasen sich fast berührten.

Don starrte im ersten Moment Dillons entblößte Brust an und schaute dann an ihm vorbei auf Jessica, die sich in

Dillons Morgenmantel zusammengekauert hatte. Dillon verstellte Don sofort den Blick auf sie. »Was zum Teufel hast du hier zu suchen, Don?«, fauchte Dillon erbost.

Don errötete, warf wieder einen Blick in Jessicas blasses Gesicht und wollte sich schon abwenden, um zu gehen. »Vergiss es, mir war nicht klar, dass du beschäftigt bist. Ich habe Licht gesehen und wusste, dass du wach bist.«

Dillon schluckte seinen Ärger hinunter. Don kam nie von sich aus zu ihm. Das war eine der seltenen Gelegenheiten, die Dinge zwischen ihnen zu bereinigen, auch wenn es ihm im Moment ungelegen kam. »Nein, geh nicht fort, es muss etwas Wichtiges sein, wenn es dich mitten in der Nacht zu mir führt.« Er fuhr sich mit einer Hand durch das dichte schwarze Haar und warf Jessica ein flehendes Lächeln zu. Sie reagierte genauso, wie er es schon im Voraus gewusst hatte – sie nickte kaum merklich und zog seinen Morgenmantel noch enger um sich. »Himmel, es muss auf fünf Uhr morgens zugehen.« Dillon trat zur Seite und bedeutete Don einzutreten. »Worum es auch immer geht, bringen wir es hinter uns.« Don wirkte reichlich zerzaust, und Dillon roch Alkohol in seinem Atem.

Don holte tief Luft und trat ein. »Tut mir leid, Jessie.« Er sah sie kurz an und wandte den Blick gleich wieder ab. »Ich wusste nicht, dass du hier bist.«

Sie zuckte die Achseln. Es war viel zu spät, um zu verbergen, was vorgefallen war. Das Bettzeug war zerwühlt und die Kopfkissen lagen auf dem Boden. Ihr Haar war wüst zerzaust, und sie trug nichts unter Dillons Morgenmantel. »Möchtest du, dass ich gehe?«, fragte sie höflich. Don wirkte fürchterlich nervös, und seine Unruhe trug zu ihrem eigenen Unbehagen bei. Ihr Magen zog sich unheilverkündend zusammen, und einen Moment lang spülte eine Woge von Übelkeit über sie hinweg.

»Ich weiß nicht, ob ich den Mut aufbringe, Dillon das zu sagen, was ich ihm sagen muss, ganz zu schweigen davon, dass noch jemand zuhört, aber andererseits hast du immer einen beruhigenden Einfluss auf ihn.« Er lief im Zimmer auf und ab, während sie warteten.

»Hast du getrunken?«, erkundigte sich Dillon neugierig. »Ich habe dich nie trinken sehen, Don, nicht mehr als ab und zu ein Bier.«

»Ich dachte, ich könnte mir Mut antrinken.« Don grinste ihn halbherzig und ohne eine Spur von Humor an. »Du musst die Polizei rufen und mich verhaften lassen.« Die Worte kamen in einem einzigen hastigen Atemzug aus ihm heraus. Sobald er sie ausgesprochen hatte, sah er sich nach einer Sitzgelegenheit um, auf der er zusammenbrechen konnte.

Dillon führte ihn zu einem von zwei Sesseln, die auf beiden Seiten eines kleinen Tischs mit einer Leselampe standen. »Möchtest du ein Glas Wasser?«

Jessica hatte bereits im Bad ein Glas gefüllt. »Hier, Don, trink das.«

Er nahm das Glas, trank es in einem Zug leer, wischte sich mit den Handrücken den Mund ab und blickte zu Dillon auf. »Ich schwöre bei Gott, dass ich immer geglaubt habe, du wüsstest über Vivian und mich Bescheid. All die Jahre dachte ich, du wartest nur auf eine Gelegenheit, mich loszuwerden und mich durch Paul zu ersetzen. Ich habe ständig darauf gewartet, dass das passiert, und ich habe mich enorm angestrengt, um dir nie einen Grund zu geben.«

»In allererster Linie, Don, bin ich Musiker. Paul steht mir sehr nah. Er ist mein bester Freund. Wir haben in guten und in schlechten Zeiten zusammengehalten, aber er besitzt nicht dein Talent. Ich *wollte* dich in der Band haben. Seit ich dich das erste Mal spielen gehört habe, wusste ich, dass du der Richtige bist. Paul besitzt nicht deine Vielseitigkeit. Er hat geholfen, die Band auf die Beine zu stellen, und ich hatte nicht die Absicht, ihn fallenzulassen, aber in dem Moment, in dem du bei uns eingestiegen bist, warst du ebenso sehr ein Teil der Band wie ich.« Dillon schüttelte bedauernd den Kopf. »Wenn du einen anderen Eindruck hattest, tut es mir leid, dass ich dir nie gesagt habe, wie wertvoll du für mich bist.«

»Na prima. Das hättest du mir jetzt nicht auch noch sagen müssen.« Don stieß einen tiefen Seufzer aus. »Das ist nicht leicht für mich, Dillon. Ich habe es nicht verdient, anständig von dir behandelt zu werden.«

»Ich gebe zu, dass es mich aus der Fassung gebracht hat, von dir und Vivian zu erfahren«, sagte Dillon. Er streckte seine Hand nach Jessica aus, weil er sie unbedingt berühren und spüren musste, dass sie wirklich vorhanden und an seiner Seite war. Augenblicklich kam sie zu ihm und legte den Arm um seine Taille. Ihr zierlicher Körper passte perfekt unter seine Schulter. »Das war reichlich mies von dir, Don, aber die Polizei brauchen wir deshalb noch lange nicht zu rufen.«

»Ich habe versucht, dich zu erpressen.« Don sah keinen von beiden an, als er das Geständnis ablegte. Mit einem hilflosen Gesichtsausdruck starrte er auf seine Hände hinunter. »Ich habe dich in jener Nacht in den Wald gehen sehen. Wir alle hatten das Geschrei und das Gepolter oben gehört. Wir dachten, du hättest Viv mit einem ihrer Liebhaber erwischt. Keiner wollte dich in Verlegenheit bringen, und daher sind alle ins Studio gegangen, um dir

nicht im Weg zu sein, aber ich bin in die Küche gegangen, um mir etwas zu trinken zu holen, und ich habe dich aus dem Haus gehen sehen. Dir sind Tränen über das Gesicht gelaufen, und du warst derart erschüttert, dass ich dir gefolgt bin, weil ich dachte, ich könnte dir meine Hilfe anbieten. Aber du warst vollkommen außer dir, mehr, als ich es je bei irgendjemandem erlebt hatte, und ich dachte mir, da es um Vivian ging, würdest du bestimmt nicht mit mir reden wollen. Ich bin unentschlossen umhergelaufen, und als ich gerade wieder ins Haus gehen wollte, habe ich dich durch die Küchentür gehen sehen. Rita war dort, und ich habe gehört, wie du ihr erzählt hast, was passiert ist. Du warst so wütend, dass du die Küche zertrümmert hast. Ich habe es nicht gewagt, mich dir oder Rita zu nähern. Als ich gesehen habe, dass du die Treppe wieder hinaufgegangen bist, habe ich mich ins Studio verzogen. Dann habe ich die Schüsse gehört.«
Als Beweis für sein Verbrechen zog er ein Blatt Papier aus seiner Tasche. Darauf waren Worte geklebt, die aus einer Zeitung ausgeschnitten worden waren. »Das wollte ich dir schicken.«

»Warum hast du das im Prozess nicht ausgesagt?« Dillons Stimme war leise, sein Tonfall unmöglich zu deuten. Er riss Don das Blatt aus der Hand und zerknüllte es, ohne einen Blick darauf zu werfen.

»Weil ich bereits auf der Kellertreppe war und durch die Glastüren hinausgeschaut habe, und als die Schüsse fielen, habe ich dich gesehen. Ich wusste also, dass du es nicht gewesen sein konntest. Du warst ein zweites Mal aus dem Haus gegangen und auf dem Weg in den Wald.«

»Trotzdem warst du der Meinung, Erpressung sei eine gute Idee?«

»Ich weiß selbst nicht, warum. Ich weiß nicht, warum ich die Dinge getan habe, die ich mir seitdem habe zuschulden kommen lassen«, gestand Don. »Das Einzige, was mich interessiert hat, war die Band. Ich wollte, dass wir uns wieder zusammentun. Du hast mit Paul hier in diesem Haus gehockt und niemand anderen in deiner Nähe geduldet. Du hattest so viel Talent, du warst ein musikalisches Genie, und du hast all das vergeudet, es verkommen lassen und dich hier mit Paul als deinem Gefängniswärter eingeschlossen. Er wollte mich nie auch nur in deine Nähe lassen. Und da bin ich dann auf den dummen Gedanken gekommen, wenn du eine Menge Geld bezahlen müsstest, würdest du dich wieder an die Arbeit machen müssen und dann würden wir alle wieder mit von der Partie sein.«

»Warum hast du nicht einfach mit mir geredet?«, fragte Dillon mit derselben leisen Stimme.

»Wer hätte denn schon mit dir reden können?«, fragte Don erbittert. »Dein Wachhund hat doch niemanden an dich rangelassen. Du hast ihn so gut abgerichtet, dass er die Insel mehr oder weniger mit der Chinesischen Mauer umgeben hat.« Er hob eine Hand, um zu verhindern, dass Dillon etwas sagte. »Du brauchst ihn nicht zu verteidigen, ich weiß, dass er überängstlich ist, wenn es um dich geht, und ich weiß auch, warum. Ich brauchte die Band und war verzweifelt. Deshalb habe ich dir diesen dummen Brief geschickt und ein paar weitere folgen lassen. Offenbar hat dir das keine großen Sorgen bereitet, denn du hast nicht mal geantwortet.«

»Es war mir scheißegal«, gab Dillon zu.

»Das entschuldigt nicht, was ich getan habe«, verkündete Don. »Ich bin bereit, dafür ins Gefängnis zu gehen. Ich werde den Bullen alles gestehen.«

Dillon wirkte so hilflos, dass Jessica ihre Arme um ihn schlang. »Hast du mit meiner Mutter darüber geredet?« Sie konnte sich nicht vorstellen, dass Don um den Wagen ihrer Mutter herumgeschlichen war und sich an den Bremsleitungen zu schaffen gemacht hatte. Alles schien vorn und hinten nicht zusammenzupassen. Wenn sie sich so verloren fühlte und ihr der Boden unter den Füßen weggezogen wurde, wie musste dann erst Dillon zumute sein.

»Um Himmels willen, nein, die hätte mich geohrfeigt«, sagte Don mit Nachdruck. »Weshalb hätte ich so was Blödes tun sollen?«

»Du bist betrunkener als du glaubst, Don«, sagte Dillon. »Geh jetzt und schlaf deinen Rausch aus. Wir reden später darüber.« Aber er hatte nicht die leiseste Ahnung, was er ihm dann sagen sollte. Fast hätte er hysterisch gelacht.

Jessica presste sich eine Hand auf den Bauch, als Dillon die Tür schloss. »Mir ist schlecht«, stieß sie hervor, bevor er etwas sagen konnte, und raste ins Badezimmer.

12

»Mach schon, Brenda, du musst mitkommen«, beschwatzte Tara ihre Tante. »Wir werden unseren Spaß haben.«

»Bist du sicher, dass du dich wieder besser fühlst? Heute Morgen war dir noch schlecht. Fast hätte ich Robert zu Paul geschickt, damit er dich mit dem Hubschrauber ins Krankenhaus bringen lässt. Und jetzt hopst du durch die Gegend, als sei nichts gewesen.«

Jessica blickte alarmiert auf. Wie üblich hatten sich alle am frühen Abend, wenn sie ausgeschlafen hatten, in der Küche versammelt. »Tara war heute Morgen übel? Warum hat mich niemand geholt?«

»Beiden Kindern war heute Morgen schlecht, und damit werde ich wohl gerade noch allein fertig«, sagte Brenda bissig. »Eine Art Magenverstimmung. Weißt du, Jessie, du bist nicht die Einzige mit Mutterinstinkten. Ich war den beiden ein großer Trost. Ganz zu schweigen von meiner enormen Hilfsbereitschaft und Diskretion. Schließlich wollte ich dir und Dillon Zeit geben, um … äh … Dinge zwischen euch zu regeln.«

Fast hätte sich Trevor verschluckt. »Ein großer Trost? Brenda, du hast den Kopf aus dem Fenster gehalten, gewürgt und nach Riechsalz verlangt. Robert wusste nicht, ob er zu dir, zu Tara oder zu mir laufen soll. Der arme Kerl hat uns den halben Tag lang hinterhergewischt.«

Don verzog das Gesicht. »Ich dachte, wir arbeiten heute. Ich will die Aufnahme fertigstellen und sehen, was wir haben. Muss das denn jetzt sein?«

»Wir arbeiten die ganze Nacht durch«, antwortete Paul. »Wenn wir aufstehen, ist der Tag schon fast vorbei und uns bleibt kaum noch genug Licht, um einen Weihnachtsbaum auszusuchen. Ich bin dafür, das wir jetzt gleich losgehen.«

Don murrte leise vor sich hin, mied aber sorgfältig Dillons Blick.

Jessica musterte die Zwillinge mit gerunzelter Stirn. »Ihr hattet beide eine Magenverstimmung? Mir war heute Morgen selbst ein bisschen übel. War sonst noch jemandem schlecht? Vielleicht haben wir alle etwas gegessen, das nicht mehr gut war.«

»Brians Pfannkuchen«, sagte Brenda sofort. »Wenn ihr mich fragt, versucht er, mich zu vergiften. Aber aus dem schändlichen Plan wird nichts werden. Dafür ist mein Magen viel zu robust.«

»Meine Pfannkuchen sind Kunstwerke, Brenda«, fuhr Brian sie an. »Stell du dich doch in die Küche und rackere dich ab.«

»Ich denke nicht im Traum daran«, antwortete Brenda selbstgefällig. »Banale Aufgaben sollte man banalen Menschen überlassen.«

»Die Kinder streiten sich mal wieder«, sagte Jessica mit einem leisen Seufzen und schmiegte sich an Dillon. »Und wie üblich sind es nicht die Zwillinge.«

»Tara, bist du sicher, dass es dir gut genug geht, um im Wald herumzulaufen? Es ist kalt und windig draußen, und der nächste Sturm zieht auf. Wenn du es dir lieber hier im Warmen gemütlich machen willst, ziehen wir los und kommen mit einem Baum für dich zurück«, bot ihr Dillon an. Er schlang seine Arme um Jessica, ohne sich daran zu stören, dass alle es sahen.

Zum ersten Mal seit Jahren fühlte er sich mit sich selbst im Reinen. Es gab Hoffnung in seinem Leben, einen Grund für seine Existenz. »Jess und Trevor können bei dir bleiben, wenn du magst.«

»Das kommt nicht infrage«, widersprach Trevor. »Ich fühle mich prächtig. Keiner von euch kann unseren Baum auswählen. Wir wissen, wonach wir suchen, stimmt's, Tara?«

Tara nickte feierlich und schlang den Arm um ihren Bruder, aber ihr Blick war auf Jessica gerichtet. Alle drei lächelten in stillem Einverständnis. »Wir gehen alle«, kündigte sie an. »Wir werden den richtigen Baum finden.«

Dillon zuckte die Achseln. »Na, dann los. Jeder, der Lust hat, kann uns gern begleiten. Wir holen schon mal das Werkzeug aus dem Schuppen und treffen euch auf dem Weg in den Wald.« Er zog Jessica mit sich. Er freute sich schon auf ein paar Minuten mit ihr allein im Schuppen, denn er hatte noch keine zwei Minuten gefunden, um ihr einen Kuss zu rauben.

»Moment mal.« Trevor hob seine Hand. »Ich bin nicht sicher, ob wir unsere Jessica bedenkenlos mit dir in einen Schuppen gehen lassen können, Dad. Du hast einen gewissen Ruf als Casanova.«

Dillons Augenbrauen schossen in die Höhe. »Und was trägt mir diesen Ruf ein?«

»Du brauchst dich doch bloß mal in diesem Haus umzusehen. Darüber wollte ich ohnehin mit dir reden. Was da so alles von den Dachtraufen hängt! Das Haus sieht aus wie aus einer Erzählung von Edgar Allen Poe. Und die Männer in diesen Geschichten hatten immer Übles mit den Damen vor.« Anzüglich wackelte er mit den Augenbrauen.

»Dieses Haus ist ein perfektes Beispiel für die gelungene Synthese zweier Baustile – frühe Gotik und Renaissance.« Dillon war entsetzt. »Du, mein Sohn, bist ein Banause. Das Haus ist einfach perfekt, an der Südseite kriechen geflügelte Wesen hinauf und an der Ostseite krallen sich Löwen fest. Fantastische Details, Geheimgänge und bewegliche Wände dürfen natürlich auch nicht fehlen. Ein vornehmer Herrensitz ist langweilig. Den hat schließlich jeder.«

»Dad«, sagte Tara mit fester Stimme, »es ist unheimlich. Hast du das Haus jemals nachts von außen angeschaut? Es sieht so aus, als würde es spuken, und außerdem hat man das Gefühl, dass einen das Haus anstarrt. Du bist nicht ganz richtig im Kopf, auch wenn du mein Vater bist.«

»Ihr Kinder seid Verräter«, sagte Dillon. »Ihr habt viel zu viel Zeit mit eurer Tante verbracht. Sie teilt eure Meinung über mein Haus.«

Brenda verdrehte die Augen. »Dillon, an deinem Haus kriecht Zeug hoch, das einen draußen auf Schritt und Tritt beobachtet. Mir graust immer, wenn ich im Garten bin oder einen Spaziergang mache. Ich brauche nur aufzublicken und schon starrt mich etwas an.«

»Theoretisch«, warf Brian ein, »wachen diese Wesen über das Haus und die Menschen darin. Wenn du dich vor ihnen fürchtest, hast du wahrscheinlich guten Grund dazu.« Er rückte näher. »Vielleicht führst du etwas Böses gegen die Bewohner im Schilde.«

Jessica zerknüllte eine Serviette und warf sie nach Brian. »Erzähl nicht solchen Blödsinn. Ich habe die gotische Architektur auch immer geliebt. Früher haben wir uns all diese Bücher gemeinsam angesehen. Und die Fotos, die Dillon aus Europa mitgebracht hat.« Sie zwinkerte Trevor zu. »Ich hätte gedacht, diese Geheimgänge würden dich faszinieren.«

Dillon nahm sie an der Hand und zog sie zur Tür. »Zieht euch warm an, ihr zwei – wir treffen uns auf dem Weg zum Wald.«

Jessica folgte ihm, ohne Trevors spöttischen Pfiff zu beachten. »Mir gefällt nicht, dass beiden Kindern heute Morgen schlecht war, Dillon«, sagte sie. »Tara sagt, gestern, als es zu dem Erdrutsch kam, hätte sie jemand beobachtet. Sie konnte die Gestalt nicht erkennen, weil sie einen langen Umhang mit Kapuze trug. Dieselbe Person habe ich in der Nacht unserer Ankunft gesehen.«

Dillon verlangsamte seine Schritte und zog sie beschützend an sich. »Was soll das heißen, Jess?« Er achtete sorgsam darauf, sich seine Sorge nicht anmerken zu lassen. »Glaubst du, dass bei dem Erdrutsch jemand nachgeholfen hat? Und dass die Kinder keine Magenverstimmung hatten, sondern jemand sie vergiftet hat?«

Als er die Worte aussprach, klangen sie absurd. Öl auf einer Treppenstufe, auf der jeder ausrutschen konnte. Wie konnte man einen Erdrutsch auslösen und wissen, dass die Kinder an genau der Stelle sein würden? Und ihr war auch übel gewesen. Es kam ständig vor, dass sich jemand den Magen verdarb. Jessica seufzte. Womit konnte sie das Unbehagen erklären, das sie verspürte? Die ständige Sorge, die nie von ihr abfiel. »Warum wollte die vermummte Gestalt ihnen nicht helfen? Sie steckten eindeutig in

Schwierigkeiten, und Tara hat sich die Seele aus dem Leib geschrien.«

»Darauf weiß ich keine Antwort, Kleines, aber wir werden es herausfinden«, beteuerte er ihr. »Jedenfalls haben alle kräftig zugepackt, um Trevor zu befreien. Mir ist bei keinem Zurückhaltung aufgefallen, noch nicht einmal bei Don.«

»Don.« Jessica schüttelte den Kopf. »Dieser Mann macht es einem schwer, ihn zu mögen. Letzte Nacht hat er mir wirklich leidgetan, aber trotzdem fällt es mir schwer, ihm etwas abzugewinnen.«

»Ich mochte ihn wirklich«, antwortete Dillon mit einem Stirnrunzeln. »Mir gegenüber war er immer reserviert, aber er hat hart gearbeitet. Nach ihm habe ich mich nie umgesehen und mich gefragt, wo er den ganzen Abend gesteckt hat; er hat mehr als nur seinen Teil der Arbeit geleistet. Auf ihn war Verlass, und oft war er mir eine große Stütze. Ich hatte keine Ahnung, dass er eine so große Abneigung gegen mich hat. Und dass Vivian mit ihm geschlafen hat, wusste ich erst recht nicht. Sie hatte vorgeschlagen, ich solle ihn mir mal anhören, aber ich habe ihn in die Band geholt, weil er so talentiert ist, und nicht, weil sie sich für ihn eingesetzt hat.« Er fuhr sich mit einer Hand durchs Haar. »Ich weiß nicht mehr, woran ich bin, Jess. Früher war alles ganz einfach. Ich habe nie die Augen aufgemacht. Ich habe mein Leben in seliger Unwissenheit verbracht, bis alles eingestürzt ist.« Er sah sie an, und seine Finger schlossen sich fester um ihre. »Ich war so arrogant, so sicher, dass schon alles klappen wird. In Wahrheit muss ich mich fragen, wie ich Don verurteilen kann, wenn ich selbst so viele Fehler gemacht habe.«

»Glaubst du, ein Bandmitglied hat Vivian und Phillip Trent getötet?«, fragte Jessica behutsam.

»Nein, natürlich nicht. In jener Nacht waren noch fünf weitere Personen bei ihnen. Sie alle hatten eine Mischung aus Rauschgift und Alkohol im Blut. Es kann durchaus sein, dass einer von ihnen eine Waffe ins Haus geschleust hat. Jemand hat auf Viv und Trent geschossen, und vielleicht haben die anderen sich auf den Schützen gestürzt und versucht, ihm die Waffe gewaltsam abzunehmen, und dabei sind die Getränke und die Kerzen umgestoßen worden. Ich hoffe, dass es so passiert ist. Ich hoffe, das Feuer ist nicht ausgebrochen, als ich Trent zusammengeschlagen habe. Es war eine wüste Schlägerei. Wir haben Tische und Lampen umgeworfen. Vielleicht ist eine Kerze auf den Boden gefallen und keiner hat es bemerkt. Ich werde es nie erfahren. Die Band hatte keine Ahnung, was dort oben vorging. Wir waren gerade erst zurückgekommen.«

»Warum bist du überhaupt nach oben gegangen?«, fragte sie neugierig.

»Ich wollte nach den Kindern sehen. Tara hat geschlafen, aber sie hatte keine Zudecke. Ich hatte dich so lange nicht gesehen, und ich wusste, dass du dich auf die Suche nach der Decke gemacht haben musstest. Ich habe dich gesucht«, gestand er. »Ich konnte nicht bis zum nächsten Morgen warten.«

Seine Worte erfüllten sie mit großer Freude. »Ich bin dir dankbar, dass du mich gesucht hast, Dillon«, sagte sie leise.

Dillon riss die Tür zum Schuppen auf und drückte auf einen Schalter. Es wurde taghell. »Ich bin auch froh darüber, Liebes.« Er konnte sie nicht ansehen, denn er wusste, dass die Wut, die er damals empfunden hatte, sich auf seinen Gesichtszügen widerspiegelte. Er konnte nicht daran denken, ohne diese Wut zu verspüren.

Jessica lachte, und dieser Klang zerstreute die alten Erinnerungen. »Ich wünschte, von diesem Lichtschalter hätte ich gestern etwas gewusst.«

»Ach ja?« Seine Stimme nahm einen verführerischen Ton an. »Und ich dachte mir gerade, es wäre klüger gewesen, kein Licht zu machen.«

Jessica wich einen Schritt zurück. »Du hast diesen verruchten Gesichtsausdruck, als hecktest du etwas aus.« Sein Blick alleine sorgte schon dafür, dass ihr heiß wurde.

»Verrucht? Das gefällt mir.« Er legte seine Hand auf ihren Nacken, zog sie an sich und küsste sie. Seine Hand glitt unter ihre Jacke und ihre Bluse, um die nackte Haut zu finden. Ihre Brust schmiegte sich an seine Handfläche, und in ihrem Mund schmeckte er dieselbe Gier, die auch er verspürte. »Zieh deine Jacke aus, Jess«, flüsterte er, während er seine Hand wieder nach dem Lichtschalter ausstreckte und den Schuppen in düsteres graues Licht tauchte. »Beeil dich, Kleines, wir haben nicht viel Zeit.«

»Du bildest dir doch nicht etwa ein, dass wir es hier in diesem kleinen Schuppen treiben, wo jeder reinkommen kann«, sagte sie, aber ihre Jacke zog sie trotzdem aus, denn sie wollte die sengende Glut seines Mundes auf ihrer Brust fühlen. Sie wollte ihn anfassen. Es schien bereits zu lange her zu sein.

Dillon sah zu, wie sie mit atemloser Vorfreude ihre Bluse aufknöpfte. Er ließ seinen heißen Atem über ihre verlockende Brust streichen. Seine Hände glitten über ihre Jeans und fummelten am Reißverschluss herum. »Runter mit dem Zeug, ich muss dich nackt haben.«

»Glaubst du, wir haben Zeit dafür?« Sie wollte ihn so sehr, dass diese geraubten Momente in ihren Augen so kostbar waren wie die vergangene ausgedehnte Liebesnacht, und so kam sie seinem Wunsch nach.

»Nicht für all das, was ich mit dir tun möchte«, flüsterte er ihr ins Ohr. »Aber für das, was ich vorhabe, wird es reichen. Zieh mir die Jeans über die Hüften.« Als sie ihn aus dem einengenden Stoff befreit hatte, atmete er erleichtert auf. »Das ist schon viel besser. Ich werde dich jetzt hochheben. Leg mir die Arme um den Hals und die Beine um die Taille. Bist du bereit für mich?« Seine Finger hatten sich bereits auf die Suche nach einer Antwort gemacht, und als sie tief in sie hineinglitten, war sie feucht vor Verlangen.

Er begrub sein Gesicht an ihrem Hals. »Du bist so unglaublich scharf, Jess. Und das Schönste ist, dass du mich genauso sehr willst wie ich dich.« Er wurde noch steifer, als er ihre Nässe fühlte. Sie wog nicht viel, und als sie ihre Beine um seine Hüften geschlungen hatte, presste sich seine geschwollene Eichel an sie. Ganz langsam ließ er sie auf sich gleiten. Er spürte den vertrauten Widerstand, als sich ihr Körper dehnte, um ihn gänzlich in sich aufzunehmen. Der Gefühl eines Schwertes, das in eine enge Scheide gleitet, machte ihn fast verrückt. Die Empfindungen breiteten sich aus wie ein Feuersturm, heißer und explosiver denn je. Wie ein Güterzug brauste das Verlangen durch seinen Körper und durch seinen Geist, ein Crescendo von Klängen und Verheißungen, von halbformulierten Gedanken und Bedürfnissen.

Er liebte die eifrigen kleinen Laute, die ihrer Kehle entschlüpften, und wie sie ihre Hüften in einem perfekten Rhythmus bewegte, um ihm entgegenzukommen.

Jessica, seine Ergänzung, ohne die sein Herz nicht vollständig war.

Jessica verlor sich in den harten Stößen, mit denen er in sie drang, und in der feurigen Glut der brodelnden Leidenschaft, die in ihr aufstieg und sie ganz und gar verschlang. Sie warf ihren Kopf zurück und ritt ihn heftig, spannte ihre Muskeln um ihn herum an, packte zu und rieb sich an ihm, um sie beide schnell hochzuschaukeln und zum Höhepunkt zu bringen.

Sie konnte nicht fassen, dass sie das war, die dort im Schuppen, halbnackt, mit zerknautschten Kleidungsstücken, diesen wilden, wollüstigen Ritt absolvierte. Aber das spielte keine Rolle mehr, nichts anderes spielte eine Rolle, nur noch der Regen aus Lichtern und Farben, als sie in Splitter zerbrach und sich auflöste, während ihr Körper ein Eigenleben entfaltete. Sie klammerte sich fest an Dillon, als er schließlich mehrfach fest zustieß und sein heiserer Aufschrei durch ihre Schulter gedämpft wurde.

Sie hielten einander umklammert und lachten leise und zufrieden miteinander, während sich ihr Herzschlag wieder normalisierte und Dillon Jessica langsam auf den Boden stellte. Diese geraubten Momente waren für beide so kostbar wie Gold. Es war nicht ganz einfach, ihre Kleidungsstücke wieder zurechtzurücken. Jessica konnte ihre Schuhe nicht gleich finden, und Dillon lenkte sie auf ihrer Suche ständig ab, indem er ihren Hals und ihre Finger küsste oder zärtlich ihr Ohr leckte. Einen Schuh fand sie zwischen den Blumentöpfen, den anderen mit der Sohle nach oben auf einem Sack Erde. Sie nahm den Schuh in die Hand und zupfte gedankenverloren den Seetang aus der Sohle.

»Mit diesen Schuhen war ich nicht mal in der Nähe des Meeres. Wo habe ich den Seetang aufgelesen?« Sie schlüpfte hinein, kehrte in Dillons Arme zurück und bot ihm ihren Mund dar, damit er sie küsste. Nach einem langen Kuss glitten Dillons Lippen über ihr Kinn auf ihre Kehle.

Als Jessica den Kopf zur Seite neigte, um ihm den Zugang zu erleichtern, sah sie, dass sich vor dem kleinen Fenster etwas bewegte.

»Was ist?«, fragte Dillon und hob, als er spürte, wie sie zusammenzuckte, widerstrebend den Kopf. »Dein Hals eignet sich perfekt zum Knabbern. Ich könnte ewig hierbleiben. Bist du ganz sicher, dass wir den Weihnachtsbaum heute holen müssen?«

»Dort draußen hat sich etwas bewegt. Ich glaube, jemand beobachtet uns«, flüsterte Jessica. Ein Schauer lief ihr über den Rücken. Aber als sie noch einmal durch das kleine Fenster sah, konnte sie niemanden entdecken. Doch das änderte nichts. Jemand beobachtete sie.

Dillon stöhnte. »Nicht schon wieder. Ich kann Don nur raten, nicht noch ein Geständnis abzulegen. Sonst könnte es passieren, dass ich ihn von der Klippe stoße.« Er stellte sich an das kleine, quadratische Fenster und sah sich um. »Ich sehe niemanden, Kleines, vielleicht sind es die Wasserspeier auf dem Dach.«

Jessica konnte die Belustigung in seiner Stimme hören, den leisen Spott. Sie versuchte darauf einzugehen und sich von ihm umarmen zu lassen, aber sie wurde das Gefühl nicht los, von etwas Unheimlichem angestarrt zu werden.

»Komm schon, Jessie«, rief Trevor und brachte die beiden damit sofort auseinander. »Ich hoffe, ihr tut nichts, wovon ich nichts wissen will. Ich komme nämlich rein.« Kurz darauf wurde die Tür aufgerissen. Trevor sah sie finster an. »Alle anderen waren zu feige, nachzusehen, was ihr treibt.«

»Wir suchen die Axt«, improvisierte Jessica lahm.

»Ach, wirklich?« Trevor zog die Augenbrauen hoch, genauso, wie es sein Vater manchmal tat. Die Rolle der scheltenden Vaterfigur stand ihm blendend. »Hilft euch das vielleicht weiter?« Er schaltete das Licht ein, das in jeden Winkel des kleinen Schuppens drang. Dann sah er seinen Vater missbilligend an. »In einem Geräteschuppen?«

»Trevor!« Errötend eilte Jessica zur Rückwand, da sie wusste, dass dort die größeren Werkzeuge aufbewahrt wurden. Als sie nach der Axt griff, fiel das große Brecheisen um. Murrend hob sie es auf und wollte es wieder an seinen Platz stellen. Dabei fielen ihr der getrocknete Lehm und die Tannennadeln auf, die daran klebten. Stirnrunzelnd betrachtete sie das Brecheisen.

Trevor nahm die Axt. »Kommt schon, alle warten auf euch. Jessie, hör auf zu schmachten, das ist peinlich. Wenigstens hattest du genug Verstand, auf meinen Dad reinzufallen.«

»Euch macht das nichts aus?«, fragte Dillon und sah seinem Sohn sehr ernst ins Gesicht.

»Wen würden wir denn als Ersatz für Jessie haben wollen?«, entgegnete Trevor. »Sie ist unsere Familie. Wir wollen doch nicht, dass ein anderer sie uns wegnimmt.«

»Als ob das passieren könnte.« Jessica beugte sich vor, um ihn auf die Wange zu küssen. »Kommt schon, wir sollten uns beeilen, bevor sich die anderen auf die Suche nach uns machen.« Sie ging voraus.

Die kleine Gruppe erwartete sie im Schutz der Bäume. Es war schon so spät am Tag, dass ihnen keine Zeit für etwas anderes als die Suche nach dem Weihnachtsbaum blieb, dem sie solche Wichtigkeit beimaßen. Tara und Trevor setzten sich sofort in Bewegung, weil sie wussten, wo sie den richtigen Baum finden würden. Paul hielt mit den beiden Schritt, lachte mit ihnen, knuffte Trevor gutmütig und zerzauste gelegentlich Taras Haar. Brenda und Robert liefen weitaus gemessener nebeneinander her, steckten die Köpfe zusammen und flüsterten. Brian und Don stritten sich laut darüber, wie man den Regenwald und die Ozonschicht am besten retten konnte und ob das Fällen eines einzigen kleinen Weihnachtsbaums globale Auswirkungen haben würde.

Dillon hielt Jessica fest an der Hand, als er auf dem Weg ausschritt. Sein Leben hatte sich drastisch verändert. Alle, die ihm wichtig waren, waren bei ihm und wohnten unter seinem Dach. Er sah auf die Frau hinunter, die so dicht neben ihm herlief. Irgendwie war es Jessica gelungen, im Handumdrehen seine ganze Welt zu verändern. Seine Kinder waren bei ihm und langsam, aber sicher, entwickelte sich zwischen ihnen allen ein Vertrauensverhältnis. Er konnte ein enormes Potenzial erkennen und war plötzlich für all die Möglichkeiten, die das Leben bot, aufgeschlossen. Das war erfrischend, aber auch beängstigend.

Dillon wusste, dass seine Selbstachtung immer eng mit seiner Musik verbunden gewesen war, aber auch mit der Fähigkeit, enorme Verantwortung zu übernehmen. Seine Kindheit war schwierig gewesen, ein hartes Ringen, um das Gefühl, auch selbst zu zählen. Was konnte er ihnen allen jetzt bieten, wenn er nicht mehr in der Lage war, die Musik, die er ständig in seinem Kopf hörte, zu spielen?

Der feine Dunst in der Luft begann sich in Nieselregen zu verwandeln, während sie über den Pfad liefen. Die Bandmitglieder machten sie auf einen Baum nach dem anderen aufmerksam, alles große Tannen mit dichten Zweigen. Die Zwillinge jedoch schüttelten heftig die Köpfe und erhofften sich Beistand von Jessica. Sie stimmte ihnen zu und folgte ihnen zu dem schmächtigen kleinen Bäumchen mit Lücken zwischen den Zweigen, das sie am Vorabend ausgesucht hatten. Der Baum wuchs am Rand einer Klippe über einem kleineren Hügel schief im Schatten zweier größerer Bäume. Der Regen ließ den Boden glitschig werden.

»Komm bloß nicht in die Nähe des Randes, Tara«, befahl Dillon und lief mit finsterer Miene um das erbärmliche Bäumchen herum. »Das ist euer perfekter Weihnachtsbaum?«

Trevor und Tara grinsten einander an. »Genau der ist es. Er möchte mit uns nach Hause kommen. Wir haben ihn gefragt«, sagte Tara feierlich.

»Für diesen kümmerlichen Strauch bin ich bei strömendem Regen durch den Wald gelaufen?«, entrüstete sich Brenda. »Gütiger Himmel, seht euch doch um, hier stehen überall die fantastischsten Bäume.«

»Mir gefällt er«, sagte Don und klopfte den Zwillingen auf die Schultern. »Hier hat er keine Überlebenschance – ich finde, den sollten wir mitnehmen und ihm zeigen, wie man feiert, damit er auch mal seinen Spaß hat.«

Jessica nickte. »Mir erscheint er perfekt.« Sie lief um den erbärmlichen kleinen Baum herum und berührte einen der längeren Zweige, der sich in Richtung Meer streckte. »Das ist genau der Richtige.«

Dillon zog eine Augenbraue hoch und sah Robert an, der hilflos die Achseln zuckte. »Wenn es sie glücklich macht.«

Brian trat vor, um Dillon die Axt aus der Hand zu nehmen. »Mir gefällt das verflixte Ding – es braucht ein Zuhause und ein bisschen Aufmunterung.« Er zielte mit der Axt auf den schmalen Stamm. Brian war kräftig, und bereits der erste Hieb hinterließ eine tiefe Kerbe.

Tara drückte ihren Bruder mit leuchtenden Augen an sich. »Genauso habe ich es mir ausgemalt, Dad.« Sie schlang den anderen Arm um ihren Vater.

Dillon stand ganz still da, als ihn die liebevolle Geste seiner Tochter mit rasender Freude erfüllte.

Paul lachte und machte seine Jacke auf. »Hast du dir den Regen auch vorgestellt, Tara? Wir wären auch ohne ihn ausgekommen.«

Der graue Nieselregen wurde dichter. Beim nächsten Hieb versenkte Brian das Blatt der Axt vollständig im Stamm. In einem gleichmäßigen Rhythmus, der zum Rauschen des Regens passte, holte er immer wieder aus und schlug zu. Robert legte einen Arm um seine Frau, weil er ihr Schutz gegen den aufkommenden Wind bieten wollte. Der Baum bebte und begann, sich zur Seite zu neigen.

»He!« Paul schlüpfte jetzt ganz aus seiner Jacke und reichte sie, über Jessica hinweg, Tara. »Zieh dir das über.«

Tara strahlte ihn durch den grauen Dunst freudig an. »Danke, Paul.« In dem Moment, in dem sich ihre Finger um den Stoff schlossen, war ein bedrohliches Knacken zu hören.

Die Zweige zitterten und kamen dann auf sie zu. Paul schrie eine Warnung und sprang zurück, um nicht getroffen zu werden. Sein Ellbogen stieß gegen Jessicas Schulter, und sie flog nach hinten, als Pauls Füße auf dem schlammigen Untergrund ausrutschten.

Dillon schubste Tara in Trevors Arme, während er selbst durch den Schlamm zu Jessica sprang. Zu seinem Entsetzen knallte sie auf die Erde und rutschte bedrohlich nah an den Rand der Klippe. Er sah, wie sie nach den wankenden Zweigen des Baums zu greifen versuchte, aber Pauls größere Gestalt prallte in einem wüsten Durcheinander von Armen und Beinen gegen sie. Beide schlitterten über den Rand der bröckeligen Klippe. Pauls Finger hinterließen auf der Suche nach Halt breite Spuren in der glitschigen Erde.

Dillon warf sich zu Boden, blieb flach liegen und packte Jessicas Knöchel, als sie über den Rand der Klippe stürzte. Er merkte, dass er heiser aufschrie, von lähmendem Entsetzen durchdrungen. Der Weihnachtsbaum lag neben ihm, wenige Zentimeter weiter links. Don warf sich quer über Dillons Beine, um zu verhindern, dass er hinter Jessica herrutschte, und Robert sprang mit einem Satz zu Paul und packte seine Handgelenke, als er sich an die Felsen klammerte. Einen Moment lang herrschte Stille, die nur von dem ächzenden Wind, dem stampfenden Meer, dem Geräusch des Regens und dem schweren Atmen durchbrochen wurde.

»Daddy?« Taras Stimme klang dünn und verängstigt.

Trevor ließ sich neben seinem Vater auf den Boden fallen und schaute über den Rand der Klippe auf Jessica hinunter. Sie hing mit dem Kopf nach unten und strengte sich an, ihn so weit zu drehen, dass sie zu ihnen aufblicken konnte. Mit Ausnahme ihres Kopfes hielt sie vollkommen still, da ihr bewusst war, dass nur Dillons Finger, die ihren Knöchel gepackt hielten, sie vor dem Absturz bewahrten. Trevor streckte beide Hände aus und packte ihre Wade. Gemeinsam begannen sie, Jessica hochzuziehen.

»Es ist alles in Ordnung, Schätzchen«, beschwichtigte Dillon seine Tochter. »Jess fehlt nichts, richtig, Kleines?« Er konnte so tun, als zitterten seine Hände nicht und als sei sein Verstand nicht vor Entsetzen betäubt. »Robert, kannst du Paul halten?«

»Ich habe ihn.« Robert mühte sich mit dem Gewicht ab. Brenda und Tara packten seinen Gürtel und zogen mit aller Kraft daran. Brian griff an ihnen vorbei und mit vereinten Kräften zogen er und Robert Paul nach oben. Als Paul in Sicherheit war, half Brian Trevor und Dillon mit Jessica.

Sie alle saßen im Schlamm. Dillon, Tara und Trevor hatten ihre Arme um Jessica geschlungen. Der Regen nahm zu. Jessica konnte das Herz in ihrer Brust heftig schlagen hören. Dillon hatte sein Gesicht an ihrer schmerzenden Schulter begraben. Tara und Trevor klammerten sich an sie und hielten sie so fest, dass sie glaubte, sie würden sie in der Mitte entzweireißen. Sie sah die anderen an. Paul wirkte vollkommen niedergeschmettert, sein Gesicht starr vor Schreck. Brendas Gesicht war weiß. Robert, Don und Brian wirkten erschrocken.

Der nächste Unfall. Diesmal war vor allem Jessica in ihn verwickelt. Sie konnte sich nicht vorstellen, dass es etwas anderes als ein Unglück gewesen war. Waren all die anderen Unfälle, die sich in der letzten Zeit ereignet hatten, wirklich nichts weiter als ein zufälliges Zusammentreffen ungünstiger Umstände? War sie seit dem Tod ihrer Mutter paranoid? Nach Trevors Unfall hatte sie sich die nähere

Umgebung sorgsam angesehen und doch kein Anzeichen entdeckt, dass hinter dem Erdrutsch etwas anderes als eine natürliche Bodenbewegung nach einem Unwetter gesteckt hatte. Aber was war mit der vermummten Gestalt, die Trevor und Tara gestern gesehen hatten und die sie selbst in der Nacht ihrer Ankunft auf der Insel gesehen hatte? Wer konnte das sein? Vielleicht war es der Hausmeister. Vielleicht sah er so schlecht, dass er nichts und niemanden um sich herum wahrnahm. Das war eine unbefriedigende Erklärung, aber wenn sich nicht jemand auf der Insel versteckt hielt, fiel ihr nichts anderes ein.

»Ich habe deine Jacke gerettet, Paul«, sagte Tara zaghaft und hielt den kostbaren Gegenstand hoch, damit ihn jeder sehen konnte.

Alle brachen in erleichtertes Gelächter aus, mit Ausnahme von Paul. Er schüttelte den Kopf, und in seiner Miene spiegelte sich nach wie vor ungläubige Bestürzung. Jessica war sicher, dass in ihrem Gesicht dasselbe zu lesen war.

»Lasst uns zum Haus zurückgehen«, schlug Dillon vor. »Falls es keinem von euch aufgefallen ist – hier draußen regnet es. Ist alles in Ordnung mit dir, Paul?«

Paul antwortete nicht, sondern zitterte von Kopf bis Fuß, aber er ließ sich von Brian und Dillon auf die Füße helfen.

Jessica spielte mit dem Gedanken, sie könnte sich geirrt haben, was die Unfälle anging, sogar die Bremsen im Wagen ihrer Mutter. Vielleicht hatte sich ja doch niemand daran zu schaffen gemacht. Und auch an ihrem eigenen Wagen nicht. Bei all den anderen banalen Kleinigkeiten könnte es sich um etwas ganz anderes handeln. Sie fuhr sich mit einer zitternden Hand durchs Haar. Sie wusste es wirklich nicht.

13

Innerhalb erstaunlich kurzer Zeit hatten sich alle in der Küche eingefunden, frisch geduscht und nach den Abenteuern draußen im Wald wieder aufgewärmt. Jessica, aufgewühlt von dem letzten Zwischenfall, der leicht als Tragödie hätte enden können, ließ die Zwillinge nicht aus den Augen. Sie konnte einfach nicht glauben, dass es sich bei dieser Serie von Unfällen um nichts weiter als bloße Zufälle handelte. Und doch passte vorn und hinten nichts zusammen.

Sie musterte die anderen Hausbewohner. Sie mochte sie. Und genau darin bestand das Problem. Sie mochte sie wirklich, manche mehr als andere, aber sie konnte sich nicht vorstellen, dass einer von ihnen den Zwillingen etwas antun würde.

»Jessie, du hörst mir nicht zu.« Taras Stimme riss sie aus ihren Gedanken. »Ich weiß nicht, womit wir den Baum schmücken könnten.« Traurig fügte sie hinzu: »Mama Rita hatte wunderschönen Baumschmuck.« Sie stand ganz dicht neben ihrem Bruder und suchte mit ihrem Blick Jessicas Zuspruch. Offenbar hatte der Unfall Tara ebenso sehr erschüttert wie Jessica selbst.

»Wir müssen den Schmuck selbst basteln, Tara«, warf Trevor ein. »Sonst klappt es nicht, stimmt's, Jessie?«

Jessica nickte. »Ich habe ein tolles Teigrezept. Wir können ihn ausrollen, die Form ausstechen und sie dann backen und bemalen. Das wird Spaß machen.« Sie stellte zwei Tassen mit heißer Schokolade vor den Zwillingen ab und hielt Paul eine dritte hin. Er schüttelte den Kopf, und sie stellte die Tasse vor sich ab, bevor sie nach einem Lappen griff, um die Arbeitsfläche abzuwischen.

Brenda gähnte. »Die perfekte Hausfrau schlägt mal wieder zu. Du hast wohl für alles eine Lösung, meine Liebe. Hast du überhaupt eine Vorstellung davon, wie ermüdend das sein kann?«

Jessica warf ein erbsengrünes Geschirrtuch so geschickt nach Brenda, dass es über deren elegantem Haarknoten hängen blieb. »Die Rolle des herzlosen Frauenzimmers nimmt dir keiner mehr ab, Brenda. Lass dir lieber etwas Neues einfallen.«

»Ich bin gerade durch moskitoverseuchte Gewässer und Sümpfe voller Alligatoren gewatet und habe mein Leben riskiert, um den perfekten Weihnachtsbaum für zwei undankbare kleine Gören zu finden. Und der perfekte Baum hat sich als unförmiger, zerzauster Strauch erwiesen!«

»Hier gibt es keine Alligatoren«, widersprach Trevor. »Dein Leben war also nicht wirklich in Gefahr. Als unsere Tante ist es deine Pflicht, solche Dinge zu tun und sie zu *genießen*, stimmt's, Dad? Also Kopf hoch. Wir lassen dich auch das erste Weihnachtslied singen.«

Das Geschirrtuch traf Trevor mitten ins Gesicht. »Du *grässlicher* kleiner Junge!«

»Autsch!« Trevor schlug sich die Hände auf die Brust und täuschte einen Herzinfarkt vor. »Sie durchbohrt mich mit ihren lieblosen Worten.« Er trank seine Schokolade aus. »Ist noch mehr da?«, fragte er hoffnungsvoll und hielt Jessica den Becher hin.

»Nein, du gehst jetzt ins Bett«, wandte Jessica ein. »Deine Gier ist grenzenlos.«

»Er kann meine Schokolade haben«, sagte Tara und schob ihrem Bruder ihre Tasse hin. »Ich möchte sie sowieso nicht.«

Jessica schnappte die Tasse, ehe Trevor sie ihrer Reichweite entziehen konnte. »Was ist, wenn sie immer noch einen verdorbenen Magen hat, Trev? Trink nicht aus derselben Tasse«, schalt sie ihn. »Tara, ist dir schlecht? Du bist so blass geworden.«

»Ich glaube, mein Magen ist immer noch verdorben«, gab Tara zu. »Vielleicht war aber auch der Schreck zu groß. Mir hat es gar nicht gefallen, dich und Paul von der Klippe stürzen zu sehen.«

»Uns hat es auch nicht besonders gefallen.« Jessica lächelte Paul an.

»He, ich hab's«, sagte Don plötzlich. »Scherenschnitte. Als ich klein war, haben wir Papierketten an den Baum gehängt. Ich glaube, ich weiß noch, wie das geht.«

»Daran kann ich mich auch noch erinnern«, stimmte Robert ihm zu. »Wir sollten all dieses vollgekritzelte Notenpapier dafür nehmen, das wir weggeworfen haben. Wir alle lieben Musik. Ist das was, Jessie? Brenda, wir haben das auch mal gemacht, eine Liebesgirlande, weil wir keinen Baum hatten.«

Jessica grinste Brenda an, die sichtlich zusammenzuckte, weil sie sich bloßgestellt fühlte. »Eine Liebesgirlande, Brenda? Du bist doch nicht etwa eine ganz Sentimentale, oder?«

»Sie ist so schmalzig wie du, Jessie.« Auch Trevor grinste jetzt breit. »Brenda, du kleine Romantikerin.«

»Also wirklich, Brenda.« Dillon feixte unverhohlen. »Du versetzt mich wahrhaft in Erstaunen. Ich hatte keine Ahnung, dass du unter all dem raffinierten Lack butterweich bist.«

»Hör bloß auf. Robert hat das alles frei erfunden, wie ihr sehr wohl wisst.« Mit einem hochmütigen Gesichtsausdruck reckte Brenda ihre Nase in die Luft.

Brian drohte ihr mit dem Finger. »Robert hat nicht genug Fantasie, um sich so etwas auszudenken, Brenda. Also muss es wahr sein.«

Tara schlang ihre Arme schützend um Brenda und sah alle anderen böse an. »Lasst sie in Ruhe!« Sie drückte Brenda einen Kuss aufs Kinn. »Wir können so viele Girlanden machen, wie du willst. Lass dich von denen nicht beirren.«

Jessica fing Brendas Blick auf. Tränen glitzerten in den Tiefen ihrer Augen. Sie saß vollkommen regungslos da. Die beiden Frauen sahen einander an und verloren sich im Moment. Brenda ließ ihre Lippen kurz über Taras Haar gleiten und sah Jessica immer noch in die Augen. »Danke«, hauchte sie und blinzelte mehrfach, um unerwünschte Gefühle abzuschütteln.

»Gern geschehen«, gab Jessica mit feuchten Augen lautlos zurück.

Dillon spürte, wie sich seine Kehle zuschnürte und sein Herz vor Stolz anschwoll, als er diesen stummen Austausch beobachtete. Jessica brachte Licht in ihrer aller Leben. Mühelos hätte sie die Zwillinge gegen Brenda oder ihn aufhetzen können. Die Kinder liebten Jessica mehr als jeden anderen Menschen und waren ihr gegenüber absolut loyal. Ein einziges Wort von ihr hätte genügt, damit die Zwillinge gar nicht erst versuchten, mit all den verschiedenen Charakteren um sie herum umzugehen. Jessica war so großmütig gewesen, sie mit anderen zu teilen, und sie hatte beiden ihre eigene Großzügigkeit eingeimpft. Er wusste, dass Brenda auf andere oft kalt und gleichgültig wirkte. Er war stolz auf seine Kinder, weil sie hinter die Barriere blickten, die sie gegenüber der Außenwelt errichtet hatte, und dort die wahre Frau fanden.

»Popcornschnüre sind natürlich auch noch eine Möglichkeit«, sagte Paul. »Die lassen sich leicht herstellen. Früher haben wir sie in unserem Keller aufgefädelt, Brian.«

»Das meiste Popcorn haben wir vorher aufgegessen«, warf Dillon lachend ein.

Die nächsten beiden Stunden verbrachten sie damit, Baumschmuck zu backen und zu bemalen, Papierketten zu schneiden und zusammenzukleben und Popcorn aufzufädeln. Dillon stimmte Weihnachtslieder an, in die die anderen einfielen, doch Paul und Brian verwandelten sie in weitaus frechere Balladen. Brenda und Brian ließen sich auf eine Popcornschlacht miteinander ein, bis Trevor und Tara sich auf die Seite ihrer Tante stellten und Brian gezwungen war, sich zu ergeben.

Als Jessica merkte, dass sowohl Tara als auch Trevor übermüdet und zu aufgekratzt waren, gebot sie dem Treiben Einhalt und brachte die beiden nach oben. Zu ihrem Erstaunen kamen beide Teenager ohne einen Laut des Protests mit.

Tara hielt sich den Bauch. »Mir ist wirklich nicht gut, aber ich wollte kein Spielverderber sein«, gestand sie.

Trotz aller Entschlossenheit, sich keine Sorgen zu machen, schrillten die Alarmglocken in Jessicas Kopf. Sie rieb sich die Schläfen und ärgerte sich über ihre eigene

Überängstlichkeit. Alle hatten eine Magenverstimmung; sogar ihr war noch übel.

»Ich wünschte, wir hätten hinter diesen Streichen gesteckt«, sagte Trevor plötzlich zu Tara. »Hat es dich nicht fürchterlich geärgert, dass sie uns all diese Streiche in die Schuhe geschoben haben, als wir auf Jessica und Dad gewartet haben? Das ist wieder mal typisch für die Erwachsenen – immer geben sie den Kindern die Schuld an allem.« Plötzlich raste er ins Badezimmer.

»Was soll das heißen – sie haben euch Streiche in die Schuhe geschoben?« Jessica deckte Tara zu und strich ihr das Haar aus dem Gesicht. »Fühlst du dich etwas besser, Schätzchen? Ich kann deinen Vater holen, und wir können dich zum Arzt bringen.«

»Ich bin hier derjenige, der sich die Seele aus dem Leib kotzt«, rief Trevor aus dem Badezimmer.

»Ich bringe dich mit dem größten Vergnügen zum Arzt, mein Liebling. Ich weiß nur leider, dass du dich eher in siedendem Öl braten lassen würdest, als zum Arzt zu gehen«, sagte Jessica mitfühlend.

Sie konnte hören, wie sich Trevor zum vierten Mal geräuschvoll den Mund ausspülte.

»Mir stinkt, dass sie dachten, wir schleichen uns in ihre Zimmer. Ich frage mich, ob jemand in Dads Zimmer war und er auch glaubt, wir seien es gewesen. Dass wir Teenager sind, heißt noch lange nicht, dass wir keinen Respekt vor anderer Leute Sachen haben«, fuhr er empört fort. Mit verärgerter Miene kam er aus dem Bad gewankt. »Ich habe Brian gefragt, ob er in deinem Zimmer war, Jessie, und ob er dort Räucherstäbchen angezündet und aus der Asche einen seiner magischen Kreise hergestellt hat, und er hat Nein gesagt. Und dann besaß er auch noch die Frechheit, mir zu sagen, ich hätte nichts in seinem Zimmer zu suchen.«

»Er war wirklich sauer auf uns«, sagte Tara. »Dabei war ich nie in seinem blöden Zimmer.«

»Moment mal.« Jessica hob eine Hand. »Wovon redet ihr? Die anderen haben euch vorgeworfen, ihr wärt in ihren Zimmern gewesen?«

Tara nickte. »Sogar Brenda und Robert dachten, wir hätten ihnen Streiche gespielt. Vermutlich sind allen merkwürdige Dinge passiert, seit wir hier sind, und ich nehme an, sie haben uns nicht geglaubt, als wir gesagt haben, dass auch wir betroffen sind.«

»Was für Streiche?«, wollte Jessica wissen. »Und wo war ich so lange?«

Trevor und Tara grinsten einander an. »Bei Dad«, sagten sie einstimmig.

Errötend setzte sich Jessica auf Taras Bettkante. »Das habe ich vermutlich verdient. Es tut mir leid, dass ich so viel Zeit im Studio und mit Dillon verbracht habe. Ich werde mit Brian reden. Er hätte euch nicht beschuldigen dürfen. Was habt ihr denn angeblich angestellt?«

Trevor zuckte die Achseln. »Was Teenager in einem alten Spukschloss tun. Fenster öffnen, das Wasser in der Badewanne aufdrehen, Gegenstände verrücken, gruselige Botschaften auf Spiegel schreiben, solche Dinge eben.«

»Brian hat gesagt, so kindisch wäre niemand außer uns.« Tara war sichtlich beleidigt. »Als ob ich einen dummen Geheimgang finden und mich in sein blödes Zimmer schleichen wollte!« Ihr Blick richtete sich auf ihren Zwillingsbruder. »Es stimmt, dass Trevor und ich uns nach Geheimgängen umgesehen haben, aber nur zum Spaß. Wenn wir jemanden davon überzeugen wollten, dass es hier einen Geist gibt, dann hätten wir unsere Sache *viel* besser gemacht«, behauptete sie. »Wenigstens haben Brenda und Robert gesagt, dass sie uns glauben. Meinst du, Dad glaubt, dass wir uns in die Zimmer von anderen Leuten schleichen?« Ihre Stimme klang enttäuscht.

»Natürlich nicht, Tara. Wenn dein Vater dächte, ihr würdet so etwas tun, dann hätte er sofort mit euch darüber gesprochen. Es tut mir leid, dass die anderen euch ein derart kindisches Benehmen unterstellt haben. Ihr habt Recht, oft machen sich Erwachsene, die den Umgang mit Teenagern nicht gewohnt sind, falsche Vorstellungen von den Dingen, die man in diesem Alter tut.« Jessica strich Tara übers Haar. »Mir ist aufgefallen, dass unser Hausgeist heute Abend vergessen hat, das Fenster zu öffnen.«

»Könnte es einen echten Geist im Haus geben?«, fragte Tara hoffnungsvoll.

»Das Haus ist nicht alt genug«, protestierte Trevor. Er hatte viel über dieses Thema gelesen. »Dad hat es erst nach dem Brand bauen lassen. Der Bauunternehmer hat es fertiggestellt, während Dad noch im Zentrum für Brandopfer war.« Als seine Schwester und Jessica ihn ansahen, zuckte er mit einem einfältigen Grinsen die Achseln. »Paul hat es mir erzählt. Ich frage ihn über Dad aus. Manchmal hat er nichts dagegen, aber es kommt auch vor, dass er mich mehr oder weniger ignoriert. Man erfährt nichts, wenn man keine Fragen stellt. Nur in wirklich alten Häusern gibt es einen Hausgeist.«

»Oder wenn in dem Haus ein Mord geschehen ist«, stimmte Tara ihm zu.

Ihre Worte ließen einen Schauer über Jessicas Rücken laufen. Sie erinnerte sich an das Geräusch der Schüsse, das

Knistern der Flammen, die Hitze und den Rauch. Sie stand auf und trat ans Fenster, weil sie nicht wollte, dass die Zwillinge ihren Gesichtsausdruck sahen. *Mord.* Das Wort flimmerte durch ihren Kopf. Beide Kinder beobachteten sie gespannt. Da sie nicht wissen sollten, woran sie dachte, wechselte sie das Thema. »Hat Brenda sich heute Morgen wirklich um euch gekümmert, als euch übel war? Irgendwie erstaunt mich das.«

Trevor lachte herzlich.

»Sie hat es versucht. Sie war so weiß wie ein Bettlaken. Das Komische war, dass Robert dich holen wollte, aber sie war dagegen. Sie hat gesagt, sie käme allein damit zurecht. Ich glaube, sie wollte wirklich für uns da sein, nicht nur, um Dad und dir Zeit miteinander zu lassen, sondern weil sie diejenige sein wollte, die uns hilft. Das Verrückte daran war, dass ich, während sie so nett zu uns war, dachte, Robert und Brenda hätten vielleicht versucht, uns zu vergiften.«

Jessica sah ihn scharf an. »Wie bist du denn darauf gekommen?«

»Wir haben beide ein Soda in ihrem Zimmer getrunken und danach war uns schlecht. Und in ihrem Papierkorb habe ich eine Zeitung gefunden, aus der Worte herausgeschnitten waren wie bei einer Lösegeldforderung. Das hat mich auf den Gedanken gebracht, sie würden uns als Geiseln festhalten, bis ihr ihnen Geld bezahlt. Oder sie würden uns umbringen und die Versicherungssumme kassieren.« Er grinste verlegen.

»Mir war schon übel, *bevor* ich das Soda getrunken habe. Deshalb habe ich es so schnell ausgetrunken.« Tara sah ihren Bruder entrüstet an. »Brenda und Robert haben nicht versucht, uns zu vergiften!«

»Das weiß ich jetzt auch.« Trevor warf sich auf sein provisorisches Bett.

»Du hast *was* in Brendas Zimmer gefunden?« Jessica stolperte über Trevors Schuhe und wäre fast auf das Bett gefallen. Don hatte Dillon die Erpressungsversuche gestanden. Weshalb sollten Brenda und Robert die Überreste einer Zeitung, aus der die Worte ausgeschnitten worden waren, in ihrem Zimmer haben? Weshalb sollte Don ein Geständnis ablegen und dann versuchen, jemand anderem die Schuld in die Schuhe zu schieben? Es sei denn, eine andere Person hatte die Finger ihm Spiel, jemand, der viel unheimlicher war als Don. Der Gedanke gefiel Jessica überhaupt nicht.

»Es war einfach nur eine alte Zeitung.« Trevor tat es mit einem Achselzucken ab. »Einige Worte waren rausgeschnitten, aber ich hatte keine Zeit, sie mir genauer anzusehen.«

Jessica setzte sich wieder auf die Bettkante. Regentropfen und Zweige wurden gegen das Haus gepeitscht. »Wie habt ihr beide mich früher immer genannt?«, fragte sie leise.

»Das magische Mädchen.« Taras Stimme klang schläfrig. »Du bist unser magisches Mädchen.«

Jessica beugte sich vor, um ihr noch einen Kuss zu geben. »Danke, Liebling, ich glaube, ich muss wieder das magische Mädchen sein. Ich gehe jetzt ins Studio runter. Holt mich, wenn ihr mich braucht.« Sie brauchte einen Ort, an dem sie ungestört nachdenken konnte, und dabei half es immer, eine Gitarre in den Händen zu halten. Als sie sich geräuschlos durch den Flur zu der breiten Treppe schlich, schmerzte ihre Schulter, eine Erinnerung an die Ereignisse des Tages. Die Lichter waren ausgeschaltet, und im Haus herrschte Stille.

Dillon würde sie erwarten. Wenn sie sich zu lange Zeit ließ, konnte es sein, dass er sich auf die Suche nach ihr machen würde. Aber sie wollte nicht bei ihm sein, während sie Ordnung in ihre Gedanken brachte. Er lenkte sie ab und nahm ihr das Selbstvertrauen. *Das magische Mädchen.* Sogar ihre Mutter hatte diesen Namen für sie benutzt, weil sie gewisse Dinge intuitiv wusste, zum Beispiel wenn hinter einem vermeintlichen Unfall in Wirklichkeit etwas viel Unheimlicheres steckte. Seit sie hierhergekommen war, hatte sie sich auf Dillon verlassen. Sie hatte von Dillon erwartet, dass er das Rätsel löste, damit alles wieder gut wurde.

Gezackte Blitze durchschnitten den Himmel und erleuchteten den Hof, als sie auf dem Treppenabsatz stehen blieb, um durch die Glastüren hinauszuschauen. Sie konnte die Tannen sehen, die sich wie hölzerne Marionetten in einem makabren Tanz ruckhaft bewegten. Dillon bezweifelte, dass jemand versuchte, den Kindern zu schaden. Jessica hingegen war sich dessen sicher, und wenn sie hinter die Wahrheit kommen wollte, musste sie sich auf sich selbst und ihr eigenes Urteilsvermögen verlassen.

Wenn die Glasscheibe und die Instrumente im Dunkeln lagen, herrschte im Studio eine gespenstische Atmosphäre. Sie nahm eine von Dillons akustischen Gitarren, eine Martin, die er ganz besonders mochte, ließ ihre Finger über die Saiten gleiten und hörte den kleinen Missklang. Genau das waren diese Unfälle: Töne, die nicht ganz stimmten. Ebenso effektiv, wie sie die Gitarre stimmte, musste sie diese Missklänge in reine Töne verwandeln. Sie spielte im Dunkeln, während ihr Verstand die Fakten zusammentrug. Sie schloss die Augen beim

Spielen, um sich von der Musik, Dillons Musik, beschwichtigen zu lassen.

Sie fügte ein paar zufällige Töne in die Melodie ein, falsche Töne, schräge Klänge, wie die Unfälle, die jedem hätten zustoßen können. Jedem. Das Wort wiederholte sich in ihrem Kopf wie ein Refrain. Wahllose Unfälle. Geheimgänge. Erpressung. Puzzleteile, wie Noten auf Papier. Es genügte, sie zu verschieben und sie anders zusammenzusetzen, und sie würde ein Meisterwerk vor sich haben. Oder eine Lösung.

Der Donner krachte viel zu nah, der Beckenschlag, das Ausrufezeichen nach der Melodie. In dem Moment, in dem ein weiterer Blitz die Welt erhellte, öffnete sie die Augen. Eine Gestalt ragte direkt vor ihr auf, ein grauenhafter, dunkler Schatten. Jessica sprang auf und packte die kostbare Gitarre wie eine Waffe.

Mit einem erschrockenen Aufschrei wankte Brenda rückwärts. »Jess! Ich bin es! Brenda!«

Jessicas Herz schlug laut, als sie die Gitarre langsam sinken ließ. »Was um alles in der Welt tust du hier?«

»Ich habe dich gesucht. Trevor hat mir gesagt, wo ich dich finden kann. Du bist die Einzige, die mir vielleicht glaubt. Ich weiß nicht, mit wem ich sonst reden könnte.« Brenda hinderte Jessica daran, das Licht einzuschalten. »Ich kann dir nicht ins Gesicht sehen, wenn ich das sage.« Sie holte tief Atem, um sich zu beruhigen. »Ich wollte glauben, dass die Kinder hinter den Streichen stecken, aber ich bezweifle, dass sie es sind. Ich glaube, es ist Vivian.«

Jessica lief ein Schauer über den Rücken. Sie hätte gern Brendas Gesichtsausdruck gesehen.

»Ich bin nicht verrückt, Jessie. Manchmal fühle ich ihre Gegenwart.« Brenda presste sich eine zitternde Hand auf den Mund. »Ich glaube, die Kinder sind in Gefahr, oder Dillon oder vielleicht auch ich, und sie versucht uns zu warnen. Vivian war kein schlechter Mensch, und sie hat an Geister geglaubt. Wenn sie zurückkommen könnte, um die Dinge wieder in Ordnung zu bringen, dann würde sie es tun. Ich hatte schon seit einer Weile befürchtet, dass etwas nicht stimmt. Und seit ich auf die Insel gekommen bin, war ich meiner Sache sicher.«

»Du glaubst, Vivian öffnet Fenster und zeichnet magische Kreise auf den Boden? Weshalb sollte sie das tun, wenn sie weiß, wie Dillon dazu steht?« Jessica sprach mit ruhiger Stimme. Sie wusste nicht, ob Brenda ihr Angst einjagen wollte oder ob sie das, was sie sagte, tatsächlich glaubte.

»Um dich, mich, Dillon und die Kinder zu beschützen. Uns alle. Das war die einzige Religion, die sie kannte.« Brenda beugte sich zu ihr vor. »Fühlst du es auch? Sag mir, dass ich nicht vollständig den Verstand verloren habe. Ich will nicht so enden wie Viv.«

Behutsam lehnte Jessica die Gitarre an die Wand. Sie wusste nicht, ob Vivians Geist im Haus weilte und ihr half oder ob der nächste Blitzstrahl ihrem Gehirn die Erleuchtung eingab. Wie Töne, die sich harmonisch miteinander verbanden, fügten sich die Teile des Puzzles plötzlich zu einem stimmigen Bild zusammen.

»Seit unserer Ankunft hier hätte jeder von uns einem der Unfälle zum Opfer fallen können. Ich habe versucht, ein logisches Muster zu erkennen, weil ich die fixe Idee hatte, jemand wollte Trevor und Tara schaden. Aber sie hätten jeden im Haus treffen können. Erkennst du die Logik dahinter, Brenda?«

Brenda schüttelte den Kopf. »Nein, aber du lässt mich bis in die Knochen frösteln.«

»Der Umhang. Die vermummte Gestalt. Der Hund hat nicht gebellt.«

»Ich kann dir nicht folgen. Gebellt?«

»Als Trevor unter dem Erdrutsch begraben war, hat Tara eine vermummte Gestalt gesehen, aber der Hund hat nicht gebellt. Es ist also kein Fremder, der sich auf der Insel versteckt, sondern jemand, den der Hund kennt.« Jessica wusste, dass sie dicht vor der Lösung stand. Sie musste nur noch das Muster in den dissonanten Klängen erkennen. »Warum haben nur wir drei uns übergeben? Warum Tara, Trevor und ich? Keinem von euch war übel.« Sie presste sich eine Hand auf den Mund, und ihre Augen wurden groß. »Die Schokolade. Mein Gott, er hat die Schokolade vergiftet. Er steckt hinter allem. Er hat Vivian erschossen, er muss es getan haben, und durch den Brand hat er seine Spuren verwischt.«

»Was soll das heißen, er hat die Schokolade vergiftet? Dillon? Du glaubst, Dillon versucht, die Zwillinge zu vergiften?« Brenda wirkte schockiert.

»Dillon doch nicht. Du glaubst doch nicht im Ernst, er hätte Vivian erschossen! Dillon hat nie etwas getan.« Jessica verlor die Geduld. »Du musst den Hubschrauber bestellen, damit er die Kinder abholt und sie ins Krankenhaus bringt. Sag ihnen, sie sollen die Polizei gleich mitbringen.« Sie musste sofort zu den Zwillingen.

Der nächste Blitz enthüllte die dunkel vermummte Gestalt, die stumm in der Ecke stand. Jessica sah ihn deutlich, und sie sah auch die Waffe in seiner Hand. Es wurde wieder dunkel, aber sie wusste, dass er da war. Real vorhanden. Ein unheimlicher Wahnsinniger mit Mordabsichten. Brenda schrie erschrocken auf, und Jessica stieß sie hinter sich. Sie tastete nach dem Aufnahmeschalter.

Einen Moment lang herrschte Schweigen, während der Regen herunterprasselte, der Wind heulend am Haus riss und die Wasserspeier an den Dachtraufen stumm zusahen.

Jessica rang sich ein kleines Lächeln ab und zwang sich zu einer Ruhe, die sie nicht empfand. »Ich wusste, dass du es warst. Es wird ihm das Herz von neuem brechen.« Tiefes Bedauern schwang in ihrer Stimme mit. Das Wissen um einen solchen Verrat würde Dillon gewaltig verletzen. Ein Teil von Jessica hatte es von Anfang an geahnt, aber sie hatte es um Dillons willen nicht wahrhaben wollen.

»Du hast es nicht gewusst«, bestritt Paul. Sein Gesicht war so tief unter der Kapuze verborgen, dass sie es nicht sehen konnte. Er bot einen furchteinflößenden Anblick. Es fehlte nur noch die Sense, um das Bild des Todes zu vervollständigen.

»Natürlich, du musstest es sein. Niemand außer dir kann gewusst haben, dass jemand versucht hat, Dillon zu erpressen.«

»Deine Mutter«, zischte er, »war zu habgierig. Das Geld, das er ihr gegeben hat, damit sie für die Kinder sorgt, hat ihr nicht genügt. Ich habe die Schecks ausgestellt – sie hatte genug.«

»Nicht meine Mutter«, fauchte Jessica zurück. »Don hat Dillon erpresst. Dillon hat sie gebeten herzukommen, weil er mit ihr darüber sprechen wollte.«

»Ich verstehe überhaupt nichts mehr«, sagte Brenda. »Paul, was soll das? Warum stehst du in diesem lächerlichen Umhang da und richtest eine Waffe auf uns? Ich kann nur hoffen, dass du unter dem Ding nicht nackt bist! Ihr seid alle so melodramatisch! Wovon ist hier überhaupt die Rede? Weshalb sollte jemand Dillon erpressen wollen?«

Jessica schenkte ihr keinerlei Beachtung. Sie wagte es nicht, Paul aus den Augen zu lassen. Er war psychisch labil, und sie hatte keine Ahnung, was bei ihm den Ausschlag geben könnte, aber sie wusste, dass er keine Probleme mit dem Töten hatte. Er hatte es schon mehrfach getan. »Nur du konntest es sein, Paul. Du hattest durch die Geheimgänge Zugang zu sämtlichen Zimmern. Du bist der Einzige, der ständig hier war. Als ich begriffen habe, dass die Unfälle jeden von uns hätten treffen können, wusste ich, dass sie uns alle vertreiben sollten. Der Erdrutsch, der Weihnachtsbaum, das Öl auf der Treppe. Sogar die Schokolade. Du dachtest, wenn genug passiert, würden wir alle fortgehen. Das war es, was du wolltest, stimmt's? Du wolltest, dass niemand hierherkommt.« Ihre Stimme war sanft und verständnisvoll.

»Aber ihr seid nicht fortgegangen«, sagte er. »Du hast sie hierher zurückgebracht. *Ihre* Kinder. Vivian war schlecht, eine ekelhafte Verführerin, die uns alle nicht in Ruhe lassen wollte.«

Jessica hörte das Schuldbewusstsein und den schwelenden Hass aus seiner Stimme heraus. Alles ließ sich auf Vivian zurückführen. Jetzt wusste sie Bescheid. Sie litt mit Dillon. Wie sollte man mit so viel Verrat umgehen? Sie hätte gerne um sie alle geweint. Dieses Weihnachtsfest würde kein Wunder für die Zwillinge oder Dillon bereithalten, nur noch mehr Kummer, noch mehr Tragödien.

»Du hast sie geliebt.« Sie sagte die Worte nüchtern im Dunkeln zu dem Mann, der seelenruhig die Treppe hinaufgestiegen war, Vivian und ihren Liebhaber kaltblütig erschossen und die anderen Anwesenden im Zimmer eingeschlossen hatte, nachdem er dafür gesorgt hatte, dass das Feuer tobte und wütete.

»Ich habe sie gehasst! Ich habe sie verabscheut!«, zischte Paul. »Sie hat mich verführt. Ich habe sie angefleht, mich in Ruhe zu lassen, aber sie ist immer wieder in mein Bett gekrochen, und ich konnte es nicht lassen. Sie hat mich ausgelacht und gedroht, es Dillon zu erzählen. Er war der einzige Freund, die einzige Familie, die ich jemals hatte. Ich konnte nicht zulassen, dass sie mich zerstört. Oder ihn. Phillip hatte den Tod verdient, er hat sie benutzt, um an Dillon ranzukommen. Er dachte, Dillon würde ihm Geld geben, damit er Vivian in Ruhe lässt.«

»Wie ist er denn auf den Gedanken gekommen?« Brenda war viel zu ruhig, und das bereitete Jessica Sorgen. Sie warf der anderen Frau einen Blick zu, konnte sie aber im Dunkeln nicht deutlich genug sehen.

»Das spielt doch keine Rolle. Nichts von all dem spielt eine Rolle. Er hat sich für dich entschieden. Als ich dich von der Klippe gestoßen habe und selbst abgerutscht bin, hat er dich gerettet, nicht mich. Ich konnte es nicht fassen. Er war es nicht wert. All diese vergeudeten Jahre. Sein Genie. Ich habe seinem Talent gedient, seiner Größe, ich habe für ihn gesorgt, ihn *beschützt*, für ihn *getötet*, und er ist auf die nächste Hure reingefallen.« Paul schüttelte den Kopf und brachte damit Leben in den Umhang. »Ich habe ihm alles gegeben, und er hat sich für dich entschieden.« Die letzten Worte schleuderte er ihr ins Gesicht wie das Knurren eines tollwütigen Hundes.

Jessica zwang sich zu einem höhnischen Lachen. Sie tastete mit ihren Fingerspitzen nach der Gitarre an der Wand, ihrer einzigen Waffe. »Sind das die Lügen, die du dir nachts selbst erzählst, damit du schlafen kannst, Paul?

Du hast ihn verraten, indem du mit seiner Frau geschlafen hast. Wahrscheinlich hast du Phillip Trent mit Vivian bekanntgemacht. Du hast Dillon einen Prozess durchmachen lassen, hast jeden in dem Glauben gelassen, er hätte die Morde begangen, und dabei hättest du ihm das ersparen können, indem du schlicht und einfach die Wahrheit sagst. Du warst verantwortlich für das Feuer, das ihn verbrannt hat. Du hast meine Mutter ermordet, weil du dachtest, sie erpresst ihn. Du hast ihn in eine Lage gebracht, in der er erpresst werden kann, und du hast Unfälle arrangiert, bei denen seine Kinder hätten sterben können – und das nur, um ihnen solche Angst einzujagen, dass sie nicht mehr in seine Nähe kommen. Wie kommst du dazu zu behaupten, du hättest ihm alles gegeben? Du hast ihn zu einem Gefangenen in diesem Haus gemacht, und als es so aussah, als könnte er ausbrechen, hast du von neuem versucht, ihn vom Rest der Welt zu isolieren.«

»Halt den Mund!« Pauls Stimme triefte vor Hass. »Sei endlich still!«

»Dein größter Fehler war, dass du seine Kinder in Gefahr gebracht hast. Dieser Plan ging ins Auge. Du musst meinen Brief abgefangen haben, in dem ich geschrieben habe, die Kinder sollten bei ihm sein. Du wolltest sie nicht hier haben, stimmt's? Sie waren eine Bedrohung für dich. Du wolltest, dass ich glaube, Dillon versuchte, sie zu verletzen, nicht wahr?« Sie sah ihn fest an. »Aber verstehst du, ich kenne Dillon. Ich wusste, dass er *niemals* Vivian oder meine Mutter getötet oder seinen Kindern etwas angetan hätte. Ich habe die Kinder hierhergebracht, weil ich wusste, dass er versuchen würde, sie zu beschützen.«

»Und damit hast du sie mir ausgeliefert«, knurrte Paul.

»Leg die Waffe hin, Paul.« Dillons Stimme klang matt und betrübt, ein rauchiger Blues. »Es ist aus. Wir werden uns eine Lösung überlegen müssen.« Dillon kam zur Tür herein. Er war so ruhig, und Jessica wollte schreien. Wanden sich die Kinder oben in Qualen, während sie hier unten mit einem Irren sprachen, der eine Waffe auf sie richtete? Ihre Finger fanden den Gitarrenhals, umschlangen ihn und packten fest zu.

»Es gibt nur eine Lösung, Dillon«, sagte Paul ebenso ruhig. »Ich habe nicht vor, mich für den Rest meines Lebens einsperren zu lassen. Es wäre mir unerträglich, hinter Gittern interviewt zu werden, während die Band es wieder ganz nach oben schafft.«

Jessica wusste es. Sie wusste immer vorher, was passieren würde, obwohl sie an sich selbst gezweifelt hatte. Dort in der Dunkelheit, während es draußen in Strömen regnete, wusste sie ganz genau, worauf Paul den Lauf der Waffe nun richtete. Sie wusste, dass er genug gesagt hatte und dass sein Finger abdrückte. Ohne zu zögern trat Jessica entschlossen vor Dillon und holte mit aller Kraft, die sie besaß, aus, um die Gitarre auf Pauls Kopf zu zerschlagen.

Sie hörte die Schüsse und gleichzeitig das Zersplittern der Gitarre auf Pauls Kopf und Dillons heiseren Aufschrei, während ihr die Füße weggezogen wurden. Jessica knallte mit dem Kopf auf den Boden. Sie blieb still liegen und blickte zu der vermummten, sich windenden Gestalt auf. Sie blinzelte, um klarer sehen zu können. Alles schien verschwommen. Ein eigentümliches phosphoreszierendes Licht sickerte ins Zimmer, ein kalter, farbiger Dunst. Der Lufthauch war so eisig, dass sie ihn als einen nebligen Dampf wahrnahm. Er schien zwischen Paul und die anderen Anwesenden zu gleiten.

Paul stieß einen heiseren Schrei aus, in dem sich eine Mischung aus Wut und Angst ausdrückte. Einen Moment lang verschoben sich die Farben und bewegten sich, um das schimmernde, durchscheinende Bild einer Frau in einem fließenden Gewand zu bilden, die Paul einen langen, dünnen Arm entgegenstreckte, um ihn anzulocken. Dann kam Dillon in Bewegung, schützte Jessicas Körper mit seinem eigenen und nahm ihr die Sicht auf die eigentümliche Erscheinung, so dass sie nur den zweiten Schuss hörte.

»Vivian, verlass mich nicht noch einmal!« Brendas Aufschrei klang gequält, und sie wankte mit ausgestreckten Armen vorwärts. Dillon packte sie und zog sie auf den Boden hinunter, um sie in Sicherheit zu bringen.

Jessica hörte den Aufprall, mit dem die Leiche auf den Boden fiel. Sie starrte in Pauls weit geöffnete Augen. Sie wusste, dass er tot war und schon kein Leben mehr in sich gehabt hatte, als er den Boden berührte. Am Ende war er entschlossen gewesen, Dillon mit sich zu nehmen, und sie war ebenso wild entschlossen gewesen, das nicht zuzulassen.

Brenda weinte leise und herzerweichend. »Hast du sie gesehen, Jessica? Ich habe dir ja gesagt, dass ich nicht verrückt bin. Hast du sie gesehen?«

Mit einem Fußtritt schleuderte Dillon die Waffe aus Pauls Hand. »Ruf auf der Stelle den Arzt an, Brenda!« Die Autorität seiner Stimme riss Brenda schlagartig aus ihrem Kummer. »Sieh nach Tara und Trevor – vergewissere dich, dass ihnen nichts fehlt. Und dann rufst du die Polizei.« Seine Hände glitten über Jessicas Beine und suchten nach einer Wunde, suchten nach dem Einschussloch der Kugel, die sie zu Boden geworfen hatte.

Er fand kein Blut und keine klaffende Wunde, nur einen riesigen blauen Fleck, der sich langsam auf ihrem linken Oberschenkel bildete. Die Stelle war empfindlich und schmerzte, aber weder Dillon noch Jessica wussten, wer sie fest genug getreten hatte, um die Beine unter ihr wegzuziehen. Brenda hatte erstarrt dagestanden und sich nicht von der Stelle gerührt. Beide starrten das seltsame Mal an, zwei Kreise ineinander, der innere Kreis wesentlich dunkler als der äußere. Ein Schutzkreis.

»Ich muss nach Paul sehen«, sagte Dillon, und sie hörte den Schmerz in seiner Stimme.

»Für ihn kommt jede Hilfe zu spät, Dillon. Fass nichts an«, warnte Jessica ihn behutsam. Da es jetzt vorbei war, begann sie, nahezu unkontrolliert zu zittern. Ihr Bedürfnis, zu den Kindern zu eilen, überwog alles andere. Ihr Bedürfnis, Dillon zu trösten, war ebenso groß. Sie hatte in erster Linie Angst um ihn. Diesmal musste die Wahrheit gesagt werden. »Warte, bis die Polizei kommt.«

14

Der weiße Vogel durchquerte den nassen Himmel. Tief unter ihm schlugen Wellen krachend gegen die Felsen, Gischt sprühte auf und griff nach der kleinen weißen Taube, die mit einem funkelnden Gegenstand in ihrem Schnabel dahinflog.

»Jessie, raus aus den Federn«, rief Tara und riss Jessica mitten aus ihrem schönen Traum heraus. »Heute ist Heiligabend, du kannst nicht einfach im Bett bleiben!«

Jessica drehte sich mit einem kleinen Stöhnen um und zog sich die Decke über den Kopf. »Geh weg, ich stehe nie wieder auf.«

Sie würde sich vor dem Heiligen Abend drücken. Sie wollte die Enttäuschung auf den Gesichtern der Zwillinge nicht sehen. Sie wollte Dillon nicht gegenübertreten. Sie hatte ihn gesehen, als die Polizei Pauls Leiche abtransportiert hatte und Dillon ihnen erzählt hatte, was passiert war. Er hatte verloren gewirkt, als seien ihm Herz und Seele aus dem Leib gerissen worden. Die Reporter waren brutal gewesen; in Scharen waren sie ins Krankenhaus gestürmt und hatten auf der Polizeiwache nahezu einen Aufstand angezettelt. So viele Fotos, so viele Mikrofone, die vor ihn hingehalten wurden. Es musste ein Alptraum für ihn gewesen sein. Für sie war es schon schrecklich genug gewesen. Die Polizei hatte die Aufnahme, die Jessica gemacht hatte, sowie Brendas und Jessicas Aussagen, die Dillons Angaben bestätigten. Die Leute von der Spurensicherung waren da gewesen und wieder gegangen. Paul war durch seine eigene Hand gestorben. Das sagten alle. In gegenseitigem Einvernehmen behielten sie ihr Wissen über die Erscheinung für sich. Es bestand keinerlei Notwendigkeit für zusätzliche Komplikationen. Die Polizei und die Zeitungen hatten ihre Geschichte. Und wer hätte ihnen schon geglaubt?

»Also wirklich, Jessie, steh jetzt auf.« Tara zog an ihrer Decke.

»Ich sorge dafür, dass sie aufsteht«, sagte Dillon sanft zu seiner Tochter. »Du spielst jetzt die Gastgeberin, Tara. Erzähl jedem deine Weihnachtsgeschichte. Heute Abend brauchen wir alle eine wohltuende Geschichte. Und Brian hat ein ganz besonderes Festmahl für uns zubereitet. Ich glaube, es gibt Pfannkuchen.«

Tara kicherte, als ihr Vater sie zur Tür brachte. »Doch nicht etwa seine berühmten Pfannkuchen! Ich bin echt schockiert.« Sie streckte sich, um ihm einen Kuss auf die Stirn zu geben, als sie das Zimmer verließ.

Jessica hörte, wie die Tür energisch geschlossen und der Schlüssel im Schloss umgedreht wurde. Ein geheimnisvolles Rauschen erklang und dann wurde das Zimmer von Musik durchflutet. Von wunderschönen sanften Klängen und der anschwellenden Leidenschaft des Songs, an dem sie und Dillon so hart gearbeitet hatten. Sie blinzelte gegen die Tränen an und setzte sich auf, als er das Zimmer durchquerte und sich auf die Bettkante setzte. Das Licht war ausgeschaltet und es war dunkel im Zimmer; nur die Mondsichel sorgte für einen silbernen Schimmer.

Jessica zog die Knie an und legte ihr Kinn darauf. »Und was jetzt, Dillon?«, fragte sie mit ruhiger Stimme, auf das Schlimmste gefasst und auf seine Ablehnung vorbereitet. Er hatte seit Tagen nicht mehr mit ihr gesprochen und war nicht in ihre Nähe gekommen. Die meiste Zeit hatte er auf dem Festland verbracht.

Dillon berührte ihr Kinn, Haut auf Haut. Sie merkte jetzt erst, dass er seine Handschuhe nicht trug. »Es ist Heiligabend, wir warten auf unser Wunder«, sagte er sanft zu ihr. »Erzähl mir bloß nicht, du hättest nachdem du die ganze Zeit davon überzeugt warst, plötzlich eine Glaubenskrise.« Sein Daumen strich über ihr Kinn, langsam und sinnlich.

Jessica fuhr sich mit einer zitternden Hand durchs Haar. »Ich weiß nicht mehr, was ich denken soll, Dillon. Ich fühle mich vollkommen taub.« Das stimmte nicht ganz. Wenn sie ihn ansah, erwachte alles in ihr zum Leben. Glut strömte durch ihren Körper, während ihr Herz einen Salto schlug und zahllose Schmetterlinge in ihrer Magengrube mit den Flügeln flatterten. »Ich dachte, nach allem, was passiert ist …« Ganz gleich, was sie sagte, es würde ihm wehtun. Wie konnte sie zugeben, dass sie fürchtete, er würde sich von ihr, Trevor und Tara zurückziehen?

Dillons Lächeln war unglaublich zärtlich. »Du hast doch nicht wirklich gedacht, ich sei so unbeschreiblich dumm, dich und die Kinder wieder fortzuschicken, oder? Ich hätte dich nicht verdient, Jess, wenn ich auf derart idiotische Gedanken gekommen wäre. Ich weiß auch so nicht, ob ich dich verdient habe, aber du hast das Angebot gemacht, und ich halte mit beiden Händen daran fest.« Er rieb sich den Nasensteg und wirkte plötzlich verletzlich. »Ich habe in meinem Zimmer gesessen und nachgedacht, über Verrat und Betrug und auch darüber, dass mich das Leben übergangen hat und ich es zugelassen habe. Ich habe darüber nachgedacht, was Mut bedeutet. Don hat Mut bewiesen, als er zu mir gekommen ist, um mir zu sagen, was er getan hatte, obwohl er nicht musste. Er hatte den Mut zu riskieren, dass er aus der Band rausgeworfen oder vielleicht sogar verhaftet wird. Brenda und Robert haben den Mut aufgebracht zu lernen, wie man zwei Kindern, vor denen einem insgeheim graut, Tante und Onkel ist. Brian hat Mut bewiesen, als er in der Küche gestanden und mir erzählt hat, woran er glaubt.«

Er nahm ihr Gesicht in seine Hände. »Eine Frau, die sich zwischen einen Mann und den Tod stellt, beweist Mut. Du hast für mich gekämpft, Jess, obwohl ich selbst es nicht tun wollte. Das lasse ich mir doch nicht nehmen. Ich werde nie wieder so wie früher Gitarre spielen, aber ich habe immer noch meine Stimme, und ich kann immer noch Songs schreiben und produzieren. Ich habe zwei Kinder, die du mir zurückgegeben hast, und ich hoffe, dass wir, so Gott will, noch mehr Kinder haben werden. Sag mir, dass ich auch dich noch habe.«

Sie verschmolz mit ihm in einem langen Kuss, der ihr den Atem und das Herz raubte und ihm alles sagte, was er wissen wollte.

»Alle warten auf dich«, flüsterte er mit den Lippen auf ihrem Mund.

Jessica drückte ihn fest an sich, sprang aus dem Bett und lief ins Badezimmer. »Zehn Minuten«, rief sie über ihre Schulter zurück. »Ich muss nur noch schnell duschen.« Sie zog ihr Top aus und warf es auf einen Stuhl.

Dillons Atem stockte, als er sah, wie ihre Schlafanzughose über die verlockende Rundung ihres Hinterns glitt, bevor sie im Bad verschwand. Er stand auf und ein bedächtiges Lächeln zog seine Mundwinkel hoch, als er sein Hemd zur Seite warf. Er tappte barfuß zur Tür, um zu beobachten, wie sie sich unter das strömende, heiße Wasser stellte. Sie wandte ihm in dem Moment ihren Kopf zu, als er langsam seine Erektion aus seiner Jeans befreite. Sofort fiel ihr Blick darauf, und das ließ ihn noch steifer werden.

»Du hast mich vermisst«, begrüßte sie ihn mit einem einladenden Lächeln. Als er sich zu ihr unter die Dusche stellte, schlang sie ihre Hand warm und fest um ihn. »Ich habe dich auch vermisst.«

Seine Hände glitten über sie, und es erfüllte ihn mit Staunen, dass sie ihn derart heftig begehren konnte. Dillons Kuss war alles andere als sanft. Ihm war nicht danach zumute, sanft zu sein. Er wollte sie verschlingen. Seine Hände legten sich auf ihre Brüste, und seine Daumen umkreisten ihre Brustwarzen.

Mit ihren kühnen Liebkosungen brachte sie ihn um den Verstand, und die Erde drehte sich wie verrückt, während ihre Münder sich miteinander paarten. Das Wasser strömte über ihre Körper und um sie herum stieg Dampf auf. Sie war weich und nachgiebig, als ihr Körper sich an ihm rieb. Ihr Bein glitt auf seine Hüfte, und sie presste sich fest an ihn, so wild, wie er es war.

Dillon senkte den Kopf auf den fürchterlichen blauen Fleck an ihrer Schulter, wo Pauls Ellbogen sie so fest getroffen hatte, dass sie zum Rand der Klippe geflogen war. Von dort aus wanderte sein Mund zu ihrer Brust und schloss sich über ihrer harten Brustwarze, um fest daran zu saugen. Sie keuchte und reckte sich ihm entgegen. Seine Hand fuhr ihre Rundungen nach und glitt tiefer, um sich in ihren Körper zu stoßen. Sie war feucht vor Verlangen, und er wünschte sich alle Zeit auf Erden, um sie zu lieben. Einfach nur neben ihr zu liegen und ihr so viel Lust zu bereiten, dass sie wissen würde, was sie ihm bedeutete.

Jessica beugte sich vor, um einen kleinen Wassertropfen aufzufangen, der von seiner Schulter über seine muskulöse Brust lief. Sie war nicht schnell genug. Ihre Zunge folgte dem Tropfen, als er über die Narben über seinem Herzen rann. Sie hatte ihn immer noch nicht eingeholt und schlang ihm einen Arm um die Taille, als sie den Kopf senkte, um den Tropfen von seinem flachen Bauch zu lecken. Ihre Hand war immer noch um seine Erektion geschlossen. Sie fühlte, wie er noch stärker anschwoll, als ihr warmer Atem ihn streifte und ihre Zunge die Tröpfchen auf der empfindlichen Spitze seines Glieds verfolgte.

Dillon erschauerte vor Lust, als sie ihn in den Mund nahm. Das herabstürzende Wasser sensibilisierte seine Haut. Das Rauschen setzte in seinem Gehirn ein, seine Eingeweide standen in Flammen, und eine süße Ekstase ließ ihn beben. Klänge der Musik, die sie gemeinsam aufgenommen hatten, drangen bis unter die Dusche vor und heizten sein Blut mit ihrem leidenschaftlichen Rhythmus noch mehr an.

»Jess«, sagte er flehentlich – und verheißungsvoll. »Ich brauche dich jetzt sofort.« Denn es gab keinen anderen Ort, an dem er lieber gewesen wäre als bei ihr, in ihr, als ein Teil von ihr.

Sie richtete sich auf und hieß ihn lächelnd und glücklich willkommen. Sie drehte sich um und stützte ihre Hände auf die kleine Bank in der Ecke, um ihm ihren gerundeten Hintern und den schönen Schwung ihres Rückens darzubieten.

Seine Hände legten sich auf ihre Hüften. Sie war mehr als bereit für ihn, feucht und heiß und so begierig wie er. Als er in sie eindrang, kam sie ihm entgegen, damit er sie sofort gänzlich ausfüllte. Geschmolzene Lava raste durch sie und durch ihn. Er stöhnte und stieß fest und tief zu, schnell und wild, eine Raserei weißglühender Lust für beide. Sie kam jedem seiner Stöße entgegen und forderte mehr, packte ihn und ließ eine feurige Reibung entstehen, die ihn bis ins Mark erschütterte. Und dann zuckte sie um ihn herum so heftig, dass sein Samen aus ihm herausgepresst wurde und sein Orgasmus von einer solchen Intensität war, dass er ihren Namen schrie.

Es gelang ihr immer wieder, ihn zu überraschen. Seine Jessica, die dem Leben und der Leidenschaft so furchtlos begegnete und sich nicht davor scheute, ihre wahren Gefühle zu zeigen. Sie gab sich der Lust so vollständig hin, wie sie in allem aufging, was sie tat. Der Orgasmus schien ewig zu dauern und doch viel zu schnell vorbei zu sein. Sie brachen gemeinsam auf dem Boden der Dusche zusammen und hielten einander in den Armen, mit gierigen Mündern und gierigen Händen.

Dillon griff in ihr Haar. »Ich kann nicht genug davon bekommen, dich zu küssen.«

»Hast du nicht gesagt, alle warten auf uns? Die zehn Minuten sind längst um«, sagte Jessica. »Sie werden die Zwillinge schicken, damit sie uns holen.«

»Wenn du mich heiratest, was sehr bald passieren wird, darf ich dann zwei Wochen mit dir im Bett verbringen, versprichst du mir das?« Er griff um sie herum und drehte das Wasser ab.

Jessica sah ihn an. »Du hast nie von einer Heirat gesprochen.«

Dillon wirkte knabenhaft und verletzlich, als er auf sie hinuntersah. »Ich bin altmodisch. Ich dachte, du wüsstest, dass ich es fürs ganze Leben meine.« Er sah sich nach seiner Jeans um, die er achtlos auf den Boden geworfen hatte. »Ich habe einen Ring«, sagte er, als wollte er sie bestechen.

»Dillon!« Jessica schlang sich nervös ein Handtuch um ihr Haar und starrte ihn mit weit aufgerissenen Augen an. »Du hast einen Ring?«

Sie war so schön mit ihrem verwirrten Gesicht, den Wassertropfen auf ihrer zarten Haut und den großen Augen, die vor Glück strahlten, dass Dillon am liebsten gleich noch einmal von vorn angefangen hätte. Er fand den Ring in seiner Hosentasche und nahm ihre Hand. »Ich will dich für immer, Jess, für alle Zeiten.«

Der Diamant funkelte, als sie lächelnd auf ihn herabblickte. Dann hob Dillon sie hoch, warf sie aufs Bett und leckte jeden einzelnen Wassertropfen von ihrer Haut.

Als sie endlich angezogen waren und sich auf den Weg zu den anderen machten, war viel mehr Zeit vergangen als erwartet. Jessica blieb in der Tür des großen Zimmers stehen, in dem der Baum aufgestellt war. Hunderte winziger Lichter waren mit den Zweigen verwoben und ließen den gemeinsam gebastelten Baumschmuck leuchten.

»Das hast du also die ganze Zeit getrieben«, flüsterte sie, als sie den lichtergeschmückten Baum und den Berg von leuchtend bunt verpackten Geschenken unter den Zweigen sah. »Du hast den Weihnachtsmann gespielt.«

Er grinste sie schelmisch an. »Ich bin ganz groß ins Geschäft mit den Wundern eingestiegen. Ich konnte Tara und Trevor doch nicht enttäuschen. Sie wollten ihren Vater zurückhaben, oder etwa nicht?«

Jessica schlang ihm die Arme um den Hals und küsste ihn auf seinen wunderschönen Mund. Sie war überglücklich, denn sie hatte geglaubt, Pauls Verrat würde Dillon endgültig jeden Lebensmut nehmen. Stattdessen hatte er alles heil überstanden und fühlte sich viel besser als vorher.

Dillons Kuss war sanft und entspannt, doch er schmeckte nach Leidenschaft und Gier. Hinter ihnen stöhnte Trevor. »Wollt ihr beide den ganzen Abend so weitermachen? Es gibt nämlich auch noch andere Zimmer, in denen ihr allein sein könnt, falls ihr das noch nicht gemerkt habt.«

»Bring die beiden bloß nicht auf dumme Gedanken«, sagte Brian, »sonst fällt das Weihnachtsfest ganz ins Wasser.«

Dillon ließ sich Zeit, denn es gab nichts Wichtigeres, als Jessica zu küssen, und er machte seine Sache gründlich, während die Zwillinge ungeduldig mit den Füßen wippten und die Bandmitglieder einander Rippenstöße versetzten. Dann hob er langsam den Kopf und sah Jessica lächelnd ins Gesicht. »Ich liebe dich, Jessica, mehr, als ich dir mit Worten sagen kann. Ich liebe dich.«

Sie legte eine zitternde Fingerspitze auf seine Lippen. »Ich habe eine Überraschung für dich! Ich dich auch.« Sie würde das als Weihnachtswunder gelten lassen. Dillon. Ihre andere Hälfte.

»Dad!«, quietschte Tara ungeduldig. »Wir wissen alle, was hier vorgeht, also lasst uns nicht in der Luft hängen. Die Spannung wird langsam unerträglich. Was ist jetzt – tut ihr's oder nicht?«

Dillon und Jessica sahen in die erwartungsvollen Gesichter, die sich um sie scharten. »Wovon redet ihr?« Er schlang Jessica einen Arm um die Schultern und zog sie schützend an seine Seite.

Trevor warf die Hände in die Luft. »So viel zu deinen Umgangsformen. Meine Güte, Dad, begreif es doch endlich. Du musst jetzt aktiv werden.«

Don schüttelte den Kopf. »Du enttäuschst mich, Wentworth.«

»Mannomann.« Brian presste eine Hand auf sein Herz. »Du hast meinen Glauben an die wahre Liebe zerstört.«

Brenda trat vor, packte Jessicas Handgelenk und riss ihre linke Hand hoch, damit alle sie sehen konnten. »Himmel nochmal, habt ihr denn keine Augen im Kopf?« Der Ring funkelte im Licht.

»Heiliger Strohsack, Dad.« Trevor grinste von einem Ohr zum anderen. »Du verblüffst mich. Ich muss mich bei dir entschuldigen. In aller Form.«

Jessica wurde von allen geküsst und umarmt, bis Dillon sie rettete, indem er sie an sich zog und die anderen mit einem gutmütigen Murren verscheuchte. Er schaltete die Deckenlampen aus, damit nur noch die blinkenden bunten Lichterketten leuchteten. »Es ist Mitternacht. Wir sollten das Weihnachtsfest mit Gesang einläuten«, kündigte er an und beugte sich herunter, um Jessica einen weiteren Kuss zu rauben.

Brenda setzte sich dicht neben Robert und legte ihren Kopf auf seine Brust. Brian saß dem Paar gegenüber auf dem Boden und streckte seine langen Beine aus. Don folgte seinem Beispiel. Er ließ sich auf den Boden sinken, lehnte sich ans Sofa, machte es sich behaglich und betrachtete die Lichter.

Dillon nahm Jessicas Hand, als er sich in den breiten Sessel setzte und sie neben sich zog. Tara und Trevor fanden sofort einen Platz in ihrer Nähe auf dem Boden. Robert griff hinter den Sessel, in dem er saß, und zog lässig eine akustische Gitarre heraus – Dillons älteste, die zwar kein wertvolles Stück war, die er aber jahrelang mit sich herumgetragen hatte. Robert reichte sie Trevor, der sie seinem Vater hinhielt.

»Spiel heute Nacht für uns, Dad«, sagte Trevor.

Jessica konnte fühlen, wie Dillon zusammenzuckte. Er schüttelte den Kopf, nahm seinem Sohn die Gitarre aus der Hand und versuchte, sie an Jessica weiterzureichen. »Du spielst. Ich spiele nicht mehr.«

»Oh doch, das tust du«, sagte Jessica, ohne das Instrument eines Blickes zu würdigen. »Du spielst nur nicht mehr für große Menschenmassen. Wir gehören zur Familie, wir alle, die wir heute Nacht hier zusammengekommen sind. Wir sind deine Familie, Dillon, und wir erwarten keine Perfektion. Spiel einfach nur, nichts Großartiges, aber spiel für uns.«

Dillon sah ihr in die Augen. Grüne Augen, arglos und aufrichtig. Er warf einen Blick auf die anderen, die ihn beobachteten, während er mit sich rang. Die Lichter blinkten, tanzten und zwinkerten ihm zu, als wollten sie ihn ermutigen. Er musste nicht alles allein hinkriegen, und er musste nicht perfekt sein. Manchmal bekam man eben doch eine zweite Chance. Mit einem kleinen Seufzer kapitulierte er und zog die Gitarre in seine Arme wie eine verloren geglaubte Geliebte. Seine langjährige Gefährtin, schon in jungen Jahren seine Freundin, die für ihn da war, wenn er sich einsam fühlte. Ein kleines Lächeln umspielte seine Lippen, als er die vertraute Struktur ertastete, die Maserung des Holzes, den breiten Hals.

Seine Finger fanden die Saiten, und sein Ohr lauschte dem Klang. Die Feinabstimmung nahm er automatisch vor, ohne nachzudenken. Er lebte und atmete Musik, die Töne, die in seinem Kopf Gestalt annahmen. Diese unvergleichliche Gabe besaß er immer noch, und er hatte seine Stimme, sein Markenzeichen, eine rauchige, heisere Bluesstimme. Sie floss aus ihm heraus. Er sang von Hoffnung und Freude, von gefundener Liebe und familiärer Eintracht. Während er sang, fanden seine Finger die vertrauten Akkorde und bewegten sich mit unvergessener Liebe über die Saiten. Ihm fehlte die Fingerfertigkeit für die schnellen Riffs und die komplizierten Melodien, die er oft in seinem Kopf hörte und komponierte, aber er konnte für seine Familie spielen und das Geschenk der Liebe genießen.

Sie sangen mit ihm, alle, die er liebte. Jessicas Stimme verband sich vollendet mit seiner. Brenda traf die Töne nicht ganz, aber dafür mochte er sie umso mehr. Taras Stimme klang vielversprechend und aus Trevors Stimme war Begeisterung herauszuhören. Es bereite ihm unvergleichliches Vergnügen, am Heiligen Abend im Kreise seiner Familie in seinem Haus zu sitzen – sein persönliches Wunder.

Ein leises Geräusch am Fenster lenkte Jessica von der Musik ab. Sie zog die Stirn in Falten und sah durch die Scheibe in das wüste Unwetter hinaus, das im Dunkeln tobte. Sie sah etwas Weißes flattern und sich draußen auf der Fensterbank niederlassen. Ein vom Sturm gebeutelter Vogel, der sich vielleicht im Dunkel der Nacht und in der Heftigkeit der Böen verirrt hatte.

»Am Fenster ist ein Vogel«, sagte Jessica leise, da sie befürchtete, wenn sie zu laut sprach, würde er verschwinden, bevor ihn außer ihr jemand sah. Sie bewegte sich behutsam durch das Zimmer, während die anderen regungslos dasaßen. »Vögel sind um diese Zeit nicht unterwegs. Ist er gegen die Scheibe geflogen?«

Der Vogel wirkte reichlich zerzaust – eine nasse, unglückliche, zitternde Taube. Jessica öffnete behutsam das Fenster und gurrte leise, um das Geschöpf nicht zu erschrecken. Zu ihrem Erstaunen wartete der Vogel seelenruhig auf der Fensterbank, während sie darum rang, eine Seite des Fensters gegen den heftigen Wind aufzudrücken. Sofort hüpfte der Vogel auf ihren Arm. Sie konnte sein Zittern spüren und legte ihre warmen Handflächen um seinen Körper. Er trug etwas in seinem Schnabel. Sie konnte das Funkeln von Gold zwischen ihren Händen erkennen. Das war aber noch nicht alles – er trug einen Ring um den Fuß. Jessica fühlte, wie er zwischen ihre Handflächen fiel, als sich der Vogel erhob, mit den Flügeln flatterte und sich in die Luft aufschwang. Er flog durch das Zimmer. Als er über den Zwillingen vorbeikam, öffnete er den Schnabel und ließ etwas zwischen sie fallen. Die Taube drehte noch eine schnelle Runde durch das Zimmer, während das Licht in wunderschönen Regenbogenfarben über ihr weißes Gefieder glitt. Dann flog sie zum Fenster hinaus und in die Nacht zurück, um sich an einen anderen geschützten Ort zu begeben.

»Was ist das, Tara?« Trevor beugte sich zu ihr, als seine Schwester eine goldene Kette hochhob, damit alle sie sehen konnten. »Das ist ein Medaillon.« Es war klein und herzförmig und außen kunstvoll verziert.

»Ich glaube, das ist echtes Gold«, sagte Trevor und nahm es in die Hand, um es sich genauer anzusehen.

»Ist das für mich? Hat jemand das für mich besorgt? Wo kommt es her?« Tara sah die Bandmitglieder an, die verstummt waren, als sie die Kette hochhob. »Wer hat mir das geschenkt?«

Dillon beugte sich vor, um das Medaillon zu betrachten. Brenda fasste sich an die Kehle. Als Dillons Blick auf sie fiel, schüttelte sie eilig den Kopf. »Ich war es nicht, Dillon, ich schwöre, ich war es nicht.«

»Man kann es öffnen, nicht wahr?« Trevor legte seiner Schwester einen Arm um die Schultern und sah das zierliche Medaillon neugierig an. »Was ist drin?«

Tara drückte auf den kleinen Schnappverschluss und das Medaillon sprang auf. Darin befanden sich zwei lächelnde Gesichter, ein zweijähriges Mädchen und ein zweijähriger Junge. Lockiges schwarzes Haar fiel um ihre Gesichter.

»Dad?« Tara sah ihren Vater an. »Das sind wir, stimmt's?«

Dillon nickte feierlich. »Eure Mutter hat diese Kette nie abgenommen. Ich wusste nicht einmal, dass in dem Medaillon Fotos von euch waren.«

Tara wandte sich zu Jessica um, und auf ihrem jungen Gesicht stand ein verunsicherter Ausdruck. Sie wusste nicht, was sie von einem solchen Geschenk halten sollte. Alle schwiegen betroffen. Tara wusste nicht, ob sie das Medaillon an sich drücken oder ob sie es schleunigst wegwerfen und einen Strom Tränen vergießen sollte.

Jessica drückte sie an sich. »Was für ein schönes Geschenk. Es ist ein Tag der Wunder. Jedes Kind sollte wissen, dass seine Mutter es gewollt und geliebt hat. Ich erinnere mich noch daran, wie lieb und teuer dieses Medaillon eurer Mutter war. Sie hat es immer getragen, selbst als sie viel wertvolleren Schmuck hatte. Ich glaube, die Kette ist ein Beweis dafür, was sie für euch empfunden hat, auch wenn sie zu krank war, um es euch zu zeigen.«

Brenda nahm Jessicas Hand und drückte sie fest. »Vivian hat es immer getragen, Tara – ich habe sie damit aufgezogen, dass es ihr lieber war als Diamanten. Sie hat gesagt, sie hätte ihre Gründe dafür.« Tränen funkelten in ihren Augen. »Jetzt weiß ich, warum. Ich hätte es auch nie abgenommen.«

Tara gab ihrer Tante einen Kuss. »Ich bin froh, dass du hier bist, Tante Brenda«, vertraute sie ihr an. »Ich habe dich nämlich sehr lieb.« Sie reichte ihr die Kette. »Legst du sie mir an?«

Brenda nickte. Ihr lief das Herz über. »Unbedingt.«

»Es war für uns beide, Trev«, sagte Tara. »Sie hat uns beide also doch geliebt. Wir teilen es miteinander.« Sie beugte sich vor und drückte ihrem Bruder einen Kuss auf die Wange.

Jessica setzte sich auf Dillons Schoß und wartete, bis sich die anderen um die Zwillinge scharten. Erst dann öffnete sie langsam die Hand, um ihm zu zeigen, was auf ihrer Handfläche lag. Es war ein Mutterring mit zwei identischen Geburtssteinen darin. Sie blickten von dem Ring auf und sahen einander wortlos an.

Jessica schloss ihre Finger um das kostbare Geschenk, das die Taube zurückgelassen hatte. Das war besser als Diamanten, das wichtigste Geschenk aller Zeiten. Dillons vernarbte Finger legten sich über ihre Hand, um den Schatz zu hüten und ihn dicht an ihre Herzen zu halten. Trevor und Tara gehörten ihnen beiden. Sie hatten ihr Weihnachtswunder bekommen, und es war genau das, was sie brauchten.

Danksagung

Mein ganz besonderer Dank geht an Dr. Mathew King für all seine Hilfe bei den Recherchen, die für dieses Buch erforderlich waren. Dasselbe gilt für Burn Survivors online. Danke für euer großes Entgegenkommen und eure Geduld und für die zahlreichen Hilfsangebote. Und natürlich an Bobbi und Mark Smith von der Holy Smoke Band, die ihre Zeit für meine beharrlichen Fragen geopfert und mir damit sehr geholfen haben.

Die Autorin

Christine Feehan ist Vollblutautorin. Sie kann sich ein Leben ohne Schreiben nicht vorstellen. Sie lebt in Kalifornien und ist mit einem romantischen Mann verheiratet, der sie immer wieder inspiriert. Sie haben insgesamt elf Kinder: ihre, seine und einige gemeinsame. Neben dem Schreiben, Lesen und dem Recherchieren für neue Bücher liebt sie Wandern, Camping, Rafting und Kampfsportarten (Karate und Selbstverteidigung).

Da Christine Feehan selbst in einer großen Familie mit zehn Schwestern und drei Brüdern aufgewachsen ist, wollte sie unbedingt über die Magie von Schwestern schreiben; das höchst lesenswerte Ergebnis ist die *Drake-Schwestern*-Serie mit sechs Romanen über die faszinierenden Drake-Schwestern und ihre übernatürlichen Gaben.

Christine Feehan hat aber auch eine Reihe erfolgreicher Dark Romances und Mystery-Romane vorgelegt; ihre neuesten Serien sind den Schattengängern und den Leopardenmenschen gewidmet.

In ihrer Jugend hat sie ihre Schwestern gezwungen, jedes ihrer Worte zu lesen, nun helfen ihr ihre Töchter, ihre Romane zu lesen und herauszugeben.

Christine Feehan ist seit Jahren auf allen großen amerikanischen Bestsellerlisten vertreten, unter anderem auf

Platz 1 der *New-York-Times*-Bestsellerliste mit *Murder Game* (ein Schattengängerroman, der unter dem Titel *Magisches Spiel* bei Heyne erschienen ist). Ihre Bücher wurden in zahlreiche Sprachen übersetzt, und sie wurde in den USA bereits mehrfach ausgezeichnet.

Weitere Informationen zu Autorin und Werk erhalten Sie unter:
www.christinefeehan.com